講談社文庫

正妻　慶喜と美賀子(上)

林 真理子

講談社

正妻　慶喜と美賀子（上）

もくじ

公家の少女

一

春が来たことは、山の色でわかる。

京は盆地ゆえに、山はすぐ目の前にあった。黒に近い枯茶から次第に枇杷茶《びわちゃ》に変わってきたのは、この三日ほどのことだ。京に春を告げると言われる近衛《このえ》さんの糸桜はまだまだだが、かいわいの山茱萸《さんしゅゆ》が、黄色い小さな花をつけはじめた。

十五歳の延《のぶ》は乳母《めのと》の萩乃《はぎの》と公家《くげ》町を歩いている。

少女といえども、清華《せいが》家の姫である延の外出には、青侍《あおざむらい》が従《つ》いて護衛するのが常であるが、今日はいかめしい男の姿は見あたらない。今から出かけるところが、小さな町屋をはさんだ隣家だからである。

この町は禁裏《きんり》を囲むようにして、百二十近い公家の邸《やしき》が並んでいるが、その中でもひときわ大きいのが、北に位置する近衛さんのお邸である。それよりややこぢんまりとして、北西の角をお守りするのが一条《いちじょう》さんだ。といっても一条さんも近衛さんも共に摂関家《せっかん》でいらっしゃるので、邸の立派さは言うまでもない。

一条さんの南隣はご番やで、毎日米を搗《つ》いて禁裏におおさめしている。そしてそのまた隣が延の家である今出川《いまでがわ》邸であった。この邸は、一条邸に比べるとひとまわり小さいが家の格からしたら当然であった。五摂家《ごせっけ》といって、選ばれた五つの公家の頂点にいる方々がいて、清華家はそのひとつ下ということになる。十五歳の延でも、そのような格というものは承知していた。

隣家までは数十歩の距離であるが、よそゆきの小袖《こそで》を着て、外出のための被衣《かつぎ》をかぶり顔を隠す。桜にはまだ早い季節であったが、雲の合い間から顔を出した太陽は意外な強さで、禁裏の脇道《わきみち》を白々と照りつけていた。

「なんちゅう天気ですやろ」

萩乃は鼻の頭を人さし指でおさえた。そして誰に言うともなくつぶやいた。

「御所《ごす》さんの姫さんは、おにぎにぎさんであらっしゃいますなあ」

それにはかすかな皮肉が込められていた。一条家の千代姫《ちよひめ》から、舞の会に誘われたのは十日ほど前のことである。観世《かんぜ》流の者が特別に舞うので、今出川家の姫もお越しいただきたいという口上があったのである。

公家の姫君が主催して、人を招くという話は雛《ひな》祭り以外聞いたこともなかった。しかも舞の会というからには、一条家の姫も多少たしなみがおありになるだろう。

　摂関家の姫が、いや、公家の姫が舞うなどというのは、昔気質《かたぎ》の萩乃にしてみれば考えられない話であるが、これも時代が違ってきているのと、一条の姫だからだ。正《しよう》二位権大納言《にいごんだいなごん》一条忠香《ただか》は、姫たちをいささか風変わりに育てていることで知られていた。

「君《きみ》さん、あれをご覧くださりませ」

　萩乃は一条邸の土塀から姿を見せている建造物を、袖でそっと示した。

「あれが昨日お話しした物見《ものみ》でございます」

「何の話だったろう」

「嫌でございます、君さんは、それは本当かと何度もお聞きにならしゃいました」

　公家の姫たちの多弁は固く禁じられていたが、その分乳母たちはお喋《しやべ》りであった。他家に仕《つか》える女たちと、何かと情報を交わしている節がある。

「一条さんが、姫さんたちのお勉学に、それはそれはご熱心にあらしゃったのは、昔から有名でございましたもの。下々《しもじも》のことも知らなければいけないということで、あの物見をおつくりにならしゃったのですよ。一条の姫さんたちは、毎日あの物見に上がって、あたりを歩く者たちの暮らし向きをご覧にならしゃったそうでございますから、まことに結構なお話でございます」

「何も物見に上がらなくても、歩いて町屋を見ればいいではないか」

「そんなことがお出来になるわけがあらしゃいません」

「なぜだ、わたくしはよく歩いておたあさんのところへ行くではないか」

そこで二人の会話は終わった。一条家の門に到着したからである。

老女に迎えられて、延は式台を上がる。一条邸は今出川邸と違って寝殿《しんでん》づくりであった。禁裏とは比較にならない大きさであるが、寝殿を中心に東対《ひがしのたい》と西対《にしのたい》がある。今日通されるところは、どうやら東対らしい。渡殿《わたどの》を歩かされた。ほとんど他家を訪れることがない延にとって、目にするものすべてが珍しい。狩野《かのう》派と思われる襖絵《ふすまえ》は、まだ新しいものらしく金箔《きんぱく》が輝きを失っていない。一条家はご内緒が豊かなことで知られていた。もともと二千四十四石《こく》ということに加え、いくつか大名家から〝お手伝い〟ということで援助も加わっているのである。

座敷に通されると、もう数人の姫たちが座っていた。普段交流がないので、誰がどの家の姫たちかまるでわからない。

上座《かみざ》にいらっしゃる姫が、おそらく千代君さんであろうと延は見当をつける。

「ご機嫌よう、今日はお招きいただいてありがとう」

摂関家の姫に向かっては、お辞儀《じぎ》の角度も違ってくる。

千代君さんも鷹揚《おうよう》に挨拶《あいさつ》を返した。

「ご機嫌よう。今日はおいでくださりありがとう。どうぞゆるゆるとあらしゃいませ」

　どうやらまわりにいるのは、姫さんの姉妹や従姉妹《いとこ》たちのようだ。ちんまりと整った顔がみな似ている。一条家には三人の姫君がいらっしゃると聞いているが、もしかすると側室のおあげになった方々もいるのかもしれないと延は考える。なにしろ紹介などというものがあるわけがないので、ひたすら推察するしかないのである。

　姫君たちはひそひそと言葉をかわし始めたが、多分近くにお出ましになっていらっしゃるだろうこの邸の主、権大納言に遠慮して、まるでささやくような声だ。

「こちらのことを、憶《おぼ》えてあらしゃいますか」

　これから少し話をしますというあかしに、千代君さんは手に持っていらした扇を半分開いた。延よりずっと年下のはずなのに、実に優雅なしぐさであった。

「一度か会っていますえ」

　延がどぎまぎしてうまく答えられないでいると、千代君さんはにっこりと微笑《ほほえ》まれた。

「昨年、君さんの新御所様《しんごすさま》のところで、試楽《しがく》を聞かせてもろうたことがあります」

　その後は、傍《そば》にいる乳母とおぼしき女がひきとった。

「同じ御簾《みす》の中で、延君さん、そりゃあ熱心に聞かしゃりました。やはり音楽の家の姫さんは違う。本当にお好きさんなんであらしゃるのだと。それで今日もお誘いしました」

延はすっかり恐縮してしまった。

今出川は琵琶《びわ》の家で、一家の者は皆、幼少の頃より琵琶の手ほどきを受ける。十三年前に父が亡くなってからは、兄の実順《さねあや》が禁裏の楽団に加わってご奉仕していた。天皇さんは音楽がお好きで、たびたび管弦の会をお開きになる。ゆえに邸《やしき》の中で、天皇にお聞かせする前の試楽を催すことがあるのだが、そこに千代君さんはいらしたことがあるというのだ。しかもそれを憶えていての招待と聞いて、延は驚いてしまった。一条家の姫たちをお転婆《てんば》のように噂《うわさ》する人は多いが、まだお小さいのに自分の考えで人を選んで会を催すとは、なんとご立派なのだろうかと思わずにいられない。

やがて出迎えてくれた老女がやってきて、姫君たちの前に御簾をおとした。どうやら舞が始まるらしい。あちら側に二人の男が立った。

男たちは紋《もん》付き袴《はかま》という町人の正装をしていた。恭《うやうや》しく御簾の中にいる貴人たちに一礼すると、扇を持ちすっくと立ち上がった。

もう一人の男は正座したまま謡《うたい》を始める。

われも数ある天少女《あまおとめ》、

月の桂《かつら》の身をわけて、

かりに東《あずま》の駿河舞《するがまい》、
世に伝へたる曲とかや。

それは羽衣《はごろも》を奪われた天女《てんにょ》が、漁師に返してもらった後の喜びを舞ったものである。面も衣裳もつけていない。どちらかというと肥《ふと》り肉《じし》の男が、舞の後半になると急に体が軽やかになっていくようであった。そこにいる少女たちは、漢文の素養があるため、謡の歌詞もすべて理解出来るので神妙に聞き入っている。

雅楽の家に育った延は、謡というものをほとんど耳にしたことがない。しかし腹の底から出す人間の声で、さまざまな楽器と同じような効果をあげていることに心惹《ひ》かれた。

もう一曲吉野《よしの》天人《てんにん》が舞われ、男たちはまた一礼して去っていった。再び老女たちが現れ、するすると御簾が上げられていく。姫君たちの集いとあって、ご膳《ぜん》ではなく茶と菓子が出された。菓子は虎屋《とらや》の特別製らしく桃の花の模様の練《ね》り切《き》りである。一条家が桃華《とうか》御殿と呼ばれることにちなんでいた。

姫君らはお喋りに興じるわけでもなく、ごく静かに菓子を口に運ぶ。延はふと、この静けさは、死角になっている御簾の内側を意識してのことではないかと思いあたった。そこにはこの邸の主《あるじ》、一条忠香卿《きょう》がいらっしゃるのではないだろうか。

忠香卿のお姿をしかと拝見したことはない。しかしいま公家きっての実力者といえば、この一条さんか鷹司《たかつかさ》さんだろうとみなが噂している。単に五摂家だからというわけでなく、当主が聡明なうえに進取の気性にとんでいらっしゃるという。一条さんが徳川とも結びつきが深く、何人かの大名と親交があるのは誰でも知っていることだ。それゆえに、

「おたからをいっぱいお持ちであらっしゃる」

とささやかれることもあったが、今の時代、大名と何らかの縁がなければ、とても公家の体面を保つことが出来ないくらい延にもわかる。これといった〝お手伝い〟がない延の実家今出川家は、千四百ほどの石高《こくだか》である。貧しい公家も多い中、裕福といえないことはないが、公家の体面を保つのには苦労している。

帰り道こそ無口を通していた萩乃であったが、邸に帰ってくるなり堰《せき》を切ったように話し始めた。特に彼女をいたく興奮させたのは、観世流を踊る者を招いたということである。

「まあ、観世をお呼びになるのは、千代君さんが近《ちこ》うあらしゃる、ということかもしれませんなァ」

「何が近いのだ」

「お輿《こし》入れでござりまする」

「けれど千代君さんは、まだお小さいではないか」

「あちらにいらしてから、大人になればよいのでございます。その方があちらの色にも染まります」

萩乃は五十を過ぎていて、こうした話を最も好む年齢であった。

「観世はおさむらいの好むもの。あちらのおうちに合わせて、観世をお好きさんにならしゃったと違いますやろか」

「千代君さん、おさむらいのところにいかはるのか」

「そうでございますよ。少し前に徳川慶喜《よしのぶ》さんとご婚約あらしゃってます」

「徳川慶喜……」

初めて聞く名前であった。萩乃は言う。まだ少年であるが、その英邁《えいまい》さは天下に鳴り響いているというのである。

「おまけに大層男前やということでございます」

萩乃は重要なことを打ち明ける口調になった。

「水戸《みと》の中納言《ちゅうなごん》の、六番めだか七番めだかの若殿やが、養子にも出さず、ずっと自分の手元に置かれたというお話です。よっぽど頭がようていらしたんでしょう。そしてお待ちになった甲斐《かい》がありました。十一歳で一橋《ひとつばし》家に入られたんですわ。そうなったらもう、将軍さんも夢じゃあらしまへん。君さんも皇史をお勉強してあらっしゃるからようおわかりさんと思いまするが、この国は天皇さんがいちばんおえらいのでございますが、それを水戸はようわかっているのでござります。水戸の中納言のご内室は有栖川《ありすがわ》さんからおゆきにならっしゃいましたが、毎年お正月になるとご内室を床の間に置いて、ははーっとご平伏なさるというから殊勝なことでございますなあ。有栖川さんの姫さんがどんなにおえらいか、ちゃんとわかっているのでござります。その息子やから、慶喜さんも千代君さんをそら大切になさるに決まってます。まあ、千代君さんもいずれ将軍さんの御台所《みだいどころ》ということになれば、そこいらの大名いかはるよりもよろしいやろなァ。一条の大御所さんはそのことをちゃんとおわかりになって、千代君さんとご婚約をお決めにならしゃったんですわ」

公家の姫たちの中でも、大名家に嫁いだものは何人もいる。中には進んで縁組みを求める家もあるということであるが、延にはよくわからない。いくら贅沢《ぜいたく》が出来るといってもさむらいと公家とではあまりにもしきたりが違う。わずらわしいことになるのはわかっているではないか。それより何よりこの京を離れて、遠い江戸へ行くことなどとても考えられなかった。

縁談などというのは、いずれ御所様が決めてくださるものとしても、延はこの公家町に住む男で構わないと思っている。まわりの者たちは、家格が釣り合わなくては縁組みなどあり得ないと言っているが、貧しい公家だったとしても、同じ言葉を喋るのはどれほどの安らぎであろうか。

　以前江戸からやってきたばかりの、所司代《しょしだい》の男が話しているのを聞いたことがあるが、よく聞き取れなかった。あのようなところに嫁ぐのは勇気が必要に違いない。

「その慶喜さんという人は、家康公の再来と噂するお人もいるということですえ。なんでも頭がよくてお顔も立派さんやということで、今の将軍さんがそりゃおかわいがりになっているということですよって」

「今の将軍は、いったい何ちゅうお人さんやったやろ」

「家慶《いえよし》さんというお人ですけど、別に君さんがご存じ無《の》うてもよろしおす。この方には息子さんがいてはって、いずれはこのお人が将軍になるところなんですが、これなんですやて」

　萩乃はこめかみのところで、指を旋回させるという実に不躾《ぶしつけ》な行為に出た。

「お頭《つむ》がお弱さんですのや」

「まさか……」

「いや、ほんまでござります。天皇さんとこと違《ちご》うて、将軍さんはあたりはずれがありますからなァ。いずれはその大はずれの将軍さんが天下とるのかもわからしまへんが、それを実のお父さんはお嫌さんなんですわ。慶喜さんの方がずうっと頭がよくて見どころあると思ってはるんやろなァ、二人で鷹《たか》狩り行かはったりしてそれはおかわいがりになってますんや。もしかすると息子さんとび越して、慶喜さん、将軍になられると違《ちゃ》いませぬやろか」

「将軍ってそんなにいいもんやろか」

延は問うてみた。

「そら、おさむらいの大将やから、おたからもいっぱいおありやろうし、大名をみんな家来にしはってえらいお力ですやろね。だけど天皇さんにかなうはずはありませんえ。身分というものが違います。だからいろんな将軍さんが、鷹司さんやら有栖川さんやらの姫さんをお貰《もら》いになりますんや。いくらおたからがあったからって、貴いお方になれるわけやござりません。天皇さんにかなうお方がいらっしゃるわけはござりません」

延は禁裏の中にいらっしゃる天皇のことを考える。

お気の毒に天皇は、あの宮殿から一歩も出ることが許されないのである。そして許してくれない張本人は、将軍という武士の大将なのだ。このことを考えると、延はいつも不思議な気持ちになるのだが、そのことを人に言ったりはしない。

みなの話によると、十九歳の当今《とうぎん》さん（天皇）は大層お美しい方で、女よりも濃い化粧をなさるということだ。白粉《おしろい》をつけ鉄漿《かね》も忘れない。荒々しく粗野な武士などはとても較《くら》べものにはならないのだ。

「そやけど、まあ将軍ぐらいになると、お品もようなって、歌もよんだりするということですえ。一橋さんをお産みになったのは有栖川の姫さんやから、そりゃあおさむらいというても、違いますやろなァ」

「ほなら、千代君さんも江戸に行かしゃいても、おすこやかで過ごせるのやな」

延の頭の中には、将軍という男と楽し気に歌をよみ合う千代君の姿が浮かんでくる。

「どうですやろなあ。将軍もこの頃騒がしいことでござりますよって」

「どんな風に騒がしいのだ」

「そんなこと、私にはようわかりません。どうか学者さんにでもお聞きにならしゃいませ」

萩乃は降参してしまった。このあたりが限界である。

延はいつも萩乃からたしなめられている。延は好奇心が勝ち過ぎるというのだ。

「あれこれお聞きになるのは、姫《ひぃ》さんらしくあらしません。世の中のことなどお知りにならんでもよろしゅうございます」

翌日の午後、延はまた萩乃をともなって出かけた。「母」をたずねて行くのである。

外の不穏な空気は、まだこの公家町には侵入してはいない。

禁裏を中心としたこの界隈《かいわい》は、歩いている人もまれで、たまに身分の高い人の輿が行くぐらいだ。かなり簡素になったというものの、男も女も平安の時代からそう変わりない服装をしている。

しかし、一歩公家町を抜けて町中を歩こうものなら、いろいろな男たちを見聞きする。言葉がわからない者が大半だ。南の強い訛《なま》りや、北のくぐもった声の武士たちが往き来するようになった。いろいろな国の武士たちが、京の町に集うようになっているのである。

小袖につぶいち島田という髪で、延は時々町を歩く。小袖はひきずるような長さではなく、少女の彼女は短かめに着つけていた。

今出川邸から南に行くと、日野《ひの》、烏丸《からすまる》の邸が続き蛤《はまぐりご》御門《もん》がある。そこを抜けると水戸の徳川邸があったが、萩乃の話を聞いてから延は注意深くその門を見つめるようになった。

水戸家というのは、代々尊王の気風が非常に強く、何代か前の藩主から「大日本史」というものを編ませているという。しかし延のまわりで読んだ者は誰もいないし、話題にのぼったこともなかった。

そうはいうものの、その本を書いたということで、水戸家は天皇さんに大層おぼえがよいのである。

その邸の前を通り、下長者町通《しもちょうじゃまちどおり》をさらに行くと仙台伊達《だて》邸があり、その裏手の小さな家に延の母親は住んでいる。側室になれなかったのは、身分が違うからだ。行儀見習いに来ていた西陣《にしじん》の織元の娘に、当主のお手がついたのである。しばらくは今出川邸に住んでいたのであるが、堅苦しさを嫌って今の家に住んでいる。

本来ならば、公家の娘が生みの母のところを訪ねる、などというのは許されることではないのだが、今出川家の母上は、病弱なこともあり、すべてにおおまかな方だ。延の養育はすべて萩乃に任せ、会うこともめったにない。よって月に二度か三度、延は実の母親のところへ訪ねていくことが出来る。兄からは「八重《やえ》」と呼び捨てるように言われているが、二人きりで会う時は「おたあさん」と言っている。

そのおたあさんは、今は髪や着るものもすっかり町人に戻り、のんびりと暮らしていた。おたあさんの喋る言葉は、家の中で使われるそれと違い、やや早口で語尾がはねたりする。

「まあ、君さん。会うたびに美しゅうならはって。もっとよくお姿を見せとくれやす」

母親の八重は、衣裳だけでなく化粧も違う。鉄漿をつけずに白い歯のままであるが、笑うとそこから若さがにおうようであった。

涼やかな目に締まった唇という、品のいい美女である。延の顔は母親にそっくりだ。しかし延のまわりで、そんなことを言う者は誰もいない。

「腹は借りもの」という考え方は公家の社会にも根強くあり、町方の女と今出川家の姫とが顔が似ているなどということは、不愉快なことに違いなかった。

「まあ、その縮緬《ちりめん》よろしおすなあ。赤いお着物がよううつらはるわァ」

西陣の織元の娘だけあり、母親の八重は着ているものにすばやく目をやる。

「お菓子なとおあがりやす。兄君さんは元気やろか。北の方様（正妻の敬称）は、お風邪ようおなりやしたか？」

八重は少々騒々しく、次々と質問を浴びせる。実家からも離れ、ひとりでここにいるのが淋《さび》しくてたまらないのだ。

しかし八重の実家は、西陣でも指折りの織元である。ここでの安逸な暮らしは、今出川家によるものではなく、町方の実家によるものであった。

下女が茶と菓子を運んでくる。同じものが別室にいる萩乃と青侍にもふるまわれているはずだ。

今出川家では禁裏にならって、菓子は虎屋のものを使う。禁中御用を仰《おお》せつかる虎屋は、御所の西にあり、今出川家からも近い。が、母の出してくれる菓子は、町中のもので、餅《もち》の中に餡《あん》が入ったものだ。素朴な丸い形をしたものであるが、甘くて大層おいしかった。

延は先週出かけたばかりの、一条家の舞の会の話をする。

「かんぜ、と言うのらしいが、面白いものだった。男が羽衣の天女になるのだ」

「あても八坂《やさか》さんでお能見せてもろうたことがありますけど、あんまり動かはらしまへんもんどすなあ。しばらくじーっとしてはって、振り忘れたと思うと、いきなりぽんと鼓《つづみ》うちはるんどすさかい」

「一条さんの千代君さんは、武士《さむらい》のところへ嫁《い》からっしゃるということだ。それで舞をご覧になったそうだ」

まあ、まあと八重は興奮し始めた。

萩乃もそうであるが、姫君たちの縁談というのは、大層女たちの心をかきたてるものらしい。同じ年頃の姫を家に持つ者としては当然であろう。延の十五歳という年齢だったら、もう縁談がひとつふたつあってもおかしくはなかった。

「千代君さんとゆうたら、君さんよりずっと下なんと違《ちゃ》いますやろか」

「わたくしはよくわからない」

「卯《う》……、辰《たつ》……そや巳《み》のお年と聞いてましたさかい君さんよりずっと下のはずや。それでどんなところへお嫁《ゆ》きやすの」

「萩乃が言うには、徳川慶喜という、一橋家のお人らしい」

「まあ、なんと運のお強い」

八重は叫んだ。

「一橋さんゆうたら、次に将軍にならはるとか言われてる人やおへんか。一条の千代君さんは、御台所になられるんや」

母親があまりにも興奮しているので、

「将軍というのはそんなにえらいのか」

という質問をしそびれてしまった。

「あてはもうお邸も出て、気楽な身分どすけど、いつも君さんのことを考えてますのやで。あてが朝に晩に、仏さんにお願いすることというたら君さんのお輿入れのことどす。どうか君さんがええところに嫁《い》かはるようにと祈ってますんや。あのなあ、あの公家町に百ぐらいのおうちがありますけどなあ、君さんに合うおうちと言うたら、五摂家と清華のおうちだけや。下のおうちなんかに嫁かはったら、あきまへんで。それで君さんのおうちに合う若君さんゆうたら、そら限られますなァ。それであては心配で心配でたまりませんのや。お人さんの話ではな、有栖川さんの若殿さんが、そりゃご立派な方ということやけど、当今さんの妹の和宮《かずのみや》さんともうご婚約という噂や。残念どすなァ。和宮さんいうたら、まだほんの子どもはんやおまへんか。そやのにもうお約束がありますんや。これぞという若殿さんは、さっさとお決まりになりやして。そうや、そうや、君さんが今お話しになった一橋さんのおたあさんは、確か有栖川さんから嫁かはったはずですけどなあ、確か二十八歳というお話でしたわ。えらい大年増《おおどしま》やおへんか。いくら有栖川さんのお姫《ひい》さんやいうても、釣り合う若殿さんがおいやさへんから、大年増になってから、大名に嫁くしかおまへんのや。あては君さんがそんな風になったらどないしようと、心配でなりませんわ」

延はぽかんとしながら母親の饒舌《じょうぜつ》を聞いていた。十五歳の自分の縁談をこれほど母親が心配しているなどとは考えたこともなかった。

「あてがお殿さんのところへ伺《うこご》うたのは、十六歳の時どした」

八重はそこで口ごもる。その時にお手がついたとはさすがに言えなかったからである。

「ましてや君さんのようなご身分の方は、少しも早過ぎるということはおへん。そやのに、お邸の方々がのんびりしてはって、あては実はひとりやきもきしてますのえ。なあ、君さん、もしかしたらあちらの御簾中《ごれんちゅう》さんは、君さんが自分の姫さんと違《ちゃ》うから、こんなに呑気《のんき》にしておいやすのやろか」

「そんなことはわからない」

延は口ごもる。今出川の母上はお体が弱いことがあり、ほとんど自分の部屋から出ていらっしゃらない。たまにおめにかかることもあるけれども、小さな声で傍の老女に何か告げるくらいである。格別にやさしくされた憶《おぼ》えもなかったが、意地悪をされた憶えもなかった。あの母上と兄君が何かを相談して、自分の将来を計画するなどということは、到底考えられなかった。そしてその計画というものが、自分が誰か男のところへ嫁ぐことかと思うと、恥ずかしさがこみあげてくる。

「わたくしは別に嫁がなくてもいい」

延は言った。

「もし嫁がなくて、母上や兄君さんに不都合があらっしゃるならば、わたくしは尼寺に入るつもりだ。尼寺には、内親王《ないしんのう》さん（天皇の娘）もたくさんお入りになってあらっしゃる」

「まあ、君さんたら」

八重は突然ハラハラと涙をこぼした。

「尼寺にお入りになるなんて、おそろしいことは口にせんといてくれやす。あては時々宝鏡寺《ほうきょうじ》さんにおまいりしますけどなァ、雛のお祭りの時には、代々の門跡《もんぜき》さんのお人形が飾られますんや。まだいとけないお年頃の内親王さんや姫さんたちが、お人形抱いて尼寺に入らはったと思うと、あてはせつのうてせつのうて涙が出ますんや。なんであてが君さんをそんなめにお遭《あ》わせしますやろ。ほんまや。毎日祈ってますんやで。君さんがいいところへお輿入れなさるように言うてなァ」

二

延の朝は早い。明六ツ《あけむ》（午前六時頃）になると床《とこ》を出て、ひとりで身じまいをする。髪は五日おきに自分で結った。つぶいち島田といって、公家の未婚の娘の髪型である。

町方の者たちは、公家の娘というとすべて人にやってもらうものと思っているようであるがそれは違う。禁裏の奥深く住まわれている皇女の方々ならいざ知らず、清華家の姫でも自分のことは自分でするように躾《しつ》けられているのだ。もっともそのことを教えてくれたのは、乳母でも北の方様でもなかった。延は六歳になるまで大原の地主のうちに里子に出されていて、そこでは本家の子どもと同じように、あれこれ口うるさく追い立てられていたのである。家の子どもたちと一緒に栗《くり》や柿《かき》を取りに、野や山を走りまわったこともある。健脚で、歩くことを厭《いと》わないのはそのためかもしれない。

公家の家に生まれる子どもは、庶子《しょし》（正妻以外の子ども）も含めて数多いが、多くの子どもたちが赤ん坊の時に亡くなってしまう。乳母が決まった時間にしか乳をあげないからだとか、厳冬の夜もひとりで寝かせるためだとかいろいろ言われているが、誰もわからないというのが本当のところであろう。

町屋にいるおたあさんにしても、延の前に三人の子どもを亡くしているのである。もし早世の理由がわかったら、とうに直しているに違いない。そしてたくさんの赤ん坊があっけなくこの世を去っていくのは、やはりつらいことらしい。生き残った子どもたちは特別の配慮がなされる。それは健康に育つために、町中《まちなか》や田舎に出されるのだ。あるいは節約の意味もあったかもしれない。

とにかく延は、養父母を「清兵衛《せいべえ》」「たか」と呼び捨てにしながらも、二人からたっぷりの愛情をかけてもらった。今出川家に引き取られたのは、

「言葉が汚くならないように」

という幼女の時だったので、もうあの家のこともよく憶えてはいない。しかし秋になると決まって大原の家から「延君さまへ」と、大量の栗が届けられる。栗は延の大好物であった。茹《ゆ》でたものを萩乃が皮をむき、青磁の皿に盛って出してくれる。

「今年も清兵衛の栗は、甘《あも》うて粒がよう揃《そろ》ってござりますなァ」

こういう時、大原の家は本当に遠くなっていくのだなあと延は思うのだ。

萩乃の給仕で朝食を済ませた後は、通ってくる師匠から和歌の手ほどきや論語、源氏物語の講義を受ける。源氏物語の替わりに古今和歌集《こきんわかしゆう》を暗唱《あんしよう》させられ、それを毛筆で書いてみることもあった。今出川家の書は有栖川流の流れを汲《く》む。流れるようでい

て個性的な書体である。

　午後は萩乃や若い女中を相手に碁《ご》をうったり、本を読むこともあるが、またすぐに音楽の稽古《けいこ》が始まる。今出川家は琵琶の家なので、ことさらに厳しく習わされる。この時は兄の実順《さねあや》の出番となった。延はいつも姿勢を厳しく言われる。

「女も弾く時は肘《ひじ》を張らなならん。だから綺麗《きれい》な風をせぬと見た目に汚い」

　ということだ。

「そなたも源氏を習っておるから、明石《あかし》の君《きみ》のことは知ってはるやろ。あんなひなびたところに住んでいても、琵琶の稽古は怠らない名手であらしゃったのや。だから源氏のお心も寄っていったのであろう。そや、そや、若菜《わかな》の巻に女君たちが合奏ならっしゃるところがある。紫の上も、女三の宮もお琴を弾からっしゃるが、その中でもきわだって見事やったのが明石の君の琵琶と書いてある。神々しいまでの弾きようと。琵琶ちゅうものは、弾く人の心根を問われるのや。品のないお人が弾いたら品のない音色しか出ぬのや」

　などと言いながら陵王《りょうおう》のひと節を根気強く教えてくれるのだ。この兄は三つ違いで、やはり側室から生まれた。まだ妻帯はしていない。釣り合う家柄の中に、適当な姫君がいないのだ。そのせいもあって、気楽な独り暮らしを続けていた。町中《まちなか》に通う女がいるらしいと、女中たちがこっそり話しているのを聞いたことがある。まるで光源氏のようだ。

兄は漢詩も教えてくれるが、何よりも熱心なのは和歌であった。今出川家は和歌の家ではないが、何代か前に有名な歌人を出していた。

兄は稽古の途中で突然に叫ぶ。

「白梅」

そうしたら白梅を題に、すぐさま歌をよめということなのだ。間が空くのは許されない。延は力をふり絞って何かを浮かべ、とにかく半紙に書いてみる。

「土塀《つちべい》に白梅強く香る夜は、懐《なつ》かしき人を思い出すらん……」

半紙を掲《かか》げて兄に見せると、

「何とおへたさんやろ」

渋い顔になった。

「懐かしき人を思い出す花は、たちばなに決まっておるはずやで。花にはそれぞれ決まりごとというものがあるんや。それを知らんと、そなたが先々に行って恥をかくことになる」

〝先々〟というのは、嫁にいった先ということになるのであろう。公家の娘の学問というのは、すべて婚家での評価をめざしてということになる。

しかし二年後、延が成人の儀を迎えても結婚の話は、どこからも起きなかった。裳《も》着《ぎ》の儀式の際は、一族を代表して叔父が延の袿《うちぎ》姿の腰紐《こしひも》を結んでくれたのであるが、その後の小宴でも縁談は話題にもされなかった。

延はこの日を境に「化粧」をするようになる。かなり厚めに練《ね》り白粉をつけ、京紅をぽっちりとつける化粧は、萩乃が手ほどきしてくれた。この時に初めて鉄漿をつけたので、鏡の中の顔はまるで別人になった。

「なんやしらん、おかしな気分や……」

延が不満気につぶやくと、萩乃が大きく首を横に振った。

「何をお言いやすの。君さんは色が白うあらしゃって、本当におきれいさんであらしゃいます。こない鉄漿つけられると、肌がお白いのがようわかってよろしおす」

このころ長年勤めてくれていた侍《さむらい》が一人辞め、新しく加わった者がいる。今出川家には昔から仕える譜代《ふだい》の侍もいたが、そういう者は主に御所様の伴《とも》となる。これから北の方様や延が外出する時につき添ってくれるのは、元小浜《おばま》藩士の橋本富良太《とらた》という者であった。

「トラ太やて」

延はくすりと笑った。

「随分と怖い名やな」

富良太は名前ほどはいかつくはなかった。ただ細い目とえらの張った顔からは、愛《あい》敬《きょう》というものがまるでない。

「小浜ってどんなとこや」

「御食《みけつ》の国と申しまして、天皇のお召し上がりものを産み出す国でございます」

「そや、そや、小浜はととがたくさん獲《と》れるところであったな」

「さようでございます。京の鯖《さば》や甘鯛《ぐじ》はみんな小浜から運んでくるものでございます」

萩乃によると、富良太の父親は小浜藩の御普請《ごふしん》役の地位まで行っていたのであるが、最近の激しい政争により無理やり隠居させられたというのだ。

「さむらいも何やら大変な世の中でございますなあ。海の向こうからおそろしい船がやってきまっさかい、何をどうしてええのかわからんのでっしゃろなァ。まあ、みんなてんやわんやでございますわ」

「そんなおそろしい船など、すぐに追い払えばいいではないか」

「そうでございますとも。ですけどなァ、君《きみ》さん、そういう異国の船というものは、みんな大砲を積んでいるそうでございますえ。追い払おうとするならば、ドカーンと浜に向かって弾《たま》をうってくるそうでございます」

「おそろしいことなあ。それと戦うのが武士というものであろう。異国の船などやっつけて天子さんをお守りするのが仕事であろうに」

「そうでございますとも」

八重の家からの帰り、延は烏丸、河原町あたりの町中《まちなか》まで足を延ばすことが多くなった。以前の侍は無口な初老の男で、一刻も早く邸に戻ることを促したのであるが、今度の富良太にはそんなことはない。彼自身も京都の町を楽しもうとしているかのようであった。茶屋や旅籠《はたご》の前を通ると、よそ者らしい武士とすれちがうことがある。

「なあ、富良太、今すれ違った武士はどこの国の者や」

「丸に十の家紋からみて、おそらく薩摩《さつま》の者かと思われます」

「おそろしいことやなあ。眉《まみえ》が太うて目がとび出るように大きいワ」

「南の国の者の特徴でしょう」

「それに大きい声で喋っているが、何を言うてるのかちいともわからん」

「はっ、薩摩の国の言葉は、私にもよくわかり申さぬ」

比叡山《ひえいざん》から山をひとつふたつ越えた小浜の言葉は、多少訛りがあるものの京言葉とほとんど同じだ。富良太とは自由に話すことが出来るが、あの眉の太い埃《ほこり》っぽい男たちとは、到底無理なことに違いないと延は思った。

「小浜はええとこか」

「はい、海がそれはそれは美しいところでございます」

「わたくしはまだ海を見たことがない」

口に出したとたん、そのことは延にとって決定的な不幸に思われた。

「絵で見ただけや。波が立っていて、舟がうかんでいた。湖と違《ちご》うてどこまでも続いてるってほんまやろか」

「本当でございます」

「一度海というものを見てみたいもんや」

「いつかそのうちにご覧になれるでしょう。もしご覧になれなくても……」

「なんや」

「仕方ないことかもしれません。姫さまのようなご身分の方は、あまり旅をなさることはないでしょう」

確かにそのとおりであった。公家の家に生まれた姫は、この町で一生を終えるのがふつうである。もし海を見る姫がいるとしたらそれは海のある国の大名に嫁ぐ者であろう。

「そやなぁ、天子さんだって御所から一歩もお出にあらしゃいませんもん」

「天子さまのような貴い身分の方は、めったにお出になるものではありません」

「そやけど、天子さんはお出になりたくてあらっしゃるかもしれん。だけど出てはあかんことになってるんですやろ」

「それは……」

「なあ、誰もちゃんと教えてくれぬが、おかしいことと思わへんか。この国でいちばんえらいのは天皇さんであらっしゃるのに、その天皇さんに向かって、さむらいが出たらあかんなんていうてますの」

「そんなことは私にはわかりません」

「そやけど富良太もおさむらいさんならわかるやろ。わたくしは御所のまわりを歩くたびに不思議でたまらんようになっている」

「私が学ぼうと思っているのもそのことでございます」

若者は苦し気に、言葉を吐き出すように口にした。

「それは私もいつか知りたいと思っていることなのです」

彼が困惑しているのがわかったので、延は話題を変えることにした。

「なあ、富良太。異人というのはああいう薩摩の者のようであろうか。顔も違うし言葉も違うではないか」

「おそれながら、私は異人を描いた一枚絵を見たことがございます。鼻が天狗《てんぐ》のように高《たこ》うございまして、目がビードロを二つはめ込んだようでございます」

「まあ、天狗やて!」

延は思わず叫んだ。

「ほんまにそないな顔の人がいてるんやろか」

「いや、もう長崎というところでは、そうした異人が、ふつうに歩いているということでございます」

「なんやて。そんなならもう異人はこの国に来てるんやおませんか。そんなん、よう許しましたなァ」

大きな声は萩乃である。萩乃はもし異人が京の町にせめてくるようなことがあれば、即自害するといってはばからない。

「なあ、富良太。そんなことを許さんのが、武士というものであろう。どうしてすぐに追い払うことが出来ないのじゃ」

「姫さま、私にもわかりません。この国の政《まつりごと》が、わからなくなっているのです」

青年の表情には哀しみと怒りがやどり、延は胸を衝《つ》かれた。武士がこれほど素の顔を見せたのは初めてだったからだ。

「岡本先生は、もはや天子さまがお出にならんと、この国はどうしようもならんとおっしゃっておいでです」

「岡本先生とは誰じゃ」

「二条通で天啓塾を主宰している方です」

「その先生はそんなにえらい方なのか」

「はっ、私は師と仰いで教えを乞《こ》うております」

「その先生は何と言っておるのじゃ。どうして武士は異人を追い払わないのか。どうして手をこまねいておるのじゃ」

「はばかりながら、私の立場でそんなことを姫さまに申し上げることは出来ませぬ。せっかく置いていただいた邸から出ていかねばなりません」

どうして知りたいことを聞いたらいけないのかと延は続けようとしたがやめた。目の前の青年がしんから困惑しているのがわかったからだ。

三

兄の実順《さねあや》が婚約をした。

相手は鷹司政通《たかつかさまさみち》の姫君、美津子《みつこ》である。

「なんといいご縁だろう」

今出川の重臣たちは喜んでいる。鷹司家は、近衛、九条、二条、一条と合わせて五摂家と呼ばれる家のひとつで、政通公はずっと長く関白《かんぱく》をなさっている。

この家と縁組みするために、今出川家は緑児《みどりご》（乳児）の成長を待っていたのである。美津子はまだ七歳の少女である。婚儀はまだずっと先のことになるため、美津子はその時まで鷹司家で暮らすことになるという。

しかしそんなことはまるで苦にならないほど、今出川家は婚約の喜びにわいていた。父を亡くした二十歳の今出川の当主を、関白さまがこれから守《も》りたててくれるだろうと期待しているのである。

そもそも今出川家は、鎌倉の後期に西園寺《さいおんじ》家より分かれている。対して鷹司家の方は、摂家近衛家からの分家で、政通さまは王孫でいらっしゃる。家格はあちらの方がはるかに高かった。

摂家の方々というのは、自分よりも官位が高くても家格の低い者たちとすれ違う時、あちらは丁寧に挨拶しても、駕籠《かご》の戸を少し引いて軽く会釈をするだけだ。

それだけではない。大納言以下の人々は、摂家の方々に往来で会えば、それまで履いていた草履《ぞうり》を脱ぎ、きちんと沓《くつ》に履き替えてお辞儀をするのである。

特に関白鷹司さまのご威光は大変なもので、当今さんもあれこれご相談なされ、いろいろと頼りにされているということだ。それだけではなく、お役料だけでなく大名からの〝お手伝い〟も多く、鷹司家は一条家と並んで裕福なことで知られている。

この家と縁を結んで実順は、従三位《じゆさんみ》・右近衛権中将《うこのえのごんのちゆうじよう》となっていた。これは清華家ということをさし引いても早い出世だ。ただ温厚なだけと思っていた兄が別の面を見せ始めたのもこの頃で、今出川家の重臣たちが、

「家禄《かろく》もろくにいただけない貧乏公家」

と蔑《さげす》んでいる家の者たちとつき合い始めたのだ。

このあたりを歩いていると、小さな門構えの貧し気な邸をいくらでも目にすることが出来る。萩乃に言わせると、

「お役についていると言うても、名前ばかりで何もせえへん人たち」

ということだ。

清華家である今出川家にはわからぬような、金の苦労をしている公家はいくらでもいた。同じ清華家でも久我《こが》家は盲人に検校《けんぎょう》という身分を与えることで金を得ているし、清華家ではないが四条《しじょう》家は包丁道を家の仕事として、料理人たちから援助を受けている。

さらに下の公家たちになると、扇をつくったり絵を描いたり内職に励む者も多い。寺から能筆を見込まれ、写本をしたり調べ物をする者たちは珍しくないということだ。萩乃は声をひそめて言う。

「中には大きな声で言えんようなことを、してはるおうちもありますんやで」

「悪いことをしているのか」

「さようでございますよ。中にはうちを賭場《とば》に貸しているお方もいはるそうですよって」

「賭場というのは何だ」

「君さんがお正月に、うちの者たちを集めて、扇投げやかるたでお遊びおすなぁ。あの時にごほうびに扇や袱紗《ふくさ》をお下しなさいます。あれがおたからになったようなもんですやろかな。町中のお悪さんたちが、夜な夜なやってくるそうでございますが、どんな貧乏でも公家は公家、奉行所の者は入ってこられません」

「おお、こわ」

兄がそんなところに出入りしているかと思うと、延はすっかり不安になってくる。たまにちらりとすれ違う程度であるが、そうした下級の公家の者たちは、烏帽子《えぼし》はつけているものの、お化粧もせず鉄漿もつけず、髪もぼさぼさと乱れている。あれではおさむらいとまるで変わらないのではないだろうか。

しかしそうした公家の若者と、青侍の富良太とが軽く会釈するのを延は見てしまった。

「お前はあの者を知っておるのか」

「はい、同じところで学んでいるのです」

彼が通う私塾のことらしい。

「これは異なことを聞いた。さむらいのお前と同じところへ行って何を学ぶというのや」

「この国のなりたち、というものです」

「この国のなりたちか」

「はい。まことにおそれ多いことでございますが、わが国には天子さまがいらっしゃいます。いずれはこの天子さまが、すべての政《まつりごと》をやってくださる世の中にしなければいけないと、岡本先生はおっしゃっているのです」

「そうすれば、天子さんはあの御所から出られるのか」

「はい、京に上ってくるさむらいたちは、みな同じようなことを考えているのです」

前よりも富良太ははきはきと喋るようになっている。といっても最後に必ず、

「私がこのようなお話を姫さまとしていることを、どうか御所様に申し上げないでください」

と言うのを忘れない。

鷹司家から、菊を見にこないかという誘いがあった。

婚約の時以来、これといった連絡もなく、兄は妻となる姫に会うこともなかった。

「やはりあちらさまは、お高《たこ》うてあらしゃいますなァ」

と萩乃はこっそり陰口を叩《たた》いたりしていたのだが、この時は兄の他に北の方様と延も招かれていた。いつものように北の方様は、頭が痛いということで部屋からお出に

ならなかった。

楊梅御殿《ようばい》と呼ばれる鷹司家は御所の南、堺町御門《さかいまち》の東にある。西は九条様の邸だ。

ここで初めて延は美津子と会った。色の白い整った目鼻立ちで、将来はさぞかし美しい人になるだろうと思われるが、いかんせんまだあどけない少女である。

それよりも兄に似合いと思われるのは、十五歳になる積子《つみこ》である。こちらの方は天性の美貌《びぼう》がすでにはっきりと現れていたが、もう伏見宮《ふしみのみや》家と婚約が調っていた。

おそらくこの姫をめぐって、伏見宮家と今出川家とは競ったに違いない。しかし五摂家よりも重くみられないといっても、親王家はやはり格式の高いことには変わりなかった。

鷹司家がご内福という噂は本当なのだろう。庭師によってよく手入れされた菊の花が数え切れぬほど咲いている中を、延は積子と歩く。同じ年頃の少女と話すことはあまりないので、延はあれこれ尋ねずにはいられない。

「なあ、積君《つみぎみ》さんのところは、ごきょうだいが多くて本当によろしおすなあ。美津君さんたちと仲よく遊ばはったりなさりますの」

「そんなことあらしません」

積子は濃く紅が塗られた唇で答える。

「うっとこのきょうだい、みんな乳母がおじゃしたから、お兄さんも、お姉さんも、みんなそれぞれの部屋で過ごします」

「みなで集まられること、あらっしゃるの」

「どうですやろなあ。わたくしがごく小さい時分、おたあさんを囲んできょうだいでお菓子をいただいたことありますなぁ」

「ええなぁ」

母親を中心に、幼いきょうだいたちがいっせいに菓子を食べる光景は延の心を暖かくさせた。

「積君さんのお母上って、どんなお人ですやろ」

「北の方さんは、水戸から来てますんや」

「そうどすかあ」

延は少々驚いている。隣家の千代君さんが嫁ぐという徳川慶喜の実家である。天皇崇拝を旗印に持つ水戸家では、こうして昔から公家たちと縁組みをしてきたのだ。実を言えば、延の曾祖母にあたる禎子も水戸家の出であるが、あまりにも昔のことで憶えている者もいない。大名家に嫁ぐ公家の姫のことは後々まで語り継がれていても、この町にやってきた大名の姫についてはみな冷淡に忘れ去ろうとするかのようであった。

「ほなら、水戸の中納言さんは、積君さんのお母上のごきょうだいなんやな」

「北の方さんの弟君にあたられます」

「そなら、徳川慶喜さんという方は、積君さんのお従兄《いとこ》さんになられんのやなァ」

「そうですやろか」

積子はそれがどうしたのだ、という風に延を見た。この公家町ではすべてと言っていいほどの家が血縁で結ばれていたから、従兄妹などというのは他人と同じだった。

「その慶喜さんは、一条さんとこの千代君さんとご婚約してますんや」

「そうらしいですなぁ……」

積子はこれも他人《ひと》ごとのように言う。

「慶喜さんというお方は、えろう頭がようていずれ将軍にならはるそうですなぁ。なんでも家康公の再来ということで、それは素晴らしいお方という話を聞いてます」

おまけに男前という萩乃の言葉も伝えたかったが、やはりそれを口に出すことははしたないことだと延にもわかる。初めて会う摂家の姫には言ってはいけないのだ。

「うちの乳母が言うには……」

積子は初めてうっすらと笑った。そうすると鉄漿をつけた歯が少しそっ歯だとわかった。

「水戸の中納言というお人は、なんでも大げさに話すということですわ。自分の息子のことをあんなに自慢するお人はちょっとあらへんと、うちの者たちは言うてますわ」

積子の言葉は延を落胆させた。あの利発で可愛《かわい》らしい一条家の千代君さんと、男前で英邁な婿殿という組み合わせに、娘らしい関心と憧《あこが》れを抱いていたからである。

「なあ、積君さんは、水戸のおうちがおつくりになった『大日本史』というのをお読みにならしゃったの」

「いいえ、そんなもんは読むことはないと、北の方さんが言うたはります。なにも鷹司の家の者が、さむらいのつくった日本の歴史を読まんでもよろしとおおせでした」

「さようか」

積子の権高《けんだか》さに延は少々驚いてしまった。これはまだ八歳の美津子にも共通していて、延が話しかけても、気のない返事がかえってくる。恥ずかしがっているというのではない。摂家の娘が言葉を発する時は、最小限でよいと考えているかのようであった。

同じ摂家の姫君でも、明るく人懐っこかった千代君さんのことを思い出す。あの方が兄の奥方になってくれたら、どんなに嬉《うれ》しかったであろうか。明るくはきはきとものをおっしゃり、一緒にいて楽しかった。

その日帰ってから、萩乃についこんなことを言ってしまった。

「鷹司さんの美津君さんは、お兄さんのところへいらっしゃるのを、そんなにお好きさんでないと違《ちゃ》うやろか」

「そんなことまだお考えになるお年では、あらしゃいませんやろ」

「そやけど、お兄さんが話しかけられても下を向いておしまいになる。それがきまりわるうてそうしてあらしゃるのとは違う。鷹司から今出川へいらっしゃるのが、ご不満なんやろか」

「何をお言いやすか。君さんのお祖母《ばあ》さまは鷹司さんからいらしてますんやで。今出川のおうちは、鷹司さんと昔から縁組みしておいでです」

「だけどお兄さんがお言いやした。うちとこは父上が早《はよ》うにおかくれになった。そやから世の中から軽うみられることがあると。あちらの方々もそんなお気持ちやないやろか」

「まあ、鷹司さんといいやしたら、五摂家さんの中でもこの頃はえらいお力をお持ちであらしゃいますからなあ。当今さんは何でも鷹司さんにご相談するというお話ですわ。ほんまやったら、積君さんあたりを当今さんところへ差し上げたかったでしょうに。今は中山の局《つぼね》さんがおいでですからなあ」

二十二歳の天皇さんには、既に九条家からいらした女御《にょうご》さまがいらしたが、今御寵《ごちょう》愛《あい》をひとり占めしているのが、安栄《あえ》の権典侍《ごんのすけ》さんこと権大納言《ごんだいなごん》中山忠能《ただやす》の二女慶子《よしこ》である。慶子はこの九月に、皇子をあげたばかりだ。それまでも天皇さんには皇女、皇子がお一人ずつお生まれになっていたのであるが、どちらも早世なさっていた。そんなわけで皇子のご誕生は内裏《だいり》をあげての喜びごととなり、天皇さんのお心は、ますます慶子に傾いていらっしゃるという噂だ。

「なあ、美津君さんが、うちにいらっしゃるのは、いったいいつぐらいになるの。美津君さんは、まだ本当にお小さい方やった」

「そうどすなあ。あと十年ぐらいはかかりますのと違《ちゃ》いますやろか」

「それではお兄さんは、あまりにもおさみしいではないか」

二十一歳の兄が、八歳の許嫁《いいなずけ》を得てのあと十年間はひとりで暮らさなくてはならない。延にはこのことがやはり奇妙に思えてきた。

実順は妹の目から見ても、顔かたちが整い動作も優雅である。それなのに、ずっと結婚出来ないのだ。

ひとりで琵琶を弾いている姿を見ると、延は須磨《すま》に流された光源氏を思い出さずにはいられない。以前は町中に通う女性もいたらしいのであるが、この頃は噂も聞かない。公家きっての実力者である鷹司家に遠慮しているのだと召し使いたちは噂している。

「なあ、美津君さんもいずれお兄さんの北の方さんにならはるんやったら、このうちにたまには遊びにいらっしゃったらいい。そして琵琶をお習いになればいいのに。やはりうちにくるのがお嫌さんやないやろか」

「おお、鶴亀《つるかめ》、鶴亀。そんなことを大きな声でおっしゃってはあきません」

萩乃は大げさに手を振った。

「そこらの町方の者と違って、関白さんのお姫《ひい》さんと右近衛中将《うこのえのちゅうじょう》さん（実順のこと）とがべたべた仲ようするはずないやありませんか。萩乃は、よそのおうちを知っているわけやおへんが、貴いお方のおうちで、琴瑟相和《きんしつあいわ》して、なんていうところはめったにあるものやおへん。どんなご夫婦も、まずおうちだいいちにいろんなことをご辛抱するものでございます。そんなに仲ようされんとも、御子《みこ》をあげればそれでよいのでございますよ」

「だが夫婦仲よくしなければ、子どもは生まれないものであろう。こなたが以前言っていたではないか」

「まあ、鶴亀、鶴亀。そんなことはいずれ君さんがお輿入れする時、萩乃がじっくり教えてさしあげますよ」

「わたくしは、お兄さんと美津君さんのような夫婦にはなりたくない。夫婦仲よう暮らせないものだろうか」

「私はそんなうちを聞いたことも見たこともありません。さむらいとても同じでしょう」

　このときのやりとりを、延はのちのち何度も思い出すことになる。

　延は富良太に尋ねてみることにした。

「お前のうちはどんな風だったの。おもうさん、おたあさんは、仲ようしておいでやったの」

「私のうちについてでございますか」

　富良太はふっと表情をゆるめた。

「私どものところは、酒井家家臣とはいえ十石《こく》二人扶持《ぶち》のしがない家でございましたので、生活が大変でございました。兄、姉、私、小さな弟、妹がおります」

「富良太はきょうだいがおったのか」

「はい、食べ盛りの子どもたちを抱え、母は庭を畑にいたしまして、野菜をいろいろとつくっておりました。近所も似たりよったりの貧乏ざむらいばかりですので、どこも同じように庭は畑にしております」

「庭が畑とは」

「はい、私ども子どもも母を手伝い、みなで肥料や水をやったものでございます」

　母を中心に子どもたちが畑仕事をする、暖かい情景が見えるようだ。

「それで父と母は仲睦《むつ》まじゅうしていたのか」

「はい、それはそれは」

「なんと、仲睦まじいのか」

「こう申しては法螺話《ほらばなし》とお聞きなさるかもしれませんが、私の母は小浜藩きっての美女と言われたそうでございます。それで大層なご大家からも縁談があったのでございますが、母は父のもとに嫁いだのです。おかげで父は果報者よと言われ、母のことをそれは大切にしておりました」

「わたくしにはようわからぬが、夫が妻を大切にするというのはどういうことなのだろう」

「そうでございますね。父は酒にようとよく母をからかいます。すると母が怒ったふりをして父をぶちます。すると父が許せ、許せ、と謝ります。その後、二人でよく笑っておりました」

延は混乱してしまう。妻が夫に怒り、真似《まね》事とはいえぶつ、すると夫が謝る。そして喧嘩《けんか》になるどころか二人で笑い合うというのだ。そんな光景は全く想像も出来なかった。

「それでお前の父と母は息災《そくさい》でいるのか」

「いいえ、その……。父は藩のお考えに触れ隠居となりまして、今は家でふせっております」

藩の考えに触れ、というのはさらにわからぬことであるのだが、聞いてはいけないことだというのは延にもわかる。

まだ相手も決まらぬとはいえ、年頃になった延は、夫婦というものについてときどき、思いをめぐらせてみるようになった。

突然の婚約

一

嘉永《かえい》六年（一八五三年）の新春を、内裏《だいり》は静かに迎えられた。

静かに、というのは近年さまざまなことが起こり、主上《おかみ》をお悩ませしているからだ。

今から数年前のこと、元日に突然日食が起こった。そして二月に入ると今度は月食があったのだ。このことを主上は「吉兆だろうか、それとも不吉な兆しだろうか」と大層気にされ、陰陽頭《おんみようのかみ》の土御門《つちみかど》晴雄《はれたけ》をお召しになったのだ。言うまでもなく土御門家は、平安時代から続く安倍晴明《あべのせいめい》の末裔《まつえい》である。内裏はもとより、この国で起こるさまざまなことを占うのが仕事である。すぐさま内裏にこの日と月の満ち欠けの意味が奏された。それによると、

「泰平の御世《みよ》をあらわしている」

ということで主上は安堵《あんど》なさったのであるが、それはすぐにはずれることとなっ

た。何度も外国船が近くの海に姿を見せ始めたからである。そのために孝明《こうめい》天皇は、七社七寺（伊勢神宮など皇室と関係の深い社寺）に国家の安泰を祈ることを命じる綸《りん》旨《じ》をお出しになったぐらいだ。昨年も日食があり大雨と雷がとどろいたものの、祐宮《さちのみや》さま（後の明治天皇）もご誕生ということで、内裏はまずまずの新年を迎えられたのである。

元旦は四方拝《しほうはい》の後、摂家《せっけ》五軒だけが朝賀してお祝いを申し上げる。今出川《いまでがわ》家の当主が参内《さんだい》するのは三日になる。七日は白馬《あおうま》の節会《せちえ》だ。源氏物語に出てくるとおり、日華《にっか》門《もん》から白馬を引き出して、紫宸殿《ししんでん》の前に連れていく。この白馬を天皇さんがご覧になると、一年の息災《そくさい》が約束されるということになる。十六日は地下人《じげびと》の娘たちが舞う踏《とう》歌《か》の節会、二十四日は歌御《うたご》会始《かいはじ》めと華やかな行事が続く。

今出川家でも代々の作法どおり、正月の儀式が行われた。

烏帽子《えぼし》をつけ直衣《のうし》姿の兄が、上の間に入り先祖に長いこと祈りを捧《ささ》げるのだ。その後は祝いの膳《ぜん》が用意され、この日だけは延《のぶ》は兄、義理の母と一緒に朝食をとる。まずは屠蘇《とそ》をいただき、その後は雑煮《ぞうに》を食べる。雑煮は焼いていない丸い餅《もち》に白味噌《しろみそ》仕立てだ。膳の上にはにらみ鯛《だい》が置かれているが食べるわけではない。いわば飾りの鯛だ。このあと弾き初《ぞ》めをしたり、三十人ほどの家の者の挨拶《あいさつ》を受けたりするので、ゆっくりと膳を囲む時間はなかった。質素なものをそそくさと食べる。

五日には家中の者たちが楽しみにしていた万歳《まんざい》がやってくる。大和《やまと》国の箸尾《はしお》村からやってくる三人は、まず御所に参内し、主上の前で千秋《せんず》万歳を舞うのである。烏帽子をかぶり素袍《すおう》という舎人《とねり》の格好だ。

「一本の柱が伊勢天照大神《いせあまてらすおおみかみ》、二本の柱が二の宮権現《ごんげん》、三本の柱が山王《さんのう》権現……」と鼓《つづみ》をうつて歌うというまことにひなびたものだ。しかし孝明天皇はこれがとてもお好きでいらっしゃるということだ。御所から五摂家をまわってくるので、今出川家にやってくるのは午後をまわる。この三人の万歳師を家の女たちも待ち構えていて、酒をつけたお膳に金と餅を用意していた。

お正月に虎屋《とらや》があつらえてくれる紅白の菓子は、延の大好物である。七日の午後、延はそれを土産にして母の八重《やえ》のところを訪ねた。この町屋に来るのは久しぶりのことである。萩乃《はぎの》があれこれ報告するのであろう。兄の実順《さねあや》があまりいい顔をしなくなっている。

「君《きみ》さん、おめでとうございます。今年もよろしゅうお願い申し上げます」

八重は娘を上座において丁寧にお辞儀《じぎ》をした。実家の西陣《にしじん》の織元が用意したのであろう、宝尽くしを染めた正月の衣裳を身にまとっていた。

「まあ、君さん、ますますおうつくしゅうならはって」

挨拶の後はまず娘の容姿を誉《ほ》めたたえる。そしてその後に続く言葉もいつもと同じだ。

「このお正月で、十九歳におなりどすなあ。昔やったらえらい年増《としま》やおへんか。まあ、御所《ごす》さんときたら、妹のことをどうお考えになっておいやすのやら」

騒々しく喋《しゃべ》りながらも、表千家の作法どおり茶をたててくれた。

「だけど御所さんも大変でおいやすなあ。鷹司《たかつかさ》さんのお姫《ひい》さんと婚約なさったのはよろしいけど、あちらはまだ九歳のお子さんとお言いやすやないの。いくら鷹司さんのお姫さんでも、ちょっと釣り合わんのと違《ちゃ》うやろかと、みな噂《うわさ》してますんやで」

兄や萩乃が八重のことを遠ざけようとするのは、こうした町中《まちなか》の噂話を延に告げるからに違いない。けれども延はこうした母の話がそう嫌いではなかった。いきいきとした町の話が伝わってくるからだ。

「京都もなあ、下京《しもぎょう》の方はそら物騒なことになってますんやで。長州《ちょうしゅう》やら薩摩《さつま》やら、いろんな国のおさむらいさんが、肩で風切って歩いてますんや。まあ、あの人らの不風流なことゆうたらなァ。特に薩摩の人ゆうたら顔も体もいかつうてなァ、話すこともようわからしません。そやけどあの人ら田舎者《いなかもん》はこんな時でないと京都に来られんから大喜びや」

「いったい何をしに、みんな京都に来ているのか」

「あてかてようわかりまへんわ。なんでも外国の船がやたらやってきて、もうこの国はどうなるのかようわからん、だから天子さんのお指図をあおごうっていうことでみんないきりたってますわ」

「今度は天皇さんがお指図をするというのか」

延が日本書紀を教わった時、兄から聞いた話はこうだ。この国をつかさどる政治という仕事は、大層気苦労が多く、汚い側面を持っている。人を殺《あや》めたり、罰を与えなくてはならない時もある。そんな仕事をどうして神聖な主上にさせられようか。だから一時的にさむらいに政治というものを任せているのだ。

「しかし国が困難になった時は、やはり天皇さんにおいでいただかんとあかんのや」

兄の言った〝困難〟というのは今なのであろうかと延は少々身構える。しかし八重は、

「あてにもそんなこと、ようわかりまへんわ」

のんびりと菓子を口に入れた。

「あの人らかてようわかってへんのと違《ちゃ》いますか。男の人らは、大変や、大変やとゆうて、あちこち飛びまわるのが大好きなんやおへんか。それが証拠にはえらそうなことを言うてる薩摩や長州のおさむらいも、みんな祇《ぎ》園《おん》や島原《しまばら》にいりびたりちゅう噂どすえ」

「祇園や島原になんでいりびたるのか」

「こらすんません。君さんにいらぬことを教えてしまいましたなあ」

八重は照れたように笑った後、

「そや、君さんももう十九におなりですものなあ」

とひとりごちた。

「そら、京の女子《おなご》見てびっくりしたんですわ。こんな綺麗《きれい》な女子がいたのかと、みんな天女見るみたいに見たんですわ。それでおさむらいはみんな、祇園や島原の芸妓《げいぎ》に血道上げるのと違いますやろか。あの人らにかかったら、田舎ざむらいはみんな骨抜きにされるんどす」

「骨抜き」という意味が延にはよくわからない。まるで鰻《うなぎ》のようにくねくねした魚のことを思ってしまう。しかしその意味を母に聞くことははばかられた。

「なあ、ほんまに御所《ごす》さんは君さんのことをどう思うておいやすのやろか」

そして八重のいきつく先はそのことばかりだ。

「あてもなあ、いろんな人から公家《くげ》町の様子を聞いてますんやわ。笑わんといておくれやす。いても立ってもいられんちゅう気持ちですやろか。どこそこに君さんに釣り合う若さんがおいでにならんかなあと、そんなことばかり考えてますんやで。あのなあ、一条《いちじょう》さんとこは、君さんと同い年の若さんがいらっしゃいますんやて。歌がお上手で、そりゃあ美しい若さんということですが、もうとうに近衛《このえ》さんとこの君さんと決まっていらっしゃるということで、ほんまに口惜《くや》しおすなあ。なあ、なんとかなりまへんやろかなあ……」

なんと八重は自分の言葉に興奮したのか、目に涙さえうかべているのだ。寡婦なのであるが、人妻である証《あかし》に眉《まゆ》を剃《そ》り、玉虫色の紅をつけている。遠い国から来た者たちは一瞬驚く濃い化粧だ。しかし見慣れると妖艶《ようえん》な年増の魅力が漂っていた。後でわかったことであるが、八重は有名な俳諧《はいかい》師を通わせていて、いずれは一緒に暮らすようになる。

「これは世間のお人が言いやすことやけど、今出川さんのおうちは女手がないさかい、それで君さんがよそにいけんように鷹司さんが指図なさっているというお話や。なんでも鷹司さんの姫《ひい》さんが今出川に嫁がはるまで姫さんはうちにいてほしいとおっしゃったという話や。関白《かんぱく》さんかしらんけど、人を随分こけにした話と違いますやろか。だって鷹司さんの姫さんは、まだ九歳やおへんか。お輿《こし》入れまでには七年はかかりますえ。そしたら君さんは二十六歳におなりになりますえ。もう大年増やおへんか。こんなにお綺麗でいらっしゃるのに、もし嫁かず後家《い》にならはったらどうしようかと思うと、あてはつらくてつらくて……」

たまらなくなったらしく口を手で覆った。

「大丈夫。そんな時には、尼になってどこかご門跡《もんぜき》の寺に入るから」

るからだ。

というつもの言葉を延は呑《の》み込む。それが母にとってどれほどつらいことかわか

一月二十四日は歌御会始めであった。主だった公家の者たちが内裏に集まり、主上の前で歌を披露するのである。

その日帰ってきた兄から、延は上の間に来るように言われた。部屋に入ると兄は正装の束帯《そくたい》姿であった。まだとらないでいる冠も細太刀も今年の春のために新調したものである。このところほんのわずかであるが、今出川の家がうるおっていることを延は感じている。

「今日はえらい疲れた……」

実順は公家らしくぽってりと描いた眉をしかめた。

「天皇さんがあまりご機嫌がおよしさんやのうてあらしゃって、どの歌もあんまりお気に召さずむっつりされたままやった」

「まあ、それはどうしてでございますやろか」

と延は問うてみて、すぐにいけない、と思った。内裏での天皇さんのことを聞いたりすることは許されることではないのだが、憂鬱《ゆううつ》そうな兄の態度に、つい乗じてしまったのである。しかし兄はあっさりと答えた。

「そら、正月になってから関白さんが、またお辞めになりたいとおっしゃったからに決まってるがな」

関白、鷹司政通《たかつかさまさみち》さまはもう三十年、関白の職に就いていらっしゃるのであるが、これほど長い在任はかつてないことであった。

関白さんの方では、さらにお続けになりたい意向で、主上もそれをお許しになっていたのに、さすがに老齢にはかなわなかったようだ。

「このあいだ大納言《だいなごん》さんのお召しがあった」

実順は突然話題を変えた。大納言さんというのは一条忠香《ただか》のことである。

「そなたを養女に欲しいということや」

「わたくしをでございますか」

延は聞き返す。目上の者に向かって聞き返すことも非礼なこととされたがこの場合は仕方ない。

「なんでですやろ。わたくしは今出川のうちの者ですし、一条さんのところには姫《ひい》さんが何人もいらっしゃいます」

千代君《ちよぎみ》さんのことを思い出す。愛らしくて利発な一条家の姫君。義姉になる鷹司家の姫君よりもずっといい方やと延は思う。

「まだおおやけにはされていないことやが、昨年千代君さんは疱瘡《ほうそう》にかからしゃった。お命はとりとめたということやが、お顔がいけなくなってしまったということや。それでお前が代わりをつとめなきゃあかんのや」

寒い夜であった。二人の傍らには手焙《てあぶ》りが置かれていたが、炭が消えようとしていた。しかし取り替えに来る召し使いはいない。実順が人払いをしたのであろう。

「そなたも知っているとおり、千代君さんは水戸《みと》の刑部卿《ぎょうぶきょう》さま、徳川慶喜公とご婚約あらしゃっていた。しかしいくらなんでも、あばたの姫をご正室として差し上げるわけにはいかないというのが、大納言さんのお考えや」

疱瘡と聞いて延は身ぶるいする。

疱瘡というのは、誰もが忌《い》み嫌う怖《おそ》ろしい病気だ。高熱が出て苦しんだ揚げ句、あっけなく命を落とすことがある。もし一命を取りとめたとしても、顔に醜い凸凹《でこぼこ》が残るのだ。女性の場合は深刻で、美しい顔にあばたが出来たとして自害する例もあるということだ。尼になる身分の高い女人《にょにん》も、このあばたゆえということも多いと聞いている。

「それで千代君さんは、お加減はどうあらしゃいますの。お顔のあばたは、そんなにひどいものなんですやろか」

矢継ぎ早に聞くのは、今自分の運命に起こったあまりにも大きな出来事を、深く考えたくないからだが、

「そんなこと知らんがな」

　実順は大儀そうに言った。

「ちゃんと大納言さんとこで、よいようになさるやろ。こちらの知ることやない。そなたはすぐに一条家の姫となって、一橋《ひとつばし》家に嫁《い》かはることを考えればええ」

　そしてゆっくりと語り始める。

「何年か前のことや。そなたは一条さんとこへ招かれて観世《かんぜ》を見たことがあるはずや。その時に大納言さんは、そなたのことをお心におとどめあらしゃったということや。それでこなたにこうおっしゃったんや。どうか気をせかして、そこらの家へやったらいかん。延君のことはどうか任せてほしいとな。こなたはその時、おさむらいのところに嫁かせるおつもりやないかと思うたんや。関白さんも大納言さんも、姫さんたちを次々とおさむらいのところにおやりになる。こんな世の中や、公家とさむらいが手を結ばなどうにもならんと、関白さんや大納言さんらは考えてはるんやろな。このあいだ心をうち明けて大納言さんがこなたに、いろいろお話しくださったんや。今、一橋にどこかの姫を嫁かさななならんとな」

　部屋の火はすっかり消えていた。

　この季節の京の寒気が下からしんしんと伝わってくるが、公家の兄と妹は身じろぎひとつしない。父親を早くに亡くしていたがこうした訓練は出来ていた。

「水戸家との約束を違《たが》えることは出来んのや」

実順はため息を漏らすように話し出す。

「天皇さんにとって、水戸の中納言《ちゅうなごん》というお人は、ないがしろには出来ん人やろなあ。なにしろ水戸藩は代々、天皇さんを大切にするところや。あの中納言ゆう人は、おかしなことを口走るやっかい者《もん》や、という人もおるけど、そう怒らせたくはないというんが、関白さんや大納言さんの本当のとこであらしゃるやろ。水戸の中納言さんのご正妻は、有栖川《ありすがわ》さんであらっしゃるが、今度慶喜公の正室には、公家ならば貴いおうちの姫さんが欲しいと言い出したそうや。まあ、なんとだいそれたことをお考えなんやろ。たかだか水戸家、一橋家で摂関家《せっかんけ》とお言いやしたから、関白さんも呆《あき》れはったんと違うやろか。水戸の中納言は、それでも諦《あきら》めんと、それならば内大臣の姫がいいと今度は名ざしでお言いやしたと」

内大臣の姫ということになると、鷹司輔熙《たかつかさすけひろ》さん、今の関白さんのご長男の姫となる。

「しかしな、そうして中納言の言いなりになるのはいかがなものかと、大納言さんは千代君さんを、一橋公におあげになることにしたんや。そればかりやない。四年前には、大納言さんは一条さんの姫《ひい》さんを家祥《いえさち》公（後の家定《いえさだ》）のところにおあげになったんや」

その姫のことは聞いている。現将軍の嫡子、家祥公のところへ嫁いだ姫だ。大層小柄でいらしたため、江戸でいろいろな噂がたった。八重が教えてくれたところによると、家祥公がこの一条秀子《ひでこ》を手鞠《てまり》にして遊んでいるという話さえ出たそうだ。が、お輿入れになった次の年にはこの方は病で亡くなっている。そのさかのぼること八年前に、関白鷹司家から任子《あつこ》が、やはり家祥公と婚儀を挙げてから、七年の結婚生活の末亡くなっていた。つまり、未来の将軍のために、一条家と鷹司家はかわるがわる姫を差し出していたことになる。

「だからわが家かて、お断りすることは出来んのや。関白さんと大納言さんがこんなに心をつくしておやりにならしゃったことやからな」

延は兄の言葉の最後の方をよく聞いてはいない。結婚話はいずれ来るものだと思っていたが、これほど突然に、しかも意外な形で訪れるとは思ってもみなかったからだ。

「徳川慶喜公に嫁ぐ」

さむらいの妻になるということは想像していなかった。しかも関東に行くことになるのだ。十九歳になるまでこの静かな公家町で暮らしてきた延にとって、途方もなく大きな変化である。この公家町に住む最高権力者たちが協議して決めたことならば、拒否することなど出来ない。しかしこの話を聞いた時、延の中で拒否するものは全く起こらなかった。ただひとつ気がかりなことがある。

「あにさん」

　延は問うた。

「あちらはわたくしでよいのですか」

「よいとはどういうことや」

「刑部卿さんは、千代君さんとずっと許嫁《いいなずけ》でいらしたそうやありませんか。それやのに千代君さんがご病気になられたということで、わたくしが代わりになっても構しませんのやろか」

〝代わり〟という言葉を口にしたとたん、せつなさがこみあげてきた。最初から望まれていくのではなく、望まれた女の身代わりになるのではないかという思いだ。

「そんなこと、構わへんがなァ」

　実順は驚いたような声をあげる。

「水戸の中納言は、ずっと昔に千代君さんとのご婚約してはっても、やはり息子に皇女（天皇の娘）を寄こせというお人や。千代君さんとのことをどこまで本気で思うていたのかわからんことや。それにこんなことをそなたに言うのはよくないことかもしれんが、前に家祥公のところに嫁ぎはった一条さんの寿明姫《すめ》（秀子）は本当の姫やない」

「まあ、どこからお貰《もら》いやしたの」

「どこぞの貧乏公家の娘という話や。家祥公は体が弱いという話やが、次の将軍になるかもしらん。一応は娘を嫁がせようというお考えなんやろ。だけどそなたは違うで。刑部卿というのは、まことに頭のいい立派なお方という噂や。いまこんなにむずかしいことになっている時、あの人なくては京もやっていけんというのは大納言さんのお考えや。だからこそ今出川の者をご所望なんや。千代君さんの代わりになるのは、そなたしかおらんとご所望や。そなたのほうが二歳年上やが、これはいい年まわりや。だからそなたは気に病むことは何もあらへん」

延はうつむいたまま、それ以上何も言うことは出来なかった。

二

一条邸へ二人して挨拶に行ったのはその二日後である。隣家の主《あるじ》であるが、延は会うのは初めてだ。

「もう親子や。御簾《みす》はなしにしよ」

とおっしゃって、近くに座るようにとお命じになった。初めて拝した大納言があまりにも若いので延は驚く。大納言はまだ四十二歳というお年であった。

「今度のことはほんまにご苦労さんやな」

忠香はまず延をねぎらった。

「公家の娘が江戸へ嫁ぐというのは並たいていのことやない。言葉も違うし、関東の女はそれはきついとゆう話や。だが、これはそなたでなければならんお役目や」

大納言のお声はやや甲高《かんだか》く、途中で何度か咳《せき》で中断された。お正月以来軽い風邪をひいていらっしゃるということだ。細面《ほそおもて》の非常に端整なお顔をしていらっしゃる。切れ長の目と小さく締まった口元は、一度だけおめにかかった千代君さんとそっくりだ。千代君さんが疱瘡にかかられて、お顔が無惨なことになったというのは本当だろうか。自分はここでお見舞いの言葉を申し上げるべきなのだろうか……。

が、大納言は延のそんな心の迷いなど全く気にとめることもなく、ずっと話を続けられる。

「そなたも知っておられよう。この頃わが国のあちこちが騒がしゅうなって、異国の船もやってくる。こんな時やからこそ将軍さんがしっかりしてもらわなならん。田舎のさむらいたちが、天皇さんをお助けする、天皇さんに政《まつりごと》をやってもらう、などと言っているそうやが、そんなことは公家が決めることや。さむらいが決めることやない。

この国は天皇さんがいて、その下にさむらいがいてこそうまくいってたんや。この頃うまくいかんようになったんは、その棟梁《とうりよう》の将軍がようなかったんや。だからこそ次の将軍には、これぞと思う人がなってくれな困ると、こなたはもう何年もそのことばかり考えていた。今の将軍さんの次は、きっとあの四男さんがおなりになろう。とてもお体の弱い。そなたもこの四男さんのことは聞いておろう」

延は返事に困ってしまった。「とてもお体の弱い」という大納言の声が、あまりにも憎々し気だったからだ。

「お体の弱い四男さん」

というのは、家祥公のことに他ならない。彼の奇矯な行動というのはこの京都にも伝わってきている。人と話している最中、突然体がぶるぶると震えて泣き出したりする。そうかと思うと庭で飼っているアヒルを一日中追ったりしているということだ。

「あんなお人が将軍になられたら、いずれこの国は滅びてしまうがな。その前に何とかしないとあかんのや。それで心ある大名が集まってあれこれ相談して、次の将軍になるお方は一橋の刑部卿さんしかないということになったんや」

延に羞恥《しゆうち》と緊張が走る。その名前こそ自分の夫になる人だと聞かされたばかりだからである。

「今はなあ、さむらいと公家が争ってる時やない。心をひとつにしてええ将軍さんを立て、異人を追い払わなならんのや。刑部卿さんというお方は、小さい時から天下に聞こえた秀才でそのうえ豪胆なさむらいということや。あの父親の水戸の中納言はよく法螺《ほら》を吹きよるが、国難に際して神がつかわしてくれたお人や、というのは信じならんやろな。だからそなたは幸せ者や。天下一の男の妻になれるんやからな。苦労が多くとも、そなたには福があるはずや」

ここで初めて大納言は笑った。綺麗に鉄漿《かね》がつけられた口であった。

「そこへいくとな、さむらいの娘というのはかわいそうなものや。ちょうどそなたと同じ頃、島津《しまづ》の娘が四男さんのところへ嫁ぐぞ」

「島津というと斉彬《なりあきら》殿でございますか」

尋ねたのは実順である。外様《とざま》ながらこのところめきめき力をつけてきた薩摩藩藩主島津斉彬は、今や有力大名のひとりと数えられていた。

「そや、島津も松平（春嶽《しゅんがく》）も、もう刑部卿さんでなければどうにもならんとわかったんやろ。次の将軍がもしあかんかっても、次の次の将軍はどうしても刑部卿さんでなくてはならんと決めている。そのためにも島津は自分の娘を〝お弱い四男さん〟のところへ送り込むことにしたんや」

刑部卿を将軍にするためにどうして島津が家祥公のところへ娘をやるのかは、延にはわからない。

「自分の娘というても、分家の娘を養女にしたんや。気が強いだけが取り得の、不器量な女やそうや」

そう言って大納言は、全く同じ立場の延に対し、少々不味《まず》いことを言ったのではないかと感じたようだ。

「そなたとはまるで違うえ」

とつけ加えた。

「お体のお弱《よわ》さんのところへ嫁ぐからには、島津の姫はお飾りの夫婦や。かわいそうなお人や。しかしそなたは違う。一橋卿はそなたも知っておろう。百人にひとりのお人とみんなが噂しておる。お顔も立派、頭も立派。生まれながらに将軍の器やそうや。ほんまやったらうちの千代が正室にあがるはずであった。が、なあ、ほんまにいとわしいことや。あんな病気にかかってしまって、本人もさぞ口惜しいことやと思うわ……」

大納言はため息をついたが、それはいささか芝居がかっていた。

「あれだけ立派なお方には、こちらとしてもいちばんの公家の娘を出さなならん。それでそなたにこうして頼むわけや」

「畏《おそ》れ多いことでございます」

実順が深く頭を下げた。

「なあ、そなたたち兄妹やから、こなたも腹をうち明けて話すがな、あの右大将《うだいしょう》（家こ祥のこと）のところへ寿明姫を嫁《い》かせたんは四年前のことや。その前に右大将のところへは、関白《かんぱく》さんの姫《ひい》さんが正室で嫁かはった。こなたも会《お》うたことがあるが、それはお綺麗さんで頭もよい姫さんやった。あのお弱さんの右大将ともうまくいかはったという話や。だがご心痛がいろいろあらはったんやろなあ。やはり疱瘡にならはって若い身空で亡くなってしもうたんや」

大納言は遠いところを見るような目つきになる。早くに死を迎えた姫君のことを思い出しているのだろうか。

「あの右大将さんはなあ、関白さんの任子さんがお気に召したんやろな。あの姫さんだけとはちゃんとお話ししたということや。だが、お亡くなりになったらどうにもならん。そこでうちの秀子をすぐに差し上げたんや」

うちの秀子というが、その寿明姫こと一条秀子も養女で本当の大納言の娘ではなく、貧しい下級公家の娘だ。

「そうしたらなあ、えらいめにあったで。まあ、信じられへんようなことや。確かにいと小さき姫であったが、決して人並みやないことはない。それやのにむごい歌が出たんや」

大納言は扇を口におあてになった。そしてかすかに節をつけるようにこうつぶやかれた。

「箱入りの京人形を連れて来て一丈あるとは無理な姉さま」

それはまるで呪詛《じゅそ》のように聞こえた。〝一丈〟は一条さんのことを言っているというのは延でもわかる。

「何度でも言うが、寿明姫はこんまいことはこんまいが、人並みのちいっと下ぐらいや。それをこんな落首が出た。関東というところは本当に怖ろしいとこや。いや、そなたを脅かすわけやない」

ここで大納言は、おほほと女のように笑った。

「今度、一橋の刑部卿の正室に送り出す姫は、そなたのように頭も器量もがようのうてはならん。どこからも文句の出えへんような姫でなくては困るのや。わかるな」

今までとはうってかわった強い視線に延はたじろぎ、そして深く頷《うなず》いていた。

「一橋の刑部卿に次の将軍になってもらわな困るが、たぶん嫡子《ちゃくし》の家祥公になるやろ。だが、長くは続かんはずや。その次の将軍こそが大事なんや」

「やはり一橋の刑部卿になりますんやろか」

実順が我慢しきれないように尋ねる。少なからず兄が興奮していることに延は驚いた。日頃はおとなしく、摂関家の言いなりやと、家の者たちからも歯がゆく思われている兄が、顔を上気《きい》させ、大納言に矢継ぎ早に質問しているのだ。

「何やら紀伊徳川の左近衛中将《さこのえのちゅうじょう》を担ぎ出そうとする動きもあるそうでございます

が、本当ですやろか」

「そうや、それで島津もいろいろ考えてるのや。自分の娘にした者をまずは関東に送り込まなければ、何も始まらんと思ったんやろなァ」

「そやけど、血筋からゆうたら紀伊の方がふさわしいという関東の者が多いと聞いております」

紀伊の慶福《よしとみ》公（左近衛中将）は前将軍の孫となるからだ。

「何を言うのや。こんな時にさむらいごときが、血筋やなどと言っておれるわけがない。頭がようて力がある者でなければあかん。島津はそこがようわかっている。そやからどんなことがあっても、一橋刑部卿を次の次の将軍にしなければならんと思うとるんや。ええか、延、そなたは刑部卿を立派な将軍にせんとあかん。その役目はこなたの姫にさせるつもりであったが、どういう星の下に生まれたんやろ。そもじになってしもうた。延、こなたの娘の分までそなたは力を尽くさなあかん。刑部卿は将軍になるお方や。わかるか。千代の分までそなたは正室となって気張らなならん。それがこんな時に一条の家に縁をもった者《もん》の定めや。そうや、そうや。そなたも一条の娘として嫁ぐからには、いつまでも延というわけにはいかんやろ。こなたが名を考えておいた」

そして大納言は誰かある、と人を呼んだ。

る。

「硯《すずり》と筆を持ってまいれ」

松竹の蒔絵《まきえ》の、大きな硯箱を上臈《じょうろう》がしずしずと運んできた。そう若くない女は硯を文台の上に置き、ゆっくりと墨をすった。たちまち部屋の中は墨のかおりで満たされる。

大納言は筆にたっぷりと墨をふくませ「美賀子《みかこ》」と書いた。それを手に持ちにっこりと微笑《ほほえ》んだ。

「どや、美しくてことほぐ。そなたにぴったりの名や」

「ありがとう」

二人の兄妹は同時に頭を下げた。

「婚礼はしばらく後のことになろう。それまでは延として今出川の家で暮らすがよい。それから一条の者となったからには、うちの者を遣わすことになろう」

そして墨をすり終わっても、そこに控えていた女の方を見た。

「宮路《みやじ》や。この者がそなたと一緒に江戸に行くことになる。一生そなたに仕えるのや」

女は黙って手をついた。一分の隙《すき》もない動作であった。

「宮路はわが家の諸大夫《しょだいぶ》の入江《いりえ》の家の縁《ゆかり》の者や。ほんまは千代の婚儀の際に、一緒に関東に下ることになっていた。が、今は延が千代の代わりやから、そなたに従《つ》いて江戸に行ってもらうことにした」

宮路はここで初めて声を発した。

「ご機嫌よう」

「ご機嫌よう」

実順が応えた。

「このたびはご養女の儀調われて、ご機嫌ようならしゃいますことをおめでとう、かたじけのう、およろこび申し上げます。これからはどうかよろしゅう、願います」

低い美しい声であった。顔を上げる。四十をいくつか出たところであろうか。母親の八重よりは上に見えた。細く線を引いたような目からは何の感情も窺《うかが》い知ることは出来ない。初めて聞く声。初めて見る女の顔。この女と自分はこれから運命を共にするかと思うと、延は不思議な気がする。今日ですべてのことが変わってしまう。そんなことがあっていいものだろうか。今、自分は何ひとつ決められないのだろうか。本当に……。

「大納言さん」

延は言った。

「関東へわたくしの乳母《めのと》を連れていっても構しまへんやろか」

「何を言うんや」

実順があわてて言葉を遮《さえぎ》った。

「そなたはもうじき一条家のお人や。そやから、まわりのおそばさんも替わるのがあたり前やないか。自分の乳母を連れていきたいなどと、そんな勝手なことが通るとお思いか」

「そやけど、大納言さん、父親を早く亡くして、母親も傍《そば》にいないわたくしを、ほんまの子どものように育ててくれましたんや。どうかお許しあらしゃって」

延は両手をぴたりとつき、一条忠香の顔を見つめた。兄以外の男の顔をこのように見つめたのは初めてである。しかし恥ずかしくはない。人がこれほど必死の要求をする時は、相手の顔をじっと見なくてはいけないことを、延は誰に教えられなくても知っていた。

「そら、むずかしいことやなあ」

忠香は、のんびりとした調子で言う。

「そなたは一条家の姫として、関東へ行かはるんや。家には家の格ちゅうもんがある。やはり一条家の姫にふさわしいおそばさんやないとなあ」

その言い方は、いかにも摂関家の当主が、今出川の家を見下したものである。今、兄はどのようにこの言葉を聞いているのだろうかと延は思った。

父親を早く亡くしたばかりに、兄は公家の中でも立場が弱い。

自分のこの縁談は、一条忠香の厚意によるものだと信じたい。けれどもすべてのことがこのように決められていいものであろうか。

「大納言さん、わたくしのためにおそばさんまで用意してくだしゃって、ありがとう。けど、わたくしは千代君さんの身代わりやけど、こう何もかも、千代君さんのもんを、そっくり受け継いでええもんですやろか」

「延！」

実順が鋭く叫んだ。これ以上何か言って、忠香の機嫌を損ねるなと言っているのだ。

「大納言さん、江戸にひとつくらい、わたくしの気に入ってる嫁入り道具を持っていったらあきませんやろか」

「乳母が嫁入り道具となあ……」

忠香は扇を拡《ひろ》げ、口元を隠してくくっと笑った。のう、と宮路の方を向いて、もう一度笑う。

「そやなあ、ほんならその乳母、一緒に江戸に連れていって、落ち着くまでということはどうや。そんならそなたも、安心して江戸へ行けるということやろ」

「ありがとう」

延は頭を下げた。

「まことに申しわけございません。なにしろ年はくっておりますが、世間知らずの気の強い妹ですわ」

「いや、いや。こなたの思っていたとおりの姫であった。いずれは大奥にもお入りになるはずや。このくらいお気が強うさんの方がよろしいやろ」

〝大奥〟という言葉に、延はぴくりと反応した。主上のところにも、正妻であられる女御《にょうご》の他に、権典侍《ごんのすけ》や典侍《ないしのすけ》がいらっしゃるが、金と力がある将軍のところではははるかにその数が多いという。将軍の母や妻や側室のために、二千人近い女がひしめいているところなのだ。

大奥という言葉ほど、自分がさむらいのところへ嫁ぐという実感をもたらしたものはないと延は思った。

延の結婚話を萩乃はそう喜ばなかった。

「まあ、君《きみ》さん。さむらいさんに嫁がれるということは、江戸へ行かはるということではありませんか。あそこはいつか異人が攻めてくるという話ですえ」

おお、こわと身震いした。

「異人というのは、天狗《てんぐ》にそっくりやそうですなあ。青い目してえ、鼻がこんなに高《たこ》うて、体もえらい大きゅうて、人を攫《さら》っていくという話ですわ。そんなところへ君さんが行きなさると思うと……」

いつのまにか目に袖《そで》をあてているのである。

「私は君さんに、この町でお嫁入りしてほしゅうございました。ここは小そうても、この道を行けば関白さんのお邸《やしき》や、左へ曲がれば大納言さん、まっすぐ行けば中納言さんって、すぐわかるやおへんか。天皇さんがあらしゃって、この町をしっかり守ってくれますんやで。君さんもお公家さんのところへ嫁《い》きやすのがいちばんよろしいやおへんか。そら、いま君さんと釣り合うお家柄のおかたさんがあらしゃらないのはわかっておりますが、そうかと言うて、御所《ごす》さんはなんで君さんを江戸にお嫁かせしますんやろか」

江戸に落ち着き次第ひとり帰ってくるとわかっていてもそれも怖ろしいと言い、そうかと言って、

「君さんとお別れしとうはない」

と泣くのである。

萩乃のこの態度に延はいささか閉口してしまう。自分も何を知っているわけではないが、あきらかにこの公家町しか知らぬ老いた女の無知と混乱ぶりである。

そして富良太《とらた》がひとり伴《とも》についてきた機会をとらえてこう尋ねた。

「のう、お前は私塾に通っていろいろ学んでいるのであろう。わたくしに教えてく

れ。異人とはそれほど怖《こわ》いものであろうか。本当に攻めてくるのか」

「おそれながら姫さま。私は一介の護衛の者でございます。その私が姫さまにいろいろ申し上げたとなると大ごとになってしまい、私はもうお邸におられません」

「それならば、お前は歩きながらひとりごとを言え。わたくしはそれを勝手に聞くことにするから」

「これはまいりました。といっても、私が何を知っているわけでもございませんが」

と言いつつ、富良太は言葉を選んでぽつりぽつりと語り始める。

「姫さまも論語を学んでいらっしゃるから、清国《しんこく》がどれほど立派な国かおわかりでいらっしゃいますでしょう。あの孔子《こうし》さまを生んだ国でございます。それなのにゑげれすというところが、軍艦や鉄砲を使って清国を自分のものにしようとしているのでございます。異国というのは、このゑげれすというところだけではありませぬ。あめりかやぷろしゃというところもございまして、そういうところが第二の清国を探しているのでございます。おわかりいただけるでしょうか。あちらはわが国にはない、いろいろな武器を持っておりますので、この国に攻め入って、奴隷にすることなどわけもないことなのでございます」

「まあ、おそろしい」

「それなのにわが国は弱腰になっておりまして、老中をはじめとする方々はどこかの港を開かなくてはいけないと、情けないことを言い出したのでございます。言うまでもなくわが国は、神代以来の皇国でございます。このような国は世界にふたつとないはずです」

普段はおとなしく、必要なこと以外は話そうとしない若者の頬《ほお》が、次第に紅潮していくのを延は見ていた。

「私がお邸にご厄介になる前のことでございます。ゑげれすの船が下田《しもだ》というところにやってきたのでございます。この時も勝手に港内を測量していったばかりでなく、他の船から二千俵の米を盗む、女を追いまわすという狼藉《ろうぜき》を働いたそうでございます。もはや猶予はございません。一日も早くすべての力を朝廷にお返し申し上げ、朝廷に異国を追い払ってもらわねばならないのでございます」

ひとりごとを言うように命じたのに、最後は立ちどまり、握りこぶしをふり上げんばかりである。

「そのためにも一橋卿に将軍になってもらわねば困る、というのが、岡本先生のお考えなのでございます。そう、姫さまが嫁がれる水戸刑部卿さまでいらっしゃいます」

縁談のことを富良太まで知っていたのかと、延は顔が赤くなる。

「今の将軍の嫡子は『暗愚の君』と言われ、この国難に立ち向かっていける方ではありません。わが藩主酒井さまは、次の将軍こそは慶福《よしとみ》さまと別のお考えなのですが」

「刑部卿さんというお人は……」

延は、自分がいつのまにかひそやかにその名を口にしていることに気づく。兄や大納言から何度も聞かされた、やがて自分の夫となる男の官名であった。

「そのお人は、それほどご立派なお人なんやろか」

「はい、水戸の中納言さまが、数ある男子の中でもいちばん優秀であられるということで、どこにも養子に出さなかったということでございます。ご自分で特別に教育をされ、都会の軽佻《けいちょう》の風にあたってはいけぬと、江戸から早くにお連れ戻しになりました」

「まあ……」

「これは漏れ聞いた話でございますが、中納言さまは、ご子息のことを『天晴《あっぱれ》名将とならん。されどよくせずば手に余るべし』とおっしゃったそうでございます」

「どういう意味やろか」

「幼い頃からよほどやんちゃでいらしたのでしょう」

「やんちゃとな」

延の心の中が温かいもので満たされる。この公家町でも、時おり地下人《じげびと》の子どもが棒きれを持ち遊んでいることがある。おそらくそうした中でもいちばん強い子どもであったのであろう。

「英邁《えいまい》のお噂は、田舎におりました私の耳にも届いていたぐらいでございます。それで一橋家から世子に迎え入れたいというお話があったのでございましょう。御三卿の一橋家のお世継ぎとなれば、将軍におつきになるのもたやすくなります」

昼下がりの公家町をせかせかと歩いてくる男たちがいる。どこかの家の用人たちだ。今出川家の姫と見て、彼らは立ち止まって礼をする。彼らを見送ってから、富良太は直にぽつりぽつりと喋《しゃべ》り始めた。

「水戸の中納言さまは、それはご立派な方であられます。老中《ろうじゅう》の阿部正弘《あべまさひろ》さまにも、異国船は打ち払うようにと強く意見なさったのです。もしものことがあっても、この国の者たちが心をひとつにすれば外夷《がいい》を追い払うことは出来る、とおっしゃっていると聞いております。われわれは、この中納言さまの言葉に、どれほど励まされたかわかりません」

「われわれ、というのは誰や」

「姫さま、これはひとり言でございますゆえ」

富良太は答えない。

三

夏には将軍家慶が死去し、多くの人が危惧《きぐ》したとおり家祥がその座を継いだ。十三代将軍の名は家定《いえさだ》という。そうした動きとは別に婚礼の準備は着々と進められていった。

「都の者たちは噂しているそうでございますよ。延君さまは破談となった一条家の千代君さまのものを、御衣裳《ごいしょう》からお道具まですべてお持ちになると。そんな縁起の悪いものを誰が欲しがりますやろか」

萩乃は大層怒っていたが、半分はあたっていたかもしれない。実は今度の婚礼にあたり、何人かの大名に一条家は借金を申し込んでいるほどだ。幾つか千代君のために用意されたものが、延の婚礼の品となった。都でも名立たる職人がつくった調度品の数々は、ため息が出るほど見事なものであったが、そのどれもに一条家の紋である一《いち》条藤《じょうふじ》がついているのを延は悲しく見る。

「あにさんは、どんなお気持ちなんやろか」

今出川といえば清華《せいが》家のひとつであり、決して恥ずかしくない家柄である。が、早くに父親を亡くしたことにより、兄は摂関家の有力者たちに全く頭が上がらない。妹をこのように一条家の養女にしなければならなかったし、鷹司家から持ち込まれた縁談の相手は少女である。

妹を今出川の姫として嫁がせることが出来なかった実順の気持ちを、窺《うかが》い知ることは不可能だ。公家に生まれた兄と妹にそれぞれの感情を語り合う習慣はなかった。ただこの頃になって実順は、

「そなたほど運のよい姫はおらんと思うていたが、案外そうやないかもしれん」

とふと漏らすことがあった。しかしそれ以上のことを聞くことも出来ない。

町中に住んでいる母親の八重は、ある時からこの縁談を喜ぶようになった。

「まあ、君《きみ》さん。本当によろしおしたなあ。水戸からいかはった一橋はんと言うたら、頭がようて、ご立派で、そのうえに大層な男前というやおへんか」

萩乃と同じようなことを言う。どうやら京の女の慶喜の評価というのはそういうものらしい。


年が変わった嘉永《かえい》七年（一八五四年）のある日、八重はあらたまって延の前で指をついた。

「君さん、今まで母親らしいことも何も出来んと、どうか勘弁しておくれやす。あてのような身分の者《もん》が、母親面《づら》して出ていったらあかんと思うてましたんや」

八重はいつになく紋付きを着ていた。

「お道具はもう立派なものをたんとおつくりになってやすやろ。あては小袖を一枚つくらせてもらいました。あてからのお祝いやと思うて、どうぞ受け取ってくださいませ。この一枚をご婚礼の品の中にまぎれ込ませてくださいませ」

八重の実家は西陣の織元である。座敷に一枚の小袖が飾ってあった。夏用の白麻地に、藍《あい》で小さな家が描かれている。

「これは茶屋辻《ちややつじ》というて、江戸の大奥の方々が大変お好みになるもんどす。あんまり京風で揃《そろ》えて、お憎らしい、などと思わはると困ると思うて、こんなもんも用意しましたえ」

実の母親でなくては考えつかないような気配りである。有り難いことやと延は胸の奥が熱くなる。しかしやはり紋は一条藤であった。

「なんか不粋な紋やなあ」

母への甘えから、延はつい本音を漏らす。

「わたくしはこの紋、あまり好きになれんのや。子どもの時から見知った三ツ楓《かえで》と違《ちや》うからなァ」

「そりゃ、そうどすわ」

八重は頷いた。

「君《きみ》さんかて、本当のことを言えば今出川から嫁《い》らしたかったに決まってますわ。ご養女というのは、嬉しいような悲しいもんでございますやろなァ。自分を認めてくだはったんや、という嬉しさと一緒に、こうまでせんと嫁にいけんのかなあ、というお気持ちと半々ですやろなァ」

そやけど君さんと、八重は声の調子を変えた。

「ものごとは考え方次第どすやおへんか。どうせ君さんの殿君は、すぐに将軍におなりやすんやろ。そうなったら一条藤の小袖なんか着られまへん。葵《あおい》のご紋のついたもんばっかりになりますんやろ。将軍の奥方とならはったら、もう一条も今出川も関係なくなるのと違いますやろか」

町方の八重はいつもこんな考え方をするのである。

「着物つくっとる家の娘がこんなことを言うてもあきませんが、紋なんて言うたかてどうということあらへん。ちょっとした目印みたいなもんと思ったらよろしおす」

家紋というものはちょっとした印《しるし》に過ぎない、というのは八重の慰めの言葉であろうが、延は反発してしまう。公家に生まれた人間ならば、やはり家が続くことを何よりも大切に考える。

嫁ぐ日が近づくにつれて、延は今出川の家のことが心配でならない。兄の実順は二十三歳であるが、結婚するのはまだ七、八年先のことになるだろう。それならば結婚する前に側室を置き、子どもをつくってもよいはずだが、兄は摂関家の鷹司家に遠慮して女を近づけていない。よって今出川の後継ぎはまだ一人も存在していないのだ。そのことがどれほど家中を不安にさせているかと考えると、延は胸の潰《つぶ》れるような気持ちになる。そして一度だけ会った鷹司家の姫の顔を思い出す。整った顔立ちだけれども、どこか権高《けんだか》な取りつくしまのない少女であった。あの姫が成長したらどのような女性になるのであろうか。兄を大切にし、仲睦《むつ》まじい夫婦になるのだろうか。兄にはどんなことがあっても男の子を授かってほしい。しかし自分はそのことを見届けることは出来ないのだ。もうじき江戸へ向かい一橋家の人間となるのだから。

「君さんには、もうお会い出来ませんのやろか」

不意に八重が尋ねた。

「そんなことはない。江戸に下るのはたぶん来年になるはずやから。ここへはまた来られるはずや」

「そやかて、君さんはもう今出川の人やおへん。一条家のお人や。ここに来られるのももうむずかしいと違いますやろか。母親やったら、嫁入り前の娘にいろいろ言ったり教えたり出来るんどすけど、うちはこんな身分どす。君さんに何かもの言うたら口が曲がります」

そやけどなあ、と八重は延を見つめる。大きな二皮目《ふたかわめ》は娘とよく似ていた。

「おなごというものは、どんなことがあっても辛抱せなあきまへん。らくして楽しい、なんてことはおなごにはありまへんのや。君さんが嫁がれるのは天下いちといわれる男はんどす。そんなお人におなごが一人のわけはおへん。そやけど君さんは、正室になられるんどす。だいいちばんのおなごや。そやから二番や三番めのおなごに腹を立てたらあきまへんで。君さんはいちばんえらいおなごになるんどすからなァ」

その時であった。襖《ふすま》ごしに富良太の声がした。

「失礼つかまつる。今、半鐘《はんしょう》が鳴っているのですが聞こえませんか」

「ほんまや」

半ば襖を開けながら、八重は顔を縁側の方に向けた。

「火事なんやろか。まあ、どないしよ」

三人は京町屋の坪庭を抜け外に出た。そこにはもう萩乃が立っている。

「御所の方から煙が上がってるんですわ」

確かにそちらの方向に黒煙がもくもく上がっているのが見える。

「昼の火事というのは近くに見えると申します。私が行って確かめてまいります」

そう言ったかと思うと、茄子紺《なすこん》の袴《はかま》がパタパタと風をはらんだ帆のように遠ざかっていった。

富良太といき違うようにして、半纏《はんてん》姿の男がこちらに駆けてきて大声で触れた。

「内裏が火事や！　天皇はんのとこが燃えてはるで――」

まさかと延は萩乃と顔を見合わせる。この世でいちばん貴い方がお住まいになっていらっしゃる場所に、火事などという不幸が襲うとは信じられなかった。しかも公家の家々は内裏を囲んで建てられており、今出川の家は内裏の通りをはさんだ西隣である。

「君さん、どないしまひょ」

「家まで帰らんとあかん。お兄さんはご無事やろか。はよ帰らんと」

「何、お言いやすの」

八重が金切り声をあげた。

「今、燃えてますんやろ。そっちの方へ行ってはあきまへん。ここでじっとしていておくれやす。君さん、行ったらあきまへん。嫁入り前の大切なお体どすえ。あてが許さしまへん」

しっかりと延の袖を握って離さない。その力と形相《ぎょうそう》のすさまじさに延はたじろいだ。

「決して行かせませんで。今日うちに来てくれはったんは、なにかのお告げどす。あっちに戻ったら、火事に巻き込まれますがな」

「そやかて、内裏が燃えてるかもしれんのや」

公家に生まれた者は、どんなことがあっても天皇をお守りする。誰に言われたわけでもないが、その覚悟は自然に持っていた。延は強く母の手をはらった。そして萩乃が追いつけぬほど速く駆け出していく。

中立売御門《なかだちうりごもん》を抜け公家町に入った。御所のまわりを大勢の人たちがとり囲み、口々にわめき立てている。そこに大名火消しがなだれ込んできた。淀《よど》、膳所《ぜぜ》、郡山《こおりやま》、丹波《たんば》亀山《かめやま》の譜代《ふだい》四藩が交代で詰めているのであるが、どこの藩かはわからない。火事装束《しょうぞく》に身をつつんださむらいたちは、やがて仙洞院《せんとういん》の築地《ついじ》を壊し始めた。延焼を防ぐためなのであろう。

本当に内裏が燃えているのだ。延は茫然《ぼうぜん》としてそれを眺めた。女の身では、入内《じゅだい》しない限り足を踏み入れることが出来なかった聖なる場所、それがまるで巨大なたき火のように、めらめらとたやすく燃えているのである。

「姫さま！」

振り向くと富良太が立っている。どこをどう動いたのか、頬が煤《すす》で汚れていた。

「なんということでしょう」

口を開いて呆《ほう》けたように塀の向こう側を見つめている。が、しかしそれは長く続かなかった。黒い煙に混じって赤い火の粉が、塀を越え、一条邸の屋根にからみついたのである。やがて炎が上がった。

「一条さんとこが燃えてる」

延の声が悲鳴になった。あそこの座敷《ざしき》には揃い始めた婚礼の品々が置かれているはずである。鏡台、簞笥《たんす》、文机《ふづくえ》、飾り棚……。どれも一条家の家紋がついているが、それがすべて消えようとしているのだ。

「どないしよ、みんな燃えてしまう」

「今出川のお邸の者に声をかけます。皆で姫さまのものをお運びいたします」

富良太は言ったものの、火の勢いは強くなかなか近づくことは出来ない。一条家からは下女や用人たちが泣きながら、逃げてくる。みんな手にそれぞれ家に伝わるお道具や、主上より拝領した文物らしきものを手にしていたが、延の花嫁道具とおぼしきものはひとつとしてなかった。

「姫さま、お輿入れのお品は、一条家のどこに置かれているのでしょうか。お教えくださいませ」

本気で煙の中へ向かおうとしている富良太を、延は押しとどめた。

「そんなことをしたらあかん」

「しかし、姫さまの大切なお道具がこのままでは焼けてしまいます」

その瞬間、火のついた柱が倒れてきた。とっさに富良太は延を庇《かば》った。なんと一条家の炎は、隣のご番屋も呑《の》み込んでいるのだ。

ご番屋の隣は今出川の邸である。

「あかん、あかんがな」

今度は今出川の門から、今出川の使用人たちが逃げる番である。とっさのことで何も手にしていない者が多い。侍女たちに声をかけられた。

「姫さん。こんなとこで何してあらっしゃる。早《はよ》う逃げなあきまへん」

また柱が燃えながらひとつ倒れてきた。それを避けて、一行は日野《ひの》さまの前を抜け、蛤《はまぐりご》御門《もん》に向けて走った。

その時、燃えさかる御所から、輿が出てきたのが見えた。四人の男が輿を担ぎ、まわりに公卿《くぎょう》たちがいなかったら、それが主上の乗られているものとは気づかなかったに違いない。本来あるべき行幸のための輿は燃えて無くなったらしく、それは大層簡素な輿であった。

「あっ、ご無事や」

「出てあらしゃった」

本来は大層畏《おそ》れ多く許されないことであるが、逃げまどっている人々は、思わず輿を眺めた。窓を少しあけて一人の貴人がこちらを見ていた。その方が、延が生まれて初めて拝見する孝明天皇であった。火事の最中であるが、お化粧はきちんとなさっていた。

主上は未《いま》だかつて、この内裏をお出になったことはない。お庭に降りられる時は白い絹の布が敷かれる。それなのに今、主上は人々の目にさらされて、炎の中を脱出されようとしているのだ。

しかも内裏はまだ燃え続けているというのに、輿は信じられないほど優雅な速度で蛤御門を抜けていく。延たちはそれを頭を下げて見送った。供奉《ぐぶ》する者の中に、実順の姿が見えた。

「下鴨《しもがも》神社にあらっしゃるそうや。こなたもすぐにお伴せなならん」

一条忠香卿も輿の後ろに従《つ》いていらした。

いつもはご自分も輿に乗る方が、用人のように歩いている。そのうえ燃えさかるご自分の邸を一顧だにしなかった。

天皇の輿の後から、女御さまも輿に乗って出ていらした。こちらは窓をぴったり閉め切っている。大勢の女官《にょかん》たちがつき添っていた。みな身分の高い女たちであるから、この後、下鴨神社まで町人たちに顔を見られて歩くのは、さぞかしつらいことであろう。

物見高い京の庶民たちは、御所の女たちに興味しんしんのはずである。

六十六年ぶりの御所の火事であった。原因は大宮御所の梅の木についた毛虫を、女《にょ》嬬《じゅ》たちが集めて焼いたためだとも言われている。

火は信じられない早さで燃え拡がり、北は今出川通《いまでがわどおり》、南は下立売通《しもだちうり》、西は千本《せんぼん》通までが灰塵《かいじん》に帰したのである。御所の西側に並んで建っていた一条邸、今出川邸も炎から逃れることは出来なかった。延の婚礼のための品々は、誰にも持ち出されることなく、一条家の座敷で灰となってしまったのである。

不思議に延は悲しくなかった。養女先の紋の入ったそれらの品を、どこか遠くから見つめていたに違いない。

延たちは都の西にある本圀寺《ほんこくじ》に移った。ここは今出川家と縁の深いところである。主上たちは、いったん下鴨神社に逃れた後、やがて聖護院《しょうごいん》に移られ、桂宮《かつらのみや》邸を仮御所となさったということである。

兄も着の身着のままで逃げてきたので、幾日も足袋《たび》、下着ひとつもなかった。翌朝、八重がこっそり本圀寺の裏口から来て、大きな包みを置いていった。

「あてからやとわかったら、北の方さまが嫌な顔をなさるかもしれませんので、こっそり渡しとくれやす」

風呂敷包みを解くと、中に新しい足袋や羽二重の寝巻きなどがどっさり入っていた。実家が西陣の織元だからこんなことも出来るのだ。

兄はこれを持って、桂宮邸にいらっしゃる女御さまのお見舞いに行くように命じた。

「足袋はお局《つぼね》さんらがお喜びになるやろ。急いだあまり何もお持ちにならなんだようやから」

お供は萩乃でなく、宮路が行くことになった。今出川家の姫ではなく、一条家の姫として拝謁《はいえつ》するのである。

主上の正妻にあたられる女御さまは九条《くじょう》家のご出身である。主上との間にお子さまはいらっしゃらない。しかし祐宮《さちのみや》さまをお可愛《かわい》がりになる主上は、祐宮さまを女御さまとの嫡子となさったのである。今度の火事でも祐宮さまはけがひとつなさらず、

「なんと運の強い御子《みこ》であらっしゃることか」

と人々は喜んでいるのだ。

ご生母中山局のご実家でお育ちになっていらっしゃった祐宮さまも、やがて桂宮邸にお移りになった。

御所の北は風の向きが幸いして、桂宮邸は無事な姿を見せている。焼け跡の残る二軒のわが家、今出川と一条の邸を見ながら、仮御所となっている桂宮邸に向かうのはつらいことであった。養女になったばかりの一条家と違い、今出川の邸には子どもの頃の思い出がたくさんある。

毎年雛祭りには、代々伝わる人形を出して飾ったものだ。公家の家の雛人形は邸を

持たない。すぐ近くに本物の内裏があるからである。その代わり道具は巧緻《こうち》を極め、簞笥、飾り棚はいうに及ばず、貝遊びの桶、中の花貝、布団まで本物そっくりにつってあった。家のお宝は持ち出しても、雛人形など救い出してくれる者はいない。すべて焼かれて消えてしまったことであろう。

桂宮邸に着くと、大変な混乱であった。近隣の公家の邸から、難を逃れるために運び出されてきたもので玄関も次の間もごったがえしていたのである。

しかし女御さまがいらっしゃる奥は、ひっそりとして香が焚《た》かれている。内裏の空気をそっくり運んできたかのようだ。

御簾ごしに延は初めて女御さまにおめにかかった。小さなやさし気なお声からは、火事や避難のお疲れは感じられない。

「関東に行かはるそうやな」

「はい」

「今度のことでどうなるんやろ」

「婚礼の品々の半分は焼きましたが、半分はまだ町中にございました」

それはよかったなあと、女御さまはおっしゃった。

「刑部卿さんの室については、関東からいろいろ言ってきたそうやな。いろんなところの姫さんの名があがったそうや。だけど、そなたが一番やったと聞いています」

延は頭を上げることが出来ない。そのことをまさか女御さまがご存知とは思わなかったのですっかり恐縮してしまった。

「主上もお聞きあらしゃって、今出川の姫ならば、兄に似て心延《こころば》えもすぐれていようと大層お喜びであった」

あまりにも畏れ入って、延は額を畳にこすりつける。

「いろいろ苦労もあるやしれんが、そなたは選ばれてあちらへ行くことを忘れてはなりません。第一番の姫としてあちらへ行かはるんやから」

〝選ばれて〟という言葉が強く響いた。

女御さまがおっしゃった、

「心延えがすぐれた姫」

という言葉は、その後の延をどれほど励ましてくれたことであろうか。

旅立ち

一

火事の傷手《いたで》は公家《くげ》社会全体を揺るがすほどで、延《のぶ》の婚礼は延期されることになった。次の年、安政《あんせい》二年（一八五五年）、延の出発が決まった。それに先だち、延は特別のおぼし召しにより、天盃《てんぱい》を賜ることになったのである。おすべらかしに五衣小袿《いつつぎぬこうちぎ》という姿で、一条忠香《いちじょうただか》につき添われ参内《さんだい》した。といっても内裏《だいり》は焼失してしまっていたので、桂《かつらのみや》宮邸の仮御所である。

主上《おかみ》は御簾《みす》のあちら側にいらしてお顔は見えない。しかし延は火事の最中、輿《こし》の窓を開けこちらを眺めていた主上を、一瞬だけだが拝見していた。避難の最中だというのに、主上のご様子は明るく、その御目には確かに好奇心というものがたたえられていたはずだ。主上が内裏をお出になったのは、その火事の時が初めてだったからである。お住まいが燃えたことで、主上は外の空気に触れることが出来たのだった。

忠香が延の婚礼の近いことを告げる。そうすると御簾の中から、主上が何かおっしやった。しかしよく聞こえない。取り次ぐための女官《にょかん》がかしこまって聞き、そして声を発する。

「体に気いつけて、しっかりと水戸《みと》のためにつくすようにとのことでございます」

主上が尊王を第一に掲げる水戸藩を、贔屓《ひいき》にしていらっしゃるのは、よく知られていることであった。

そしてその言葉を主上が発せられた後、女官が御簾の中に入り、酒がわずかばかり入った盃《さかずき》を持ってきた。

「主上からのお祝いでございます。ありがたくいただくように」

教えられた作法どおり盃を呑《の》み干した。忠香に言われなくても、これは大変名誉なことなのである。大名家に嫁ぐ公家の娘は何人かいるが、天盃を賜《たまわ》った者は限られる。

「これも水戸の力というものかもしれん」

と兄の実順《さねあや》は感動していたものだ。

出発の日は、九月十五日と決められた。これは陰陽師《おんみょうじ》によって吉日として選び出された日である。その十日ほど前、江戸から老女飛鳥井《あすかい》はじめ何人かの女たちが京都に到着した。花嫁を出迎えるためである。大奥の女たちというものを見たのは、延にとって初めてである。

老女といっても飛鳥井はまだ若く、三十を少し過ぎたぐらいかもしれない。びっちりと菊の刺繍《ししゅう》が入った打掛《うちかけ》を着ている。それがどれほど豪華なものであるかということは、延の目にもわかった。

「このたびは美賀君《みかぎみ》さま、ご婚礼の儀調《ととの》いまして、まことに祝着至極《しゅうちゃくしごく》でございます。この飛鳥井はじめ五名の者、江戸までご同行させていただきますゆえ、どうかよろしくお願い申し上げます」

後ろの女たちも頭を下げる。

延の婚礼は将軍夫人に準ずるものとして、正式に幕府から命《めい》が下っているのである。延の御用係として大奥の旗本が任命されていた。延はいったん大奥に入り、誠順院《せいじゅんいん》さまの元に預けられた後、一橋《ひとつばし》家に入ることになっているのだ。誠順院さまというのは、第十一代将軍、徳川家斉《いえなり》公のご息女で、一橋斉位《なりくら》さまの未亡人でいらっしゃる。この方から江戸の大奥のことをいろいろと学ばせようというのが、幕府の思惑であったようだ。今度のことで延はつくづくとわかったことがある。自分の結婚はふつうの家どうしのそれではない。幕府の重鎮、阿部正弘《あべまさひろ》さえ心を砕くほどの大きな国の行事なのだ。というのも、慶喜という人がゆくゆくは将軍になると多くの人が考えているからに違いない。

飛鳥井は色の白い整った顔立ちであるが、決してやさし気な女に見えないのは、そのきっぱりとした言葉遣いのせいかもしれない。

「美賀君さまが大奥にお入りになることについて、何のご心配もございません。前《さき》の将軍、家慶《いえよし》さまのご側室はいらっしゃいますが、今のお上のご正室さまは、秀子《ひでこ》さま以来いらっしゃらないのでございます」

秀子というのは一条家の姫君である。大層小柄なためさまざまな噂《うわさ》が流れた姫だ。

「が、それも今年までのことでございます。来年は島津《しまづ》から、近衛《このえ》さまの養女となられた篤姫《あつひめ》さまがご入輿《じゆよ》なさることが決まっております」


陰陽師の占いに従い、夜も更けていく九月十五日、延の行列は京都の三条大橋を出発した。つき添う者たちはおよそ二百人近い。

まず一番手は長刀《なぎなた》、傘、長持、簞笥《たんす》といった道具類が行き、その後、諸大夫《しょだいぶ》や御用人といった者たちの行列が続く。延の乗った駕籠《かご》は男たちに守られるようにして真中にあった。女ものであることを示す赤い幕が垂れ、そこには一条藤《いちじょうふじ》と一橋家の紋が塗られている。

さらにその後には大きな荷が何人がかりかで運ばれ、諸大夫や医師、そして大奥から迎えにきた女たちの駕籠が行く。

脇息《きょうそく》にもたれながら、延はこの行列にかかった途方もない金は、いったいどこから出ているのだろうということを考えていた。今まで公家町の中で自由に歩き、時には母にも会っていた自分が、いっきに重々しい行列の中心にいるのである。自分の駕籠のために、日傘を差し出すだけの仕丁《しちょう》さえいるのだ。そして二百人もいて、知っている顔は数えるほどである。全部確かめたわけではないが、ほとんどがこの行列のために雇われた男たちだ。昨年の火災で一条邸は全焼した。延の婚礼道具の幾つかは、また新しくつくったものである。おそらく一条家の出費は大変なものになったに違いない。それほどの苦労をして、養女を関東に送り出したいものであろうか。その真意が何なのか延にはよくわからなかった。が、家を出る前に兄がくどいほど繰り返した。

「大納言《だいなごん》さんの恩を忘れたらあかんで」

その言葉はこうしていても何度も甦《よみがえ》る。

時たま乳母《めのと》の萩乃《はぎの》が駕籠に近づいてきて声をかける。

「君さん、ご機嫌はいかがですか。ご休憩所はもうじきでございますから」

小水は大丈夫かと尋ねているのであるが、公家の娘として延はそうした訓練は充分にしていた。まさか二百人の男たちを待たせて、そこいらの草むらで用をたすことなど出来ない。行列は本陣と呼ばれる宿泊所の他に、豪農の家など何ヵ所かに休憩地点をもうけていた。延はここでひと息つき、口の中を湿らす程度に茶を飲んだ。これからの長い道のり、水をなるべく控えなければならなかった。京都の郊外、貴船《きぶね》などに遠出をしたことはあるが、これほど長く駕籠に乗ったことはなかった。江戸までの二十日間、こんな日が続くと思うと不安でたまらない。それにひきかえ飛鳥井たち大奥の女たちは、京からとって返すというのに涼しい顔をしている。

延たちの行列は、中山道《なかせんどう》を経て東海道へ入っていく。ここの新居《あらい》というところで、延は初めて海を見た。

「富良太《とらた》、海や、海やで！」

と先頭の中にいる富良太に声をかけたいところであるが、そんなことがかなうはずもない。わずかに戸を開け、松林の向こうに広がる青い水平線を眺めた。

その夜の宿は浜松の本陣であった。公家の邸《やしき》とも武家屋敷とも違う、大きな家である。門口の中央に広い板間があり、ここに駕籠や、荷物を置くのであるが、延の駕籠は庭を通り座敷《ざしき》に横づけされる。どこの本陣もそうであるが、高い身分のものが泊まる座敷は書院づくりときまっていた。専用の便所もある。

「君さん、お疲れが出ませんやろか」

萩乃が足をさすってくれた。一日中駕籠の中に座っているのもかなり苦労なことで、荷物さえなければ徒歩の方がはるかに楽である。まわりの景色を見ることも出来た。

「もうごぜんあがらっしゃいますか。すぐにご用意などいたしましょう」

萩乃は調理場と座敷を何回か往復した揚げ句、膳《ぜん》をささげ持ってきた。鯛《たい》の刺身に蒲鉾《かまぼこ》、焼いた魚、汁、椎茸《しいたけ》と牛蒡《ごぼう》の煮たもの、そして豆腐が京から持ってきた紋入りの食器に盛られている。

本陣には料理人がおらず、近くの農家の女たちが手伝ってくれるのがせいぜいなので、二百人分の食事は毎日こちらでつくらなくてはならない。その分の食器や釜《かま》もすべて運んできている。とはいうものの、先々で珍しいものを調理して食すというのは、つらい旅の唯一の楽しみである。

萩乃は甲斐甲斐《かいがい》しく、延の魚の骨を取りのける。

「珍しいおすなァ。このおまなはいったい何ちゅうおまなですやろなァ」

この旅に出てからというもの、食べ物はすべて冷えて出される。どうやら毒味係というものがついてきているらしい。

「わたくしはあまり食べとうない。どうぞ下げておくれ」

「君さん、そんなことおっしゃってはあきまへん。ちゃんと食べな、とても江戸まではいけしまへん。途中でご病気になられたらえらいことです」

そういう萩乃も明るくふるまっているがげっそりと痩《や》せている。旅がこれほど過酷なものだとは二人とも知らなかったのだ。

京都を発《た》って二十日ほどたった、十月二日、延の行列は川崎の宿に入った。

「川を渡れば江戸はもうじきでございます。どうぞご安心ください」

広敷御用達（主君の日常の側近）、井上原次郎が、駕籠の傍《そば》まできて声をかけた。

江戸から延を迎えにやってきた彼らも、さぞかし安堵《あんど》しているのであろう。

「この川崎の宿は、奈良《なら》茶飯《ちゃめし》というものが名物でございまして、大層大きな店がございます。にぎわっている様子を、姫さまにもひと目おめにかけたいものです。店先でわらじを脱がずに食べるようになっておりまして、旅人は必ずここの茶飯を食べるのでございます」

井上は気のきいたところがあり、駕籠から降りることがかなわぬ延のために、時々あたりの様子を説明してくれるのである。

本陣に到着した延は、久しぶりに髪を洗った。江戸は京よりもずっと暖かいと聞いていたがそんなことはなく、夕刻からしんしんと冷気がしのびよってくる。

「何もこんな日に、お髪《ぐし》など洗わんでもよろしいのに」

萩乃は嫌な顔をした。

「今日は、君さんのお髪を洗《あろ》うてはあかん日です。陰陽師の決めた日を守らんと、きっと悪いことが起こりますえ」

「それでもよい。この宿は人が多いせいか、大層埃《ほこり》がたっている。わたくしは頭がか

「ゆうてかなわなんだ」

「まあ、それにしても、こんな寒い日にお髪を洗うと、風邪にならしゃいます」

萩乃が延の寝間の火鉢に、さらに炭を足した時だ。どーんと下からつき上げるような衝撃があった。

「地震や！」

萩乃は一瞬悲鳴をあげたが、すぐに延を守ろうと近づいてきた。しかし揺れがひどく立ち上がることが出来ない。這《は》ってやってくると、延を抱きすくめた。襖《ふすま》が倒れ、上から何か白いものが降ってくる。

「君さん、早《はよ》う外へ」

揺れが終わり、ようやくのことで萩乃は立ち上がると、延を引きずるようにして廊下に連れていった。初老の萩乃の、信じられないような力だ。その時には何人かの侍《さむらい》たちがあちら側から走ってきた。

「姫さま、さあ、こちらへ」

何人かの男たちによって、延はふわりと頭から布をかけられ、庭に降ろされた。

徐々にわかったことであるが、江戸の土地は揺れに揺れ、とりわけ埋めたてられたばかりの隅田川《すみだがわ》の東側のあたりは、多くの家が倒壊した。それどころか、三十ヵ所からいっせいに火の手があがり、江戸の町はまたたくまに炎に包まれたのである。その火は江戸城にまで延び、将軍家定公は一時避難されたという。

延の実質的な舅《しゅうと》にあたる斉昭《なりあき》公が住まう小石川《こいしかわ》の水戸藩邸では、水戸学の泰斗《たいと》といわれる藤田東湖《ふじたとうこ》や、戸田忠太夫《ちゅうだゆう》といった有力な家臣たちが、倒れた建物の下敷きとなって亡くなった。江戸全体の死者は、一万人にのぼるとも言われている。

しかし川崎の本陣にいる延のところには、まだその知らせは伝わってこない。

なんとか品川《しながわ》の宿場までたどり着いた延や飛鳥井に向かって井上は言った。

「江戸城までひと息でございます。こうなったら、姫を一刻も早く江戸城にお連れ申した方がよいのではありませんか」

心細くなり、とにかく江戸城に帰りたがっている飛鳥井たちはただちに賛成した。幕府からの申し入れで、延は一橋家に入る前に、江戸城に立ち寄ることになっていたからだ。

後に飛鳥井は、自分たちの決断をかなり悔いることになる。品川から日本橋にかけて、まだところどころ火がくすぶっている道を歩かなくてはならなかったからだ。

「なんと火事に縁のある旅ですやろ。京で火事におうたら、今度は江戸で地震と火事でございますからな」

なんと不吉なことですやろ、という言葉を萩乃は呑み込んだに違いない。その後もごもごと口を動かしたからである。

やがて萩乃が、やや興奮したおももちで、再び声をかけた。

「君さん、ちいっと窓を開けてご覧くださりませ。お城が見えます」

江戸城は思っていたよりもはるかに大きかった。内裏の倍ぐらいかと想像していたのであるが、とても比較にもならない。どう越えるのかと思うほどのお堀の広さである。松に囲まれすうっと立っている城の白さが目を射た。

「なんと美しい城やろ」

延はつぶやいていた。やがて一行は北桔橋門《きたはねばしもん》に向かっていく。

二

公家に生まれた者は、内裏がこの世でいちばん貴く立派《とうと》なものと教えられるが、この江戸城に比べるとどうということもなかった。この城はまるでひとつの町のようだ。坂が幾つもあり、大きな門をくぐると、また先に別の門があり、その先の玄関からずっと長い廊下が続いていた。地震の影響で、ところどころ襖がはずれていたり、石垣が崩れ落ちたりしているので、行列はそれを避けて進んでいく。

かなり長いこと歩いた後、御錠口《おじょうぐち》の前に着いた。ここでいかめしい扉が開く。大奥の入り口である。そして延たちは御殿向《ごてんむき》の広座敷《ひろざしき》に通された。ここには男の井上たちも入ってくることが出来た。

延は上座に通され、茶と菓子をふるまわれた。茶は宇治《うじ》の極上だとすぐにわかる。菓子は羊羹《ようかん》と、貝に見たてた饅頭《まんじゆう》であったが、形の美しさといい、味といい、とても京都にはかなわなかった。

やがて中年を過ぎた女が入ってくる。髪にさしているものも打掛の立派さも、そこに控えている女たちとはまるで違っていた。「滝山《たきやま》」と名乗った女は、恭《うやうや》しく長い挨《あい》拶《さつ》をする。

「美賀君さま、ご無事のご到着、何よりでございました。さぞかしお疲れのことと存じます。どうぞこちらでゆっくりお過ごしくださいませ。またこのたびは一橋刑部卿《ぎようぶきよう》さまとのご婚約、まことにおめでとう存じます。ここにおります者ども一同、心からお慶《よろこ》び申し上げます」

「ありがとう」

延は鷹揚《おうよう》に返事をする。一条家からこの女たちに対して、土産といってかなり金子《きんす》が渡されているのを知っているからだ。

「このたびのご慶事に際しまして、本寿院《ほんじゆいん》さまも、まことにお慶びになり、ぜひおめにかかるとのことでございます。のちほど本寿院さまのお部屋にご案内いたしますゆえ、どうぞお運びくださいませ」

萩乃が延だけにわかる目くばせをした。聞いていたとおりのことが起こったという合図である。公家の姫で一条家の養女である延の身分は、大層高い。滝山はじめ大奥の権力者たちも丁重に頭を下げるはずである。しかしさらに上の女がいる。家定公のご生母にあたる本寿院だ。一橋家がいくら名門といっても、それは将軍を支える家としての名門である。そこの当主夫人となる延が、将軍のご生母にかなうはずはなかった。だから延の方から出向いて挨拶せねばならないのである。

旅すがら、延は飛鳥井から大奥について、さまざまな知識を授けられていた。

大奥は現在、将軍夫人がいないために、将軍のご生母本寿院が第いちばんの身分ということになっている。前の将軍家慶公の側室でいらした方だ。

旗本の娘で西の丸御殿にご奉公となった時は御年寄《おとしより》に仕える奥女中という身分だったという。しかし一年もたたないうちに、家慶公のお手がついたのである。

「まだ家慶さまは将軍の座にお就《つ》きになっていらっしゃいませんでしたが、何人かのご側室はいらっしゃいました。その方々から生まれたお子さま方は二十七人もいらっしゃったのに、ご成人あそばしたのは、家定さまだけでございます。そして将軍さまになられたのですから、たいした御運の方よと、皆で申し上げたものでございます」

いささか酒を口にした飛鳥井がこんなことを漏らしたのは、旅も終わりに近づいたという気のゆるみからに違いない。

大奥の女たちは大の水戸嫌いを公言してはばからない。この本寿院にしても、

「刑部卿がもし将軍になるようなことがあったら、私は自害してやる」

とよく口にされていると言う。

「本寿院さまはおとなしい方で、女中たちを相手に日がないち日、双六《すごろく》をしておいでてございます。やはり歌橋《うたはし》さまがいらっしゃるので、何かと気ぶっせいなのかもしれません」

「歌橋というのは、どういうお人なんやろか」

延は尋ねた。

「公方《くぼう》さまのお乳母《めのと》さまでございます。お体のお弱い家定さまが、成人あそばして、将軍にまでなられたのは、みなこの歌橋さまのおかげでございましょう。今は上臈御《じょうろう》年寄になられたのでございまする」

「その上臈御年寄というのは、飛鳥井よりも上なのか」

「まあ、美賀君さま、嫌でございます。私などただの老女でございます。上臈御年寄というのは、大奥でいちばん上の位なのです」

その大奥に女たちが三千人と聞いて延は大層驚く。

「そんなにたくさんの女がいて、いったい何をしているのか」

「三千人は少し大げさでございますが」

飛鳥井はほほほっと袖《そで》を口もとにあてて笑った。京の女が大奥に興味を示したのが嬉《うれ》しいらしい。

「二千人はおりましょうか。実際のところ、末の者の数まではよくわからないのでございます。御年寄にもなりますと、四十人ほどの女を使いますので」

「まあ、なんと、四十人なのか」

「はい。江戸の若い娘に大奥勤めを希望する者は多うございます。町屋の者でも大店《おおだな》の娘など、家が裕福な者は生涯に一度は大奥勤めをしてみたいと娘が言えば、親は大層な仕度をして送り出すのでございますよ」

「京の娘の、公家勤めみたいなもんですやろなあ」

宮路が言うと、

「まあ、私どもはお公家さまのことは存じませぬが、行儀見習いも出来、面白いものをたんと見られますので、若い娘はやはり大奥勤めをしたいのでございます」

飛鳥井が下がった後で、萩乃と宮路がいっせいに口を開いた。

「なんか嫌らしい話やおへんか。その本寿院という女は、女中奉公の最中に家慶公のお手がついて、それでご生母になったお人や。たかが旗本の生まれや。一条家の姫さんとは身分が違います。ほんまやったら口もきけんはずや」

「そやけど、美賀君さんが大奥にご挨拶に行くことにならはったら、やはりこちらから挨拶せなならんことになりますやろな。なんとゆうたかて、あちらは今の将軍のご生母さまや。そやけど美賀君さんはご家来の刑部卿のご正室どす。もともとの身分は違《ちご》うていても、今はあちらさんの方がえらいということになりますやろな。ああ、口惜《くや》しゅうおすなあ」

「そやけど大奥というところは、最初にいっぺんだけ挨拶したらよろしんやろ。今度君《きみ》さんが大奥へ行かはる時は、将軍のご簾中《れんちゅう》さまとしてやさかい、最初の一回ぐらいは目えつぶってその本寿院に挨拶したらよろし」

ところが江戸では思いもかけないことが起こっていた。二日の大地震で一橋邸が大きな被害をこうむったのだ。よって一橋家ではしばらくの間、延を大奥で預かってくれるように申請し、幕府はこれを受け入れた。延たちは一度の挨拶のために寄った大奥に、しばらく逗留《とうりゅう》することになるのだ。

茶と菓子でひと息ついた後、延は滝山につき添われて、御殿向《ごてんむき》にいる本寿院に会うことになった。

また長い廊下を歩く。両側には夥《おびただ》しい数の女が平伏していた。

「ひとり……ふたり……」

目で追いながら延は数えている。本当にいったい何人の女がいるのだろうか。若い女もいたし、そうでない女もいた。ひれ伏しているために顔はよく見えないが、大きく結った髪が重そうであった。よく見るとそれぞれ髪型が違う。身分が高そうな女の髪は、髷《まげ》の形が複雑で櫛《くし》が挿《さ》してあるものが多い。高価そうな鼈甲《べっこう》が元結《もとゆい》のあたりでにぶく光っていた。

女の密度がさらに高くなったと思ったら、そこが本寿院の居室であった。予想していたとおり、本寿院は床の間を背にして座っていた。想像していたよりは美しくなかった。大奥風に眉《まゆ》を落としているので、四十九歳という年齢よりも少々老けて見える。

「まあ、このたびは地震で大変なことでございました。さぞかしお疲れのことでございましょう」

喋《しゃべ》り出すと声が甘く澄んでいて、少女のようであった。

「が、美賀君さま、ご無事でお着きで何よりでございました。こちらも大層揺れまして、私の部屋の襖も音をたてて倒れてきたのでございますよ。火を出さなかったのが何よりでございました。いち時期は私も生きた心地がしなかったのでございます」

そういう声に情味があり、延はふと母のことを思い出した。自分を産んでくれた八重《やえ》もそうであるが、貴い人の寵愛《ちょうあい》を受けるのは見た目がうるわしいだけではない。人の心に迫る愛らしさのようなものがあるのだ。

先代家慶公のご正室は、やはり京からいらした楽宮喬子《さざのみやたかこ》さまである。もともとは有《あり》栖川宮《すがわのみや》の出でいらっしゃる。この方は嫁がれて四年後に、家慶公の初めてのお子をおあげになるが、すぐに亡くなってしまった。そのあとお二人のご出産があったが、お育ちになった方はいない。そしてかなり前にご逝去あそばされた。京からは多くの宮家や公家の娘が将軍の正室として下向してくるが、大半が早死にしている。それにひきかえ、目の前の本寿院のように、側室と呼ばれる女はなんともたくましいものよと、延は思わずにはいられない。これが武士の女というものだろうか。

そして目の前の本寿院は、大層愛想がよく延にさまざまな心遣いをしてくれる。大変な水戸嫌いと聞いていたが、そんなそぶりはちらりともみせない。さまざまな菓子や果物を運ばせて延に勧める。

「そうそう、こちらに誠順院《せいじゅんいん》さまがいらしているのをご存じだったでしょうか」

飛鳥井から聞いている。四代前の一橋家当主、一橋斉位《なりくら》の未亡人誠順院は、十一代将軍家斉《いえなり》公の息女である。艶福《えんぷく》家で知られる家斉公は、愛妾《あいしょう》が五十人ともいわれ、永《えい》姫《ひめ》と呼ばれた誠順院はなんと二十六女である。

延は最初、一橋家のこの誠順院に引き取られ、さまざまな教えを受けることになっていた。しかし一橋邸が、このたびの地震であちこち壊れたため、実家である江戸城に身を寄せているらしい。

「晴光院《せいこういん》さまもご一緒にいらっしゃいますので、後ほどお訪ねになればよろしいでしょう」

この晴光院さまというのが誰だか延にはよくわからないのだが、どうやら誠順院の姉のようだ。

「お二人とも今度の地震が本当に怖ろしかったとみえて、すぐにこちらの方に移っていらっしゃいました。江戸城の本丸なら、安心してぐっすり眠れるとおっしゃるのですよ」

しかし本丸から早々に逃げ出したのは、この城の主人、将軍家定公なのだ。

延はつい本寿院の顔を見つめてしまう。お体もお頭《つむ》もお弱さんと、さんざん京都で噂されている家定公であるが、ご生母の本寿院は、目のあたりに聡明《そうめい》さと勝気さとがはっきりと見てとれる。このような女性から、本当に暗愚の将と陰口を叩かれる人が生まれたのであろうか。

「それにしても、今度の地震は二人の花嫁にとってまことにむごいことでございましたね」

「二人の花嫁……」

まさか夫となる人に、もう一人の女がいたのかと、延は一瞬身構える。が、違っていた。

「上さまの御台所《みだいどころ》となられる篤姫さまは、今、薩摩屋敷にお住まいですが、あちらも大変な被害とか。花嫁道具も揃《そろ》えていたでしょうに、今度の地震ですべて焼けてしまったというのですから」

「まあ、なんということですやろ」

延は思わず声をあげた。昨年の火事で、持ち出すことの出来なかった自分の花嫁道具を思い出したからだ。

「篤姫さまはなにかとお気の毒なことが多かったのに、ここにきてまた地震とは……」

本寿院が小さなため息をついた。

「おかげでこの大奥に、御台さまがいらっしゃるのがまた後になってしまうのですよ」

女たちが二千人もいて、家定公の母も、上﨟たちも何人もいる。しかし御台所に代わる者はいないということらしい。将軍の母が、将軍の妻になる女のことを「御台さま」と敬称で呼ぶのを、延は驚きをもって聞いた。江戸城という巨大な城の中に、もうひとつの城があり、そこの頂点にいるのが御台所というものなのだろう。

慶喜の妻になることが決まってからというもの、延は京で多くの人々からこう言われてきた。

「君さんは、いずれ御台所におなりになるのですよ」

しかしこの大奥に来てわかったことは、誰もそう考えていないし、誰もそれを望んではいないということであった。今、御台所という言葉は、薩摩からやってきた篤姫にだけ向けられているのである。

本寿院への挨拶が終わり、いったん休憩のために、用意された座敷に延たちは入った。

「なあ、飛鳥井さん」

とがった声で宮路が言う。

「本寿院さんの先ほどの言葉は、美賀君さんに対してのあてつけやろか」

「あてつけとは、これはまた異なことをおっしゃいますな」

飛鳥井はぱしっと衣音をたてて、打掛を翻《ひるがえ》した。

「そやかてそうやないですか。薩摩の篤姫さんのご結婚に、いちばん反対してはるのは、水戸の中納言《ちゅうなごん》さんやというのは、誰でも知ってることやし」

水戸の中納言というのは、慶喜の父にあたる徳川斉昭のことである。

「そのことを美賀君さんにお聞かせしようとして、本寿院さんはおっしゃったんやないかと思いますんや」

「そんなことはありません。本寿院さまはそのようなおつもりでおっしゃったのではありません」

飛鳥井の喋る江戸の言葉は、こういう時に大層きつく聞こえる。

「と申しましても、中納言さまのおやりになることはすべて、大奥《ここ》の者たちは腹に据えかねておりますが」

「私ら京の者は、その篤姫さんというお人のことはようわからしまへん。そやけど聞いたところによると、本物の薩摩の殿さんの姫さんではなく、分家の娘というではありませんか。家光公からこっち、将軍さんの御台所は、みんな京の公家の姫と決まっておりますなァ。宮家からいらした方もあらしゃいます。おさむらいの姫さんが嫁がはる時は、どこかの家のご養女になるのがきまりどす。そやかてものには相応というもんがあるやおへんか。外様《とざま》の殿さんの、そのまた分家の娘を近衛家の養女に仕立てても無理があります。中納言さんは、そういうことで反対してるんやおへんか。それをお恨みになってもなァ……」

「それはそうかもしれません。ですが宮路さま、それには大奥《ここ》の思惑というものがあるのでございます。京から長い旅をご一緒してきたあなた様ですから申し上げましょう。美賀君さまもお聞きくださいませ。篤姫さまのご婚儀は、世間で言われているように、島津斉彬《なりあきら》さまが強引に進めていらっしゃるものではありません。本寿院さまはじめ、大奥《ここ》の女たちが考えついたことでございます」

「なんと、公方さんのご婚儀を、女たちが決めはるんどすか」

「はい。表の男たちの言うことばかり聞いていたら、ろくなことになりません。朝晩、ずっと上さまを見ている私たちですから、どのような方がいいかお選び申し上げることが出来るのです。宮路さまもご存じのとおり、上さまは決してお体が丈夫な方ではありません」

そして気も弱く、今回の地震でまっ先に庭に飛び出してしまったほどだ。後に残った女たちが誰一人びくりともしていないのと全く正反対であった。

「それだったら、今度は体の丈夫な薩摩の女にしようと本寿院さまがおっしゃったのですよ。まことに申し上げにくいことでございますが、京からも鷹司《たかつかさ》家の姫君、一条家の姫君とお二人がお輿《こし》入れなさいましたが、どちらも早くご逝去されたのでございます。ですから今度は丈夫第一で考えるべきと、本寿院さまはおっしゃり、その時私たちは薩摩の姫君さまをいただくことを思いついたのでございます。ご存じでしょう。先々代の家斉さまは、大変な子福者《こぶくしや》でいらっしゃいました。もちろんお一人が産んだわけではありませんが、お子さまはほぼ六十人いらっしゃいました」

「六十人！」

延は思わず声に出してしまった。

「その家斉さまの御台さまは、広大院《こうだいいん》さまでございます。今度の篤姫さまと同じように近衛さまの養女で、もとはといえば薩摩八代藩主島津《しまづ》重豪《しげひで》さまの姫君でいらっしゃいます。残念ながらおあげになった若君は四歳でお亡くなりになりましたが、ご自身は七十二歳で天寿を全《まっと》うされ、家斉さまとのお仲も大層よろしかったのでございます」

「それでまた、今度も薩摩の姫さんがええということになったんどすなァ」

「さようでございます。私は篤姫さまに一度薩摩屋敷にておめにかかったことがございますが、あの島津斉彬さまが、この姫こそわが娘、と望まれたのもなるほどと思うような、賢い方でいらっしゃいました。しかもお体もお丈夫でなんと十八貫（約六十八キロ）おありです。この方ならば大奥も安泰と、私ども胸を撫《な》でおろしたのでございます」

「それで、ご器量の方はいかがどした」

宮路が不意に尋ねた。

「それは……、こちらの美賀君さまと比べられるはずはございません。こちらは京の公卿《くぎょう》のお姫さま、あちらは……」

飛鳥井は袖《そで》を口もとにあて、おほほとつくり笑いをした。そうすると濃い紅と鉄漿《かね》があいまって実に意地の悪い表情となった。

「まあ、私としたことが……。もうじき御台さまとなる方でしたのに」

飛鳥井がやがて部屋を出ていくと、今度は宮路がつつうと膝《ひざ》を進め、小声でこんなことを言い始めた。

「やはりあの噂は本当やったんどすなァ。薩摩の姫さんというのは、お体は丈夫やけど、色が黒うて器量が悪いということですわ。飛鳥井さんにしても、腹の中では軽う見ておいでやないですやろか。さっき十八貫とお言いやしたが、女で十八貫というたら、まるで力自慢の相撲《すもう》取りのようなもんどすなァ。きまりが悪い。そうやったら、早《はよ》ううちの君《きみ》さんと刑部卿さんを、将軍さんと御台さんにしてほしいもんどすなあ。こちらはお二人とも、お頭も立派、お顔も立派やおへんかァ、なあ、萩乃さん」

「まあ、そんなことを言いやして。誰が聞いているかわからしまへん。ここは鬼が住むか蛇《じゃ》が住むかという大奥どすえ」

「そやけど、おかしいと思わしまへんか。嫁というのは、そこの家の主人が決めるもんや。それがこの大奥というところは、御年寄だの御中﨟《おちゅうろう》だのいう女が寄ってたかって決めるもんらしいですなァ」

「飛鳥井さんの言うことを、ほんまにしてええもんですやろか。あれは見栄《みえ》で言ってるのと違《ちゃ》いますやろか」

「あれはほんまにそうやと思います。いずれにしてもなァ、美賀君さんは、ほんまにこんなところにお入りになるんですやろか。私は今日いちにちここにいただけで、からだがえろうなりましたえ」

　二人の女の、いつ終わるともわからぬお喋りを聞いている延は、疲労のあまり会話に加わることも出来ない。旅の間中、ずっと気が張っていたのであるが、江戸に着くまでの間と人にも言われ、自分でもそう言いきかせていた。けれども延の一行は、一橋邸に行かずそのまままっすぐ江戸の大奥に入っていったのだ。ここではさらに緊張を強《し》いられている。滝山に会い、本寿院に会い、そして数知れぬほど多くの女たちに見つめられている。

　そしてわずかの間に、いくつかの秘めごとや思惑を知ることとなった。しかし不思議なことに、誰一人として延に夫となるべき慶喜のことを話してはくれないのだ。いったいどんな男なのだろうか。自分のことを待ってくれているのだろうか。もうじき婚礼だが、どこでどうしているのか……。

　ほんの少し延はまどろんでいたらしい。

「君さん、君さん！」

　萩乃に呼ばれてはっと目を覚ました。

「お疲れやと思いますけど、もう少しご辛抱くださいませ。誠順院さんにご挨拶をせななりません」

髪を整え衣裳《いしょう》を着替えた。誠順院というのは先ほどからさんざん話に出てくる家斉の娘であり、四代前の一橋家当主の未亡人である。延にとっては、いわば姑《しゅうとめ》にあたる。

また長い廊下を歩いた。女たちの数は急に減り、静かな、というよりも閑散とした雰囲気なのは、この一角がふだんは使われていないからであろう。誠順院も崩れかけた一橋邸から避難してきているのだ。

部屋に通される。切り髪の中年の女がいた。

「まあ、よくご無事でお着きで。お互い大変なことでございましたね」

優しい声であった。延の親代わりとして幕府が指名した女性である。

「本当に難儀なことでございましたね。長い旅を終える頃に、このような地震に遭われるとは、お気の毒に……」

誠順院は静かに微笑《ほほえ》んで延を見つめている。なんとお優しい方だろうと、延はほっと心が緩みそうになったのであるが、ここに来る前に、宮路からよく言い聞かされていた。

「大奥の方々も皆そうですが、誠順院さんにも油断なさってはあきまへんえ。江戸の女子《おなご》は、それはそれはきつうて、裏で何を考えているかわからん人ばかりどす。美賀君さんがうっかりお話しになったことは、どう拡《ひろ》まるかわかりませんのや」

延たちが大奥にとどまるのは、一橋家の修理が終わり、婚礼の準備が出来るまでだ。しかし誠順院とは今後も一橋家で一緒に暮らすことになる。だから用心に用心を重ねるようにと、宮路は言うのである。

しかし目の前の誠順院からは、微塵《みじん》も悪意が感じられなかった。

「それにしても美しい姫さまだこと」

藤色《ふじいろ》の打掛をまとった延に目を細める。

「やはり京からいらした方々というのは、江戸の女とまるで違いますね。将軍ばかりでなく、大名たちもみんなこぞって、京都からお姫さまを貰《もら》いたがるけれど、こんなにお綺麗《きれい》ならもっともな話です」

誠順院は十一代将軍家斉公の姫君である。側室が五十人といわれる家斉公は、生まれた子どもの数も多く、途中で亡くなった方も含めると七十人とも八十人とも言われている。こうした姫君の嫁ぎ先に、次々と大名が指名され、莫大《ばくだい》な化粧料を貰うものの、どこの藩も財政難に陥ってしまう。将軍家の姫君を貰い受けるとなると、江戸の藩邸も増築、改築しなければならず、赤い門も不可欠だ。将軍家の姫はお輿入れする時、美々しい赤い門を通るからである。こうした話がやがて拡がり、大名たちも京の公家の娘の方を欲しがるようになった。家格が上がるうえに、宮家や公家の姫たちは、将軍家や他の大名家の姫たちと違い、つましい暮らしに慣れていて決して贅沢《ぜいたく》をしないというのもその理由である。

そして、誠順院は「京の女は美しい」を繰り返す。

「こんなお美しいご簾中さんがいらしたら、刑部卿さまはどれほどお喜びになられることだろう、のう……」

まわりの女たちに同意を求めた。

その刑部卿という人は、どんな人なのだろうか。同じ屋敷に暮らす誠順院ならば、いろいろなことを知っているに違いない。が、

「わたくしの夫となる人は、どんなお方か」

と聞くことは憚《はばか》られた。ちょうど自分が萩乃や宮路たちと内緒ごとをするように、
誠順院もこのお付きの女たちと、日がないち日噂話にふけっているはずだ。そして今
も、延が部屋を出るやいなや、女たちはさっそく目にしたばかりの女の品定めを始めるだろう。

「それにしても……」

誠順院は一瞬目を細めるようにした。

「美賀君さまは、徳信院《とくしんいん》さまに似ていらっしゃるなあ……」

するとまわりの女たちも、その言葉が合図のようにいっせいに頷《うなず》いた。

「直子《つねこ》さまでいらっしゃいますね」

宮路が念を押した。その名前は延も知っている。七代一橋慶寿《ひとつばしよしひさ》の未亡人である。この方は伏見宮《ふしみのみや》家から嫁いできていた。早くに夫を亡くし、子どもがなかったので尾張《おわり》から養子を貰い八代とした。しかし二歳の跡継ぎもあっという間に死去するという不幸に見舞われている。

しかしとても気丈な方で、一橋家の奥を切りまわしているのはこの徳信院だと、延は知識を得ているのである。

「なあ、似ておいでだこと。二人とも色が白くて、お雛さまのようなお顔立ちが本当にそっくりです。なあ……」

すると女たちは合唱するように、

「本当にそっくりでございます」

と言い、延はその声がとても不吉なざわついたものに感じられたのである。延のそういう気持ちを察したのか、宮路が口をはさんだ。

「ほほほ、徳信院さんとゆうたら、先々代のご簾中ですなあ。そのような婆《ば》さまに似ていらっしゃると言われたら、うちの美賀君さんがお気の毒ですなァ」

「そんなことはありませんよ。徳信院さまは私よりひとまわりお下で、まだ二十代でいらっしゃいます。そう、確か刑部卿さまよりも七つ上ではなかっただろうかなあ」

女たちが再び声を合わせる。

「さようでございます」

「刑部卿さまとは、まるで姉弟のように仲がよろしいのですよ。刑部卿さまの母上も有栖川宮家のお出ですから、お話が合うのでしょう。今度は美賀君さまが加わるのですから、本当に楽しみですこと」

伏見宮から嫁がれたと聞いて、延の心の奥でざわめくものがある。公家町の中でも伏見宮の方々は、男も女も美形揃いということで知られていたからだ。延はおめにかかったことがないが、一条忠香の正室も伏見宮邦家親王《くにいえしんのう》の姫君でいらっしゃる。大層美しい方だと人々は噂していた。

「私のような、がさつな武家の娘にはよくわかりませんが、徳信院さまは琵琶《びわ》も弾かれるし、謡曲もよく歌われます。刑部卿さまと二人でよくお稽古《けいこ》なさっていますなあ」

なあ、とその都度誠順院はまわりの女たちに同意を求める。すると三人いる同じ年格好の女たちは、声を合わせて、

「はい、さようでございます」

と答えるのだ。

「今度からは三人でなされば、さぞかしお楽しみのことでしょう。美賀君さまは琵琶もお弾きになるのですよね」

「琵琶の家に育ちましたが、琵琶は不得手でございまして、めったに弾きませぬ」

と延は答えた。実は旅立つ前、兄が愛用の琵琶を手渡してくれたのだ。それは火事の際、家のものが持ち出してくれたもので、二人の父親の遺品でもある。

「いくら武家でも京から嫁いだ者が琵琶を弾くのを許してくれんことはないやろ。せいぜいこれを弾いて、京のことを思い出すがよい」

と言ったのを延ははっきりと憶《おぼ》えている。しかしそんなことを言うつもりはまるでなかった。誠順院の先ほどの言葉、

「公家の娘は美しいので、東国の男たちはみんな欲しがる」

というのは、この徳信院のことを伝える前触れだったに違いないと思うからだ。

「いずれにしても、一橋の邸は来月には修理も終わることでしょう。そうしたらすぐに婚礼ですね」

はいと、延はこれだけは素直に応《こた》えることが出来た。

「申しわけないことですが、私はもう少しこちらでゆっくりさせてもらうつもりです。あの怖《おそ》ろしさは、地震に遭った者でないとわからないでしょう。一橋の邸は揺れに揺れて、私もすんでのところで下敷きになるところでした。のう……」

はい、さようでございます、とまた女たちは揃って答えた。

三

その後、延は新御殿《しんごてん》に通された。本来ならば将軍の御台所が暮らすところであるが、特別の客人ということでここに通されたのだ。さらにうがった考えをすれば、大地震の後で大奥の秩序はかなり乱れていたし、使うべき部屋は誠順院が戻ってきていたり、修理が必要だったりしている。そう深く考えることなく、延はいちばん広く、そして女たちの住む長局《ながつぼね》から遠く離れたこの御殿を与えられたらしい。

ここで風呂《ふろ》を使った。蒸気で汗を流す蒸し風呂だ。白木を使った清潔な湯殿であった。幼女の頃からそうであったように、萩乃はひざまずいて控えていて、湯から出た延の体をたんねんに拭《ぬぐ》う。そして膝のところまできて、小さなため息をついた。

「どないしましょ。お駕籠にずうっと座ってあらしゃったさかい、ここのところが黒ずんでしまわれました。私が糠袋《ぬかぶくろ》など使《つこ》うて、ご婚礼の日までに白くいたしますからなァ」

延は顔を赤らめた。旅をしていた最中、萩乃に時々見せられていた枕絵《まくらえ》を思い出したからだ。

萩乃が言うには、今出川家には代々伝わる素晴らしい枕絵があった。それは何代か前の御内室が、有名な絵師に頼んでつくらせたものだ。それを婚礼の前に見て、今出川の姫たちは嫁いでいったのだ。しかし今度の火事で、簞笥の奥深く匿《しま》われていたそれらの絵はあとかたもなく燃えてしまった。だから萩乃はわざわざ町まで出かけて、そうした絵を求めてきたのである。江戸にもあることはあるらしいのだが、品が悪くてどうしようもないと萩乃は得意そうに言ったものだ。

風呂から出た後は、膳が運ばれてきた。お疲れでしょうからと、わざと滝山たちが席をはずしてくれていたため、延は身内の者たちの給仕で、ゆっくりと食事をとることが出来た。

二の膳には、ホウボウの焼いたものと玉子焼きが載せられている。一の膳の豆腐の入った汁と共に、隣の部屋で温めていたらしく、どちらも美味《おい》しそうに湯気を立てていた。

「着物ほどではありませぬが、豪勢なお膳ですなァ」

萩乃がささやいた。

「噂には聞いておりましたが、大奥の上臈のお方のおべべとゆうたら、まあ、えらいもんでございますなァ」

萩乃が深くため息をついた。

「滝山さんのお召しになってるものとゆうたら、私は最初、菊の模様が染めやと思うてましたんや。そしたらぴっちり刺繡《ぬい》やおまへんか。どんだけ手がかかってるかと思うたら、もう驚いて声も出ませんどした」

「お名前はわからんけど、挨拶にいらした上﨟さんも、そら豪勢なもんどしたなあ。金の箔《はく》に松の模様が、そら細かい疋田《ひった》の絞りどっせ。あんなもんは、都では女御《にょうご》さんもお召しになってしまへんやろなァ」

宮路もあいづちをうち、そしてその後声を潜めた。隣の部屋に女中たちが控えているからだ。

「あんなもんを、側室のお局《つぼね》でもなく、大名の御内室でもない、たかが大奥の女たちが着ていますんや。お手元が苦しゅうなるのはあたり前どすなァ」

「この大奥というところは、お手元が苦しいのか」

「まあ、美賀君さん、少し声が大きゅうございますよ。私どもの話は、逐一あの滝山とかにつつ抜けのはずや。用心してくださいませ」

宮路は衣《きぬ》ずれの音をさせながら、延に近づく。

「この大奥のお方が、水戸の中納言さんを大層お嫌いさんで、ひいては刑部卿さんもお嫌いさんになられるのは、大奥の方々がこうして途方もないお贅沢なさるのを、ご批判されるからでございますよ。中納言さんが前の公方さんに頼りにされ、ご政道にもいろいろ意見をなさっていた頃に、この大奥を少し変えなならんとおっしゃったそうでございます。大奥の方々に、もうちいっと倹約なさるようにとおっしゃったという話ですなあ」

「それでここの方々は、中納言さんがお嫌いさんになられたんやなァ」

それは決して間違っていないのではないかと延は思う。この大奥の襖絵や調度品のきらびやかさ、何よりも綺羅《きら》を尽くした女たちの衣裳は、公家町で育った者にとっても驚きの連続だ。そして上﨟には何人もの使用人が仕えている。その倹約を舅《しゅうと》が唱えたとしても不思議ではない。正論を口にした父親のために、息子である刑部卿一橋慶喜、もうじき夫となるべき人が拒否されるとしたら、それはなんと理不尽なことであろう。

「まあ、中納言さんがこれだけ嫌われるというのは、その倹約のためだけではおへん」

宮路は口ごもった。

「嫁入り前の美賀君さんに、このようなことをお聞かせするのはいかがかと存じますが、水戸の中納言さんという方は、それはそれは女子《おなご》がお好きさんでらっしゃいましてなァ。お子さんは三十一人もお生まれになったという話でございますなァ」

「三十一人やて」

延は思わず声に出してしまった。夫となるべき人に兄弟がいるとは聞いていたが、確か七人兄弟ということではなかったろうか。一橋家に養子にいったのだから、兄弟関係は希薄になるであろうが、それにしても三十一人というのは見当もつかなかった。

「そしてこれは聞いた話でございますが、中納言さんは、大奥のそれはお綺麗な上臈さんを手籠《てご》めにして、孕《はら》ませはったということなんですわ」

「まあ、なんちゅう怖ろしいこと」

萩乃は鶴亀《つるかめ》鶴亀と唱え出した。

「それだけやおまへんのや。中納言さんは女子《おなご》に関しては、それこそ見境なしのお人ということでしてなあ……」

あっと宮路は言葉を止めた。大層不味《まず》いことを口にしかけたと気づいたからである。

「どうしましたんや。宮路さん、言いかけたことをおっしゃらんのは、気色悪いやおませんか」

「いや、こんなことはほんの噂でございますから、美賀君さんのお耳に入れるのはどうかと思いましたんや」

「わたくしは構わぬ。水戸の中納言さんは、ゆうてみればわたくしの舅にあたるお方や。聞きづらいことも聞いておかんとなァ」

「そうでございますなァ。美賀君さんはもう二十を過ぎていらっしゃいますなァ。それならこの噂話もお聞かせせんとなりませんやろなァ」

宮路はさらに声を潜めた。

慶喜の兄で水戸藩当主のところに、有栖川の姫が嫁いできたのだが、希《まれ》なる美女だという。中納言はその息子の姫を狙っているという。

「まあ、宮路さん、そんな噂、いつお聞きになりやした。私は今、君さんと私の耳、洗いとうなる気分ですわ」

「旅の間に飛鳥井さんから、いろいろなお話を聞きましたんや。とにかくここ大奥の方々は、水戸の中納言さん、お嫌いでお嫌いで、その名が出ただけで、みんな身震いするそうどすなァ。次の将軍さんに、息子の刑部卿さんがなりはったら、お暇《いとま》を願うお方がぎょうさん出はるということです」

「もうその話はよろしい」

延は言った。

「どうせこの大奥に長《なご》ういるわけではない」

「美賀君さん、どうしてそんなことおっしゃりますの」

宮路はもはやささやき声で言った。

「いくら一橋のお邸が、地震で壊れたからというて、なんで私どもが、この江戸城の大奥にまっすぐ連れてこられたか、お考えあらしゃってくださりませ。幕府の者たちは、次の将軍さんは刑部卿さんと考えてるからに違いおへん。そやから美賀君さんのお部屋も、こうして御台さんのお使いになったもんやおへんか。今の将軍家定公は、お頭《つむ》もお体もお弱さんやというのは、みんな知ってます。そして三番めの御台さんがもうじきここに来られるそうやけど、島津の分家の、相撲取りみたいな女やというこどす。まあ、江戸城も難儀なことどすなァ。大奥がいくら強いというても、女に何が出来ますんやろ。将軍さんを決めるのは、幕府の男の方々やおへんか。そやから次の御台さんは美賀君さんどす。美賀君さんが、ここの二千人の女をまとめるんどすえ」

「わたくしはそんなことはしたくない」

それは延の本心であった。まだたった一日しかいないが、どこまで行っても磨き抜かれた廊下が続き、豪華な打掛をまとった女と、それに仕える女たちが数えきれぬほどいる。この広い空間に、女たちの脂粉《しふん》のにおいが充満しているようだ。襖にも女たちの衣裳にも金粉がまぶしてあった。こんなところで日常をおくれる女たちがいるとは信じられない。

「わたくしはここに住むために、京から来たんやない。わたくしは一橋のお邸で暮らすために来たんや。のう、そう思わんか。ここにいる女たちは、みな水戸と刑部卿さんが大層お嫌いさんというやないか。そんなところでどうして暮らせるだろう。ここの女たちが親切なのは、わたくしたちのことをお客さんとお思いやからやろ。そんなところに住みとうはないと思わんか」

「そやけど美賀君さん、人の心ゆうものは、相手の力次第でどうにでも変わるもんですわ。刑部卿さんが公方さんになられて、美賀君さんが御台さんにならしゃったあかつきには、ここの女たちはみんな、お二人にひれ伏すはずどす。人の心ゆうもんはそういうもんどす。嫌いなんてゆうてるのは今のうちだけや。なあ、美賀君さん、今度ここにあらっしゃる時は御台所としてどす」

延はその夜、床に入っても目が冴《さ》えるばかりで、どうしても眠ることが出来なかった。

駕籠の中で座ったままというのも非常に疲れるもので、毎夜枕が替わっても健康な延はぐっすりと寝入ったものだ。それなのにようやく江戸に着いたとたん、延は思い悩み安らかな眠りにつくことが出来ないのである。

あまりにもいちどきに、いろいろなことが耳に入ってきたせいもあるかもしれない。ひとつ確かなことは、この江戸城大奥でささやかれる刑部卿一橋慶喜という人の評価は、京都とまるで違うということだ。あの公家町で延は、

「天下一の男の妻になるのだ」

とまわりの人たちに言いきかされてきた。養父にあたる一条忠香からは、
「いずれ将軍になる方だから、心して嫁ぐように」
という言葉をもらった。
それなのにここ大奥で聞く慶喜の評判は、
「好色な嫌われ者の父親とその息子」
というものである。誰も慶喜が将軍になることを望んでいないようだし、なれると
も考えていないようだ。それどころか話題にするのも避けている。
宮路の言うとおり、幕府の男たちが慶喜を将軍に望んでいたとしても、ここまで嫌
われ拒否された場所で暮らすことが出来るのだろうか。
「わたくしは暮らしとうはない」
延はつぶやく。どっしりと重たい絹の布団である。見上げる天井は高価な唐紙が貼《は》
られている。そして襖には狩野《かのう》派の絵師による孔雀《くじやく》が金箔を使って描かれていた。内
裏に行ったことはないが、二つの城の外見から推しても、ここがおそらく日本でいち
ばんの豪華な場所であろう。女たちが二千人も住んで、日本でいちばん贅沢な空間を
つくる。このことが延にはよくわからない。わからないまま不気味な印象だけが残る
のだ。
何とか眠りにつかねばと、きつく目を閉じると、遠くから近づいてくる声がする。

「火の用心なさいませー」

夜まわりの女中たちである。ここ大奥は女たちだけで暮らしているので、男がするのと同じことを女たちもするらしい。襷《たすき》をかけ火の用心に励む女たちがいるようなのである。

「火の用心なさいませー」

拍子木の音をさせて、女たちの足音が遠ざかっていく。

次の日、滝山からあらたまって挨拶を受けた。

「美賀君さま、本来なら江戸見物などされるところでございましょうが、まだ余震もありますうえに、名所も壊れかけたところがあると聞いております。どうかお出かけはおひかえになられ、このお城でごゆるりとお過ごしくださいませ。本寿院さま、誠順院さまからも、どうかお部屋に遊びにいらしてくださるようにとご伝言がございました」

といっても、あの二人に会うのは延にとって気乗りしないことであった。本寿院は自分には優しくしてくれるが、一橋慶喜は大嫌いだと公言している方である。また誠順院にいたっては、不快な記憶しかない。親切を装って、一橋邸で暮らす若く美しい「祖母」のことを延に告げたのである。まだ疲れがとれていないと断り、延は自分の部屋で萩乃相手に碁《ご》をうち始めた。この新御殿《しんごてん》には、誰が使っていたのか素晴らしい碁盤が置かれていた。金の蒔絵《まきえ》で源氏物語の人物が描かれているのだが、女君たちの顔は螺鈿《らでん》で、その見事なことといったらない。

「大奥とゆうところは、ほんまにおたからがあるところでございますなァ」

萩乃など石を置くたびに、ため息をもらすほどだ。

碁に飽きると延はところどころ歩いてみた。なぜだかわからぬが、もうここには二度とくることがないような気がしていた。いつの日かわからぬがいずれ京に帰り、実順に、「あにさん、大奥ゆうところはこんなところでしたえ」と話す日の方が、はるかに容易に想像出来たのである。その実順から延は「大日本史」の何冊かを渡されていた。

「水戸藩が、光圀《みつくに》さんの時代からずっとつくってはる本が、ここにきて急に売れているそうや。水戸の中納言さんはそなたの舅になるお方やさかい、やはり読んでおいた方がええやろ」

しかしいかめしい漢文体で書かれている本を、延はすぐに閉じてしまう。難解なこともあるが、これを命じてつくらせている水戸の中納言は、とんでもない好色漢と聞いたせいだろう。

新御殿を南に向かい、御対面所のあたりで、延は不思議な女に出会った。深々と下げた頭が剃《そ》り上げられていたので、最初は男だとばかり思っていた。が、羽織を着た女だったのである。

夕方の挨拶にやってきた滝山に、延は問うてみた。

「今日、頭を剃って男のなりをした女子《おなご》を見ました。いったいどういう御下様《おしも》ですやろか」

「それはまたお目汚しでございました」

滝山はにこりともせずに答えた。

「御坊主と申しまして、上さまにお仕えする者でございます。男が入れぬ大奥で、男のような役目をするのでございます」

「そやかて、何もお頭《つむ》を剃らんかて、よろしいんやないやろか。女子が坊主の身なりになるとはよっぽどのことやないでしょうか」

「いいえ、美賀君さま、上さまに仕える者は、女でも命を懸《か》ける覚悟でおりますゆえ、頭を剃るぐらいは何でもないのでございまする」

「そやかて……ほな、滝山さんは、上さまがそう言わはったら、お頭を丸めはるの」

滝山は延を凝視した。睨《にら》んでいるのかと思ったらそうでなかった。その瞬間、滝山は袖を口元にあてて笑い出したのである。くっくっと、びっしり銀糸で刺繡された紅葉の打掛の肩が揺れた。

「この滝山が坊主でございますか。それもよろしいですが、上さまが目をまわされることでございましょう。けれども、上さまが坊主になれと所望されたら……。さて、困ったことですなあ」

そしてやっと揺れがおさまっても、滝山の唇には今まで見たことがなかったような柔和な笑みが残っていた。

「美賀君さまは、ご活発で本当に楽しい方でいらっしゃいます。これからもどうぞお気が済むまで、この大奥をご見物くださいませ」

滝山がお付きの女中を従えて帰った後は、例によって宮路と萩乃の饒舌《じょうぜつ》が始まる。

「まあ、君さんたら、滝山さんにあんなことをおっしゃって。滝山さんは御年寄やおへんか。それやのに御坊主になれとおっしゃるとは、私は怒らはったらどうしようと、気が気ではありませんでした」

萩乃は困惑しきっている。

「御坊主というのは、それほど身分が低いのか」

「私もようわかりませんが、女の身でお頭を剃るのは、よっぽどのことやないですやろか。なあ、宮路さん」

「私も詳しいことはようわかりませんので、ここは飛鳥井さんにお聞きするより他はありませんやろなあ。あのお方なら、滝山さんよりずっと心安うお聞き出来ます」

ややあって訪れた飛鳥井は、延の顔を見るなり、ふふと小さく笑う。

「美賀君さまは、滝山さまに頭を剃って御坊主になればいいとおっしゃったそうですね。まあ、京の姫さまはやんちゃなことを口になさる。滝山さまの御坊主とは思い浮かべただけでも面白いと、みなが申しております」

あの時、この部屋にいたのは、延、萩乃、宮路の三人だけで、何人かの女中は廊下に控えていたはずである。それなのにもう早くも大奥中に知れ渡っているらしい。宮路は困惑したように言った。

「美賀君さんのご気性は、旅をご一緒して飛鳥井さんもおわかりであられましょう。何ごともまっすぐで、思ったことはすぐにお口に出されますんや。もし滝山さんがお腹立ちならば、どうか飛鳥井さんからうまく取りなしてくださりませ」

「私はすべて心得ておりますので、どうかご心配あそばされませんように」

「いつまでこのお城にいるかわかりませんがなァ、私どもが頼りにしているのは京までお迎えに来てくれはった飛鳥井さんだけどす」

「おそれ入ります」

「ところで、御坊主は何をなさるお人や。どうしてあないして、女子《おなご》の身でお頭《つむ》をつるつるにしてはるんやろか」

それは今、延が知りたくてたまらないことであった。宮路が代弁して尋ねてくれているのである。

「まあ、外《よそ》の方にこのような話をしてよろしいかわかりませぬが、御坊主は上さまの夜のお伽《とぎ》をするお方に、そのことを伝える役目でございます」

「それはご側室さんということやろか」

「はい。上さまが今夜はあの者をお召しになりたいとおぼし召す時、御坊主にそうお告げになります。御坊主はそのご側室のところへ行って告げます。これをなまじふつうの中臈などがいたしますと、どんな恨みを買うかわかりませぬ。ですから御坊主がいたします。あのようななりをしておりますと、異形《いぎょう》の者としてどのようなご側室も得心いたすのでございます」

「異形どすか……。そやけど女の身でお頭を剃ってまでお仕えするとはなまじのことではありませんなァ。それからな、飛鳥井さん、これは聞いた話どすけどなァ、公方さんがご側室と御寝《ぎょしん》あそばす時に、何人もの御中臈が横にいてはるゆうのはほんまでしょうか」

「はい。まことでございます」

飛鳥井は顔色ひとつ変えることなく答えた。

「上さまがご側室とおやすみになります時、衝立《ついたて》を隔てまして、左右に中臈と御坊主、次の間に御年寄と御清《おきよ》の中臈が控えることになっております」

京の三人の女は声も出ない。ややあって口を開いたのが、質問者である宮路であった。

「そんな……気色悪いゆうたら申しわけないが、公方さんが女子《おなご》とお床に入らっしゃる時、そんなにたくさんのお人が見張っとるんどすか……」

「見張るなどとは人聞きが悪い。何代か前のご側室の中には、上さまにおねだりをしたり、大奥のことを讒言《ざんげん》なさるようなお方もいらっしゃいました。そうしたことがないようにという、昔からのしきたりでございます。それにご側室がご懐妊あそばされた時、本当に将軍のお胤《たね》でいらっしゃるか、こうして記録しておけばすぐにわかるというものでございましょう」

「まあ、公方さんも難儀なことどすなァ」

「それは京でも同じでございましょう。帝《みかど》さまも何人ものご側室がいると漏れ承っておりますし、公家の方々もご正室以外に……」

そこで飛鳥井が言葉を濁したのは、延の出自を知っているからに違いない。町方の娘が行儀奉公に出て、今出川《いまでがわ》家当主の情を受けた。そこで生まれたのが延である。

が、江戸と京では違うと延は思った。内裏にも女御さま以外のご側室がいるのは確かであるが、帝は夜な夜な女をお呼びになったりはしないはずである。ご側室がいるお局《つぼね》を自らお渡りになるはずだ。少なくとも男と女のことが、このように伝言係や添い寝係などが出る、大がかりで決まりきったものにはなっていない。

　飛鳥井さん、と延は言った。

「公方さんが、御台さんと御寝あらしゃる時はどうなさるのか。やはり御坊主に言わしゃるのか」

「まあ、美賀君さま、御台さまとご側室とはまるで別でございますよ。朝、御台さまは上さまにご挨拶なさりますし、お昼間はお二人で仲よくお寛《くつろ》ぎになります。この時、上さまが御台さまにおっしゃるのでしょう。夜、お二人の時は、別室に中臈がおひとり控えるだけでございます。公方さまと御台さまはご夫婦ですので、共寝なさるのはあたり前のこと。私どもはご遠慮申し上げます」

ご簾中《れんちゅう》さま

一

延《のぶ》が江戸城に入ってほぼひと月後の安政二年（一八五五年）十一月、滝山《たきやま》が飛鳥井《あすかい》と連れ立ってやってきた。いつになく恭《うやうや》しい様子である。そしてきっちりと指をつき、こう口上を述べた。

「おめでとうございます。本日、一橋《ひとつばし》さまからご使者がございました。邸《やしき》の修繕を終え、ようやく美賀君《みかぎみ》さまをお迎え出来る由《よし》にございます。明日はお日柄もよろしいゆえ、さっそくお移りいただきたいとのことでございました」

「君《きみ》さん、よろしおしたなァ……」

萩乃《はぎの》は早くも、袖《そで》を目にあてている。

「京を出る前は大火事、江戸に着いたと思うたら大地震でございました。もう一時はどうなることかと思いましたが、ようようご婚儀あげることが出来ますなァ」

「ほんまや。私もあの地面が揺れた時は生きた心地がしまへんどした。そやけど、どんなことがあっても、美賀君さんを一橋さんとこへお届けするまでは、生きてなあかんと、自分を励ました甲斐《かい》がありました。おお、よかった、よかった」

しかし大奥の女たちは、萩乃や宮路《みやじ》の感傷になど、とてもつき合ってはいられない様子であった。

「お引っ越しのお仕度で何かおありでしたら、どうぞお申しつけくださいませ。明日ご出立とは、あまりにもあわただしいことでございますが、明日を逃すと、他によい日がないそうでございます」

飛鳥井はせかせかと、先に立って女中にものを運ばせたりする。といっても京から持ってきた荷物はほとんど解いていない。ごく身のまわりの品だけを調《ととの》えさせていたのである。

次の朝、風呂《ふろ》に入った延は、髪を整え化粧をした。京から持ってきた練《ね》り白粉《おしろい》を塗り京紅をぽってりとつける。江戸に来て知ったことのひとつは、大奥の女たちでも化粧が薄いということである。鉄漿《かね》はつけるが、あとは水白粉に紅をさすぐらいだ。京では萩乃のような初老の女でも、こってりと白粉をつけるので、

「江戸のお方は、なんや手を抜いてはるようや」

ということになる。

そして仕度を整えた延は部屋の中で駕籠《かご》に乗る。大奥の外に出るまでは、力自慢の

女たちがこれを担ぐのである。やがて延は、自分が外に出たことを知る。男の声がしたのと、駕籠がふわりと上にあがったからである。

御三卿《ごさんきょう》のひとつである一橋の邸は、平河門《ひらかわもん》を出てすぐのところにある。江戸城の一部といってよい。だから延は、自分が大奥から城の中を移動したのだと思っていた。

「君さん、着きましたえ」

萩乃の手によって戸が開けられた。そこは広い座敷《ざしき》であったが、大奥ではないことはすぐにわかった。襖《ふすま》や欄間《らんま》から華やかさが消え、女たちのざわめきも、廊下をひたひたと歩く音もそこにはなかった。だが、滝山や飛鳥井とは別の女たちが頭《こうべ》を垂れている。一橋家の女たちであった。

「美賀君さま、ご無事でご到着何よりでございました」

年かさの女が声を発する。

「静《しずか》と申します。どうかお見知りおきくださいませ」

静は大奥の女たちよりやや劣るものの、金と赤で刺繍《ししゅう》のある南天の打掛《うちかけ》をまとっていた。どうやらこの邸での上臈《じょうろう》の女らしいと延は見当をつける。

「美賀君さまが、つつがなく江戸にご到着あそばしたとお聞きになって、殿さまも大層お喜びでございました」

殿さまというのが、自分の夫となる人だとわかるのに少し時間がかかった。それまで京の公家《くげ》の間では、慶喜は刑部卿《ぎょうぶきょう》さんという官職名で呼ばれていたからである。一橋慶喜という人は、この邸では殿さまになるのだ。しかしその殿さまというのは、いったいどこにいるのだろうか。自分を迎えに来てくれるのだろうか……。延はそのことを表情に出したつもりはないが、静は何かを悟ったのであろう、このように言い添えた。

「すぐにでもご結納《ゆいのう》の儀がございまして、その後日をおかずご婚礼がございます。そうしたらすぐに殿さまとご対面出来るはずです」

「刑部卿さんは、このお邸の中にあらしゃいますの」

萩乃が延の心を代弁してくれる。

「はい、おいでになられますが、ふつうご婚礼前に花婿と花嫁はお会いになるものではございません」

「さよか……」

萩乃は気の抜けた返事をし、あたりを見わたした。江戸城ではなく、ふつうの武家屋敷である。この中で、顔を合わすことなく何日も暮らすのは、いかにも不自然に思えた。

もしこの邸の中で、思わぬ形で夫となるべき男と出会ったらどうしよう……。延はそのことばかり考えるようになった。座敷から庭に降りようとする時、植え込みの陰から、鍛練《たんれん》用の竹刀《しない》を持った男が不意に現れたらと考えると、そのまま障子《しょうじ》を閉めてしまう。

「君さんは、なんやここに移られてからお元気がなくなりました」

萩乃が心配する。

「なあ、宮路さん、そう思わへんか」

「そらそうどすわ。すぐ結納やゆうことでここに移ったんやから、今日にでもご使者がくると思いましたのに」

女たちとしては、京から持ってきた荷を早く解きたいところであるが、婚礼も済んでいないのでそうもいかない。手持ちぶさたの萩乃や宮路がすることといえば、せっせと京へ手紙を書くことだ。あちらでも江戸の大地震の報は届いていて、所縁《ゆかり》の者たちは大層心配しているという。

「君さんも、一条《いちじょう》の御所《ごす》さんにお出しになった方がよろしいのと違《ちゃ》いますやろか」

萩乃に言われて、一条忠香《ただか》に手紙を書いた。

「まだ刑部卿さんとおめもじかなわず」

と綴《つづ》り、あまりにもはしたない言い方であったかと書いたものを反故《ほご》にした。

しかしその日のうちに静から結納の儀が唐突に知らされたのである。明日とり行うという。というものの、延はすることがない。それぞれの使者の間で、結納の品が取りかわされるのだ。薄い藍色《あいいろ》の無地熨斗目《のしめ》に、同色の麻 裃《あさがみしも》をつけた家老とご用人から結納の品々、昆布、鯛《たい》、首をひねった鴨《かも》、絹の巻き物といったものを受け取った。そして使者からの目録を手にする。

作法どおりおすべらかしにし、白一色の衣裳《いしょう》で延は待ち受けていた。

「幾久しゅうお受けいたします」

軽く頭を下げた時、延は確かに人の気配を感じた。

「あの人はすぐ近くにいる」

ここからそう離れていない座敷で、自分と同じように結納の品を今受け取った男がいる。それがもうじき自分の夫となる人なのだ。同じ屋根の下に住んでいてまだ会うことは出来ない。しかし確かに少しずつ近づいていることはわかる。結納は交わした。後は半月余り後の婚礼だけだ。その日はもうそこに迫っている。希望と不安の比重は同じで、どちらも大きい。延は息も出来ないほどだ。

気配は感じる。しかし同じ邸に住みながら、延が慶喜に会うことはなかった。ここには慶喜の他にも、女主人として采配《さいはい》をふるう彼の〝祖母〟、徳信院《とくしんいん》がいるはずであるが、この人と対面することもない。あちらから何の連絡も来なかった。

そして結納の時と同じように、婚儀の日も突然言いわたされた。結納から二十日ほどたった十二月三日、午《うま》の刻、婚儀がとり行われると、延は家老から直々に伝えられたのだ。

その日、早朝から風呂に入った延は、髪をおすべらかしにした。平安の時代からの貴族の女の髪型である。慶喜との結婚が決まった二年前から、萩乃は延が髪を洗うたびにたんねんに藪椿《やぶつばき》の油をすりこんでくれていた。そのため延の髪は黒くたっぷりとしている。衣裳は十二単《ひとえ》ではなく、一橋家の要請で白装束《しろしょうぞく》だ。武士の家に嫁ぐという意味を含めているらしい。

自分で丁寧に化粧をした。最後に紅をさす。延は花嫁道具の中に、紅を入れた陶器を入れていた。出羽《でわ》の紅花からつくる京紅は、江戸でおそろしく高価だと聞いていたからである。そういえばあれほど贅沢《ぜいたく》な日々をおくる大奥の女たちでさえ、紅を濃く見せるために、唇に墨《すみ》を塗っていたことを思い出した。このように紅をこってりとつけることが出来るのは、公家の女の特権なのかもしれない。

延は鏡の中の自分の顔を見る。二十一歳の花嫁の顔には、いささかの皺《しわ》も弛《たる》みもない。濃く塗った白粉もぴんと張る肌理《きめ》の細かさである。しかし花婿は十九歳なのだ。その人がこの自分の顔をどう見るのだろうかと、延は怯《おび》えにも似た気分を持つ。婚約をしてから二年、延はずっと待ってきた。その間二歳年をとってしまったのである。

誘導役は静であった。いつもよりはるかに厳粛な表情の彼女に手をとられ廊下を歩

延がふだん暮らしている部屋から、右に曲がり、さらに進むとまた廊下が続いていた。この邸は延が考えていたよりも、はるかに大きかった。

座敷に入る。床の間に大きな嶋台《しまだい》が飾られているのがまず目に入った。松竹梅の下に、尉《じょう》と姥《うば》が立っている見事な細工物だ。床の間に向かい、延は下座に座った。その際あらかじめ用意してあった守刀と脇差《わきざし》を、その細工の大きな台の傍《そば》に置いた。

静を含めて五人の女が半円を描くように座っている。どの女も白装束におすべらかしであるが、延のように平額《ひらびたい》や櫛《くし》をつけていない。ややあって、襖の向こう側がざわめいた。年とった男の声が何やら内緒の早口で言い、「わかっておる」と男が応《こた》えている。そして襖がやや乱暴に開き、若い男が入ってきた。唇にはたった今小さな口争いをした証《あかし》の、不機嫌そうなゆがみが残っていたが、それはすぐに修正された。涼し気な目をした若い男は、ほんの一瞬であったが、延を見て微笑《ほほえ》んだのである。が、すぐに厳粛な表情になり上座についた。正装である、深い藍色の裃で下は長袴《ながばかま》であるが、慣れているのか器用にさばいて腰をおろした。それを合図に、家老が入ってきた。二人に長い挨拶《あいさつ》をする。延は家老が、先ほど襖の向こう側で何か注意していた老人だと見当をつけた。家老が祝辞を述べている間、延はずっと目を伏せていたが、ややあって目を上げた。すると向かい側にいる慶喜が、ずっと自分を見つめていることに気づいた。羞恥《しゅうち》のあまり、もう二度と延は顔が上げられない。

「美賀君さま、盃《さかずき》をおとりくださいませ」

静の声でやっと気を取り直し、三方《さんぼう》にのった盃をとった。盃には鶴と亀の縁起物が描かれている。静が三三九度の要領で酒を注《つ》いでくれたが、その自分の指をも、慶喜が凝視していることがわかる。今日の延は、手はもちろん、耳の穴の中まで白粉で塗り固めていた。

「婿さまは、そういうところまでご覧になられますんや」

と萩乃が言ったからである。が、これほど無遠慮に強い視線をあてられるとは想像もしていなかったので、延の震えは止まらない。京を発《た》つ前、特別に孝明《こうめい》天皇から盃を賜ったが、これほどまで緊張はしなかったような気がする。

二献めは、慶喜、延の順序で酒が注がれた。二人の前にだけ膳《ぜん》が運ばれる。その上には、鮑《あわび》、梅干し、刺身といったものが盛られているが、これは箸《はし》をつけるものではなさそうだ。

花婿、花嫁はもちろん、酌《しゃく》をする女たちはひと言も発しない。広い座敷に膳をすめる女の、衣《きぬ》ずれの音だけがする。

今度は三献めだ。一献めと同じように、延、慶喜と酒が注がれた。そして十五種類の菓子が出され、お色直しとなった。

いったん部屋に戻った延は、白下着に打掛という衣裳に着替える。赤地に貝桶《かいおけ》の模様の打掛は、結納の時に慶喜から贈られた反物でつくったものである。貝桶は、貝合わせの遊びに使う貝をおさめるものだ。貝は二つに割っても、決して他の貝の片われと合うことはない。よって昔から貝は貞淑のあかしとされている。打掛は、貝桶と貝のひとつひとつに、精緻《せいち》な刺繍がほどこされた見事なものだ。生地もずっしりと上質な綸子《りんず》で、これをまとうと、白く塗った頰《ほお》にぱあーっと赤味がさす。

が、いつもであったら、

「まあ、なんてええ、おべべですやろ。君《きみ》さんによううつらはりますわ」

などと必ず誉《ほ》めちぎる萩乃が何も言わない。本当は、

「なあ、君さん、どんな婿さんであらしゃいましたか」

と聞きたいところであろうが、着替えを手伝う間無言であった。おそらく延の張りつめた様子に気圧《けお》されたに違いない。しゅしゅっと帯を締める音だけが部屋に響く。

身じたくを終え、さきほどと同じように、静に導かれて部屋に入った。そして延は、座敷の空気がまるで変わっていることに気づいた。静をはじめ女たちも赤地の打掛に着替えているのである。そして既に座っていた慶喜も、長袴から小袖の裃となっていた。

先ほどと同じように、盃に酒が注がれる。膳も三膳まで出された。違っているのは、膳にのっているものが、吸い物や煮物といった本当に食べるものに変わっている

ことだ。御三卿《ごさんきょう》には許される鶴の吸い物も出た。慶喜は三三九度の様式ではなく、もっと注げと女に指示した。そして言った。

「静は本当に嘘《うそ》つきだな」

「これは異なことをおっしゃいます。私がいつ、殿に嘘をついたと仰《おお》せでしょうか」

静が色をなして問うと、慶喜はにこりともせずに答えた。

「なぜならばそうであろう。わしが京からきた姫はどうじゃ、と尋ねたところ、そちはまずまずのご器量でございます、と答えたな。しかし今見たら、まずまずどころではない。相当の器量ではないか」

静は大げさにうつぶした。他の女たちも袖を口元にあてている。

「これはまことに申しわけないことをいたしました。私のお答えの仕方が悪うございました。私はこのように美しいご簾中さまをおもらいになった殿が、有頂天にならぬよう控えめに申し上げたのでございます」

「それはいらぬ気遣いというものだ。このような姫だったら、わしはこのひと月、同じ邸で待って心うきたったものを」

「では殿、今日からご存分にうきたってくださいませ」

静がわざとそっけなく言うと、女たちはたまりかねてくっくっと肩を震わし始めた。延は恥ずかしさでたまらなくなる。しかしそれ以上に大きな喜びで、体がひたひたと満たされていった。慶喜の無邪気な資質と視線が、まっすぐに延の心を射たのである。

やや顔を上げてみた。慶喜と目が合う。噂にたがわぬ美男子であった。切れ長の目と、とおった鼻筋は有栖川宮家《ありすがわのみや》から嫁いだ母の血をひいたのであろう。が、冷たい感じを受けないのはその口元のせいだ。曲線の多い唇は、への字に下がったり、きゅっと上がったりして、時々慶喜をきかん気の少年のように見せる。

「美賀……」

突然名を呼ばれた。延は大層驚く。今回の江戸下向に際して、養父一条忠香から〝美賀〟の名を賜《たまわ》った。こちらに来てから「美賀さま」「美賀君さま」と大奥の女たちに呼ばれるようになり、少しなじんだような気がしていたが、男に、ましてや夫となった人に呼び捨てにされるのとはまるで違う。

「美賀はどうだ。少しは江戸に慣れたか」

「……はい」

「今度の地震は肝も震えたことであろうな」

殿さま、と静が遮《さえぎ》った。

「婚礼の最中でございます。花嫁さまに話しかけられませんように。そもそも花婿は花嫁のお顔を見るものではありません」

その非難は自分にも向けられているような気がして、延は身がすくむ。おととい滝山を交えて、式の手順を習っていた時、

「花嫁さまは、とても花婿の顔を見られるものではございません。それほど気を張られているものなのですよ」

と聞いていたからである。それなのに慶喜が部屋に入ってきた瞬間に、思わず顔を上げてしまった。それはあまりにも長く待たされていた、心のはずみというものかもしれない。

膳が次々と出て、最後は紅白の餅《もち》で締めくくられた。が、婚儀がこれで終わったわけではない。親子の対面式が行われるのである。といっても、一橋家の当主はすでに数代にわたって世を去っていて、延が会うのはその五代目と七代目の正室たち、姑《しゅうとめ》と大姑ということになる。大姑の誠順院《せいじゅんいん》とは、既に江戸城で会っていた。中年の陽気な女である。

この誠順院がしきりに語っていた徳信院のことが、延は気になって仕方なかった。徳信院はまだ二十六歳の若さである。

一橋家七代目の妻として嫁いできたのであるが、子どもがないまま夫に先立たれてしまった。その後尾張《おわり》徳川家から、二歳の幼児を八代目として養子に迎え入れたのであるが、この子どももあっという間に亡くなってしまう。その後、養子として一橋家

九代目を継いだのが慶喜であった。

それゆえ徳信院は慶喜の「祖母」ということになるのであるが、たった七歳しか違わない。誠順院はしきりに、

「大層美しい人」

と言っていたのであるが、未亡人ゆえに尼姿になっているはずである。何も案じることはないのだと延は言い聞かせるのであるが、胸騒ぎをどうすることも出来ない。


夕方近くなり、二人は誠順院と徳信院の部屋にそれぞれ挨拶にうかがった。実家である江戸城からいったん戻ってきていた誠順院は、祝いにと反物、鯛、扇子、といった品々を贈ってくれた。

次に徳信院の部屋に向かう途中、延は慶喜が無口になっていることに気づいた。話しかけたりはしないかわりに、たえず陽気な雰囲気をたたえていた慶喜が、何やら気むずかしい様子になっているのは、前を行く背中からわかる。

「御所に行かはる時のおにいさんみたいやわ」

と思ったとたん延の不安はさらに強くなる。

慶喜が先に立って歩く先に、延の部屋があるはずだ。が、彼は途中で左に曲がり二つ目の部屋で立ち止まった。

「徳信院さま、よろしゅうございますか」

声をかける。徳信院の居室が、自分の部屋からあまりにも近いことに延は驚いた。同じ屋根の下で暮らしながら、ひと月の間、声ひとつ聞かなかったことにだ。

床の間を背にしてひとりの女が座っていた。未亡人らしく切り髪にしていたが、それで彼女の美貌《びぼう》が損なわれることはなかった。化粧をほどこしていない白く抜けるような肌に、小さく引き締まった唇を持っている。

会ったことはないが、養父一条忠香の正室を、宮路は「女雛《めびな》さんそっくりのお方です」と評していた。徳信院はこの正室の叔母《おば》になる。伏見宮《ふしみのみや》家の人々というのは、公家町の中でも美形で知られているのだ。御所を中心に小さな町の中で暮らす公家たちは、みな親戚《しんせき》でどこかで血が繋《つな》がっている。しかしその中でも宮家は別格であり、ふつうの公家よりもさらに上の位置にいた。

目の前にいる徳信院は、四つある親王家の中でもいちばん格が高い伏見宮家の気品と、評判の美しさをたたえていた。切れ長のひと皮目が、すうっと通った細い鼻筋によく似合っている。ほんの少し上がり気味なのが、聡明さと勝気さをあらわしているようだ。といっても、延が徳信院をしげしげと眺められるわけもなく、挨拶の折、顔を上げたほんの一瞬、小さく綺麗《きれい》なお顔を目に焼きつけたのだ。

「徳信院さま、おかげをこうむりまして、ここにおります大納言《だいなごん》一条忠香殿の娘、一条美賀と先ほどつつがなく婚儀を済ませました」
「それはまことにおめでとうございます」
十二歳の少女の時に嫁いできた徳信院に、京訛《なま》りははっきりと残っていた。そして
それを強調するように、ゆっくりと江戸の言葉で喋《しゃべ》った。
「一条さんといったら、私と同じ年頃の姪《めい》が嫁《い》ったところです。私と所縁の人が来て
くれて本当に嬉《うれ》しく思います」
「おそれいります」
延は宮路に教えられたとおり、両手をつき口上をのべる。
「美賀と申します。ふつつか者ではございますが、徳信院さま、どうかよろしくお導
きくださいませ」
「まあ、私のような婆《ばば》に何が出来ますものやら、このような立派なご簾中さまがいら
したからには、この一橋家も安泰というものでしょう」
婆といっても、徳信院は二十六歳の若さである。未亡人となったため鉄漿をつけて
いない白い歯が、大層眩《まぶ》しく見えた。
「それにしてもなァ、あのお小さくて、元服もしてらっしゃらなかった殿さまが、こ
んなに立派になってご婚礼をおあげになるとは、まるで夢のようですよ」
これが中年や初老の女なら微笑ましい話であったが、徳信院のような若く美しい女

の口から聞かされると、なまなましく聞こえる。まるで二人だけの秘密を覗《のぞ》き見させているようであった。

「亡き上さまに、殿さまのこのようなお姿をお見せしたいものでした。どれほどお喜びになったことか」

亡き上さまというのは、前将軍家慶《いえよし》のことに違いない。家慶が慶喜をわが子以上に可愛《かわい》がっていたのは有名であった。

「ひょっとすると、本当のお子の家祥《いえさち》公を飛び越えて、慶喜さんが将軍さんになるのと違《ちゃ》うやろか」

などと延の実母は口にしていたが、京のあらかたの人々もそう思っていたはずだ。

「いずれご挨拶に、二人してお城にいらっしゃるとは思いますが、亡き上さまのご恩を決して忘れてはなりません。本寿院《ほんじゅいん》さまには、くれぐれもお礼を申し上げるのですよ」

「それはよくわかっております」

慶喜は恭《うやうや》しく頭を下げた。どこか芝居じみた動作だと延は思った。ふだんは二人はこのような堅苦しい会話を交わしてはいないのではないだろうか。この一橋家に養子に来た時、慶喜はたった十一歳であった。十八歳で未亡人になった徳信院と、もっとくだけた間柄だったはずだ。それをわざとらしく、儀礼的にふるまっているのである。

「二人、末長《すえなご》う息災であられますように」

徳信院はさまざまな贈り物をしてくれた。干し鮑、扇の他に反物もあった。

そうしている間にも静が、延に退室を促す。もうとうに、庭は夜の闇《やみ》につつまれていた。これから婚礼の最重要な儀式といえる、お床入りが始まるのである。

いくら親しくしていても、決して「祖母」が入ることが出来ない、慶喜との寝所へ向かうために延は立ち上がる。

二

髪の飾りものをすべて取り、白の羽二重の寝巻きに着替えた。再び静に手をとられて長い廊下を歩く。不思議なことに、この間、人影どころか気配さえなかった。いつのまにか夜の冷気があたりにしみ込んでいて、廊下は歩くたびにひやりと延の足の裏を刺していく。京の底冷えには慣れていたはずなのに、延はひと足ひと足、足の指を丸めるようにして歩いた。

小さな座敷であった。そこで待っていると、襖の開く音がした。延は息が止まりそうになる。そこに延と同じように白い寝巻きを着た慶喜が立っていたからである。彼も無言で座る。燭台《しよくだい》の火がゆらぐ中、全く身じろぎしない彼は、先ほどとは別人のように見えた。蠟燭《ろうそく》によってつくられた影が、端整な横顔を少し淋《さび》し気に見せている。

そこに近づくことが怖《おそ》ろしかった。その男と共に盃をとった瞬間に自分の身に大きなことが起こり、全く違った日々が始まるのだ。それがよくわかる。しかし延にためらいはなかった。畏《おそ》れはあるけれども、素直にすべて従おうと心に決めた。

目はずっと伏せたままなのに、延には夫となる男の横顔が見えた。夫も今、うつむいて盃をとったところだ。床盃の儀の酒は、まず延から注がれる。なめるのではなく口に含んでみた。舌のあたりが熱くなる。婚儀の時よりもさらに甘い酒だと思った。

盃ごとの後、今まで無言だった静が初めて口を開いた。

「これで夫婦《めおと》の固めを無事に終えました。どうぞごゆっくりおやすみくださいませ」

そして延と目を合わせないように、後ろ向きに退き、部屋を出ていった。

寝所に二人残される。次の間の襖は開けられていて、そこに二人の寝巻きと同じように純白の布団が敷かれていた。

先にそちらへ向かったのは慶喜である。奥の布団に横になったかと思うと、大きな伸びをした。そしてためらいがちに妻の名を呼んだ。

「美賀もこちらへ来るがよい」

床盃の儀の時と同じ姿勢のまま、延はしばらくそこへ座っていたが、大切な仕事がまだ残っていることを思い出し、やっと立ち上がることが出来た。慶喜の布団の横に座り、深々と頭を下げ、初夜の挨拶をしたのだ。

「ふつつか者でございますが、どうか末長うよろしくお願いいたします」

「そんなことはどうでもよい」

慶喜は言い、ぐっと延の手を引いた。延は抱きすくめられた格好になる。羞恥で目が眩《くら》みそうであったが、延はこの時はっきりと夫となった男の顔を見た。整った顔立ちの中で、曲線の多い唇が彼の若さをあらわしている。その唇から意外な言葉が漏れた。

「美賀は生娘《きむすめ》であろう」

「はい……」

「わしは生娘と契《ちぎ》ったことがない。生娘は最初の交わりの時、死ぬほどの痛みを持つというが本当か」

「そう聞いております……」

枕絵《まくらえ》を拡《ひろ》げながら、萩乃がそんなことを言っていたような気がする。

「それでは、もし耐えられぬほどになったら言うがよい。わかったか」

そう告げたかと思うと、慶喜は自分の唇で延の唇をふさいだ。そうしながら彼の手は、延の帯を解いていく。しゅっしゅっという絹の音は、今まで延が聞いたどんな衣ずれの音よりも大きかった。

延は目を閉じようとしたとたん、急に不安になり、すぐそこの襖に視線をあてた。江戸城の大奥で聞いたことを思い出したからだ。将軍が側室と寝る時は、両側に御坊主と中﨟《ちゅうろう》が横になって侍《はべ》り、隣の部屋では別の御年寄《おとしより》と御清《おきよ》の中﨟が控えているという。この一橋邸でも同じようなことが行われているのであろうか。まさか……。飛鳥井は言ったものである。側室と正室とではまるで違うものだ。ものをねだったり、何かを訴えたりすることを防止するために、側室が将軍と共寝する時は監視しなくてはならない。しかし正室である御台所《みだいどころ》にどうしてそんな必要があるだろうかと。そうだ、自分はご簾中さまと呼ばれる正室となったのだ。隣の部屋に、聞き耳をたてる女がいたりするものか……。

「どうした。それほどつらいなら、もうやめてもよいぞ」

首を動かした延の動作を、別のことのように思ったらしい。

「いえ、途中でおやめくださいますな」

自分の口から思わぬ言葉がほとばしり出た。それも強くだ。

「おやめになったら、わたくしは殿さまの妻になることが出来しまへん」

「美賀……なんと可愛いことを言うのだ」

その瞬間、信じられぬほどの痛みが体を貫き、延は幸福な思いと共に少し気を失う。夫となった男の呼ぶ美賀、という名の響きが耳に残っていた。

次の朝、まだ陽《ひ》が高くならないうちに静が迎えに来て、美賀は自分の部屋に戻った。萩乃が昨日と同じ格好のままそこに座っていた。

「まあ……君さん」

静がいなくなるのを待って、萩乃がすり寄ってくる。

「昨夜はすべて首尾よろしゅうて、本当におめでとうございました。私は居ても立ってもいられん思いで、ずっとここでお待ちしてましたんや」

ここにいた萩乃が、どうして初夜の床でのことを知っているのか。やはり襖の向こうには誰かがいたのかと、美賀は頰《ほお》が熱くなった。

「もう用意がしてございますので、どうぞお湯をお使いくださいませ。もうじきおまけでございますからなァ。おまけになると、君さんはお体が冷とうなられます。ゆっくりお湯をお使いにならんといけませんからなァ」

ここで美賀は、どうして江戸にきてから婚儀までが長引いたかやっとわかった。地震のせいだけではない。美賀の生理の日から計算したうえで吉《よ》き日が選ばれたのである。

「まだ湯に入りとうはない。それよりも少し横になりたい」

「そうでしょうなァ。今お床をのべますよって、ちょっとお待ちくださいませ」

萩乃が自分を腫《は》れ物のように扱うのも気に入らない。まるで昨夜何があったかわかっているようではないか。

そのうち皆子《みなこ》餅《もち》が届けられ、同時に慶喜から歌が届いた。平安の世から伝わる「後朝《きぬ》朝《ぎぬ》の歌」である。

「朝霜の白き柱を杭《くい》にして君の心を長くとどめん」

というおそろしくへたな歌で、美賀は笑ってしまった。美賀も歌が大層苦手だが、これならば自分の方がはるかにましというものだ。

「朝の陽に溶くることなき霜の花そのかがやきを背の君と見ん」

そして次の日も、次の日も美賀は寝所に呼ばれた。慶喜はもう「痛いか」と聞かない。その替わり、こんなことを口にするようになった。

「美賀は上さまの、京から嫁いできた秀子姫を知っていよう。大層小さかった方とか」

「はい」

自分と同じように、一条忠香の養女であった。

「わしを脅かす者がいてな、京から来た嫁はあたりはずれがある、殿はひょっとして、はずれをつかまされると言うのだ。しかしわしは大あたりだった」

「はずれとは、あんまりのおっしゃりようでございますなァ。澄心院《ちょうしんいん》さん（秀子）がお気の毒ですなァ」

美賀は微笑んでよいのか、怒っていいのかわからない。ただ夫が、自分を得て喜んでいるのだけはわかる。それが嬉しかった。

「その声だ、その声だ」

慶喜は不意に叫んだ。

「京の女のもの言いは、本当にやわらかくて耳に心地よい。関東の女のものとまるで違う。わしの母上も、徳信院さまも、そのようにやさしく丸くお話しになるのだ」

母の吉子《よしこ》は有栖川宮家から、徳信院は伏見宮家から嫁いでいる。しかし母親はよいとして、徳信院を例に出されて美賀は今までのうららかな気分がいっぺんに失《う》せてしまった。そういえば誠順院も最初に会った時にしきりに言っていたものだ。

「美賀君さまは、徳信院さまによく似ていらっしゃる。のう、そう思わぬか」

そうするとまわりに控えていた何人もの女たちが声を揃《そろ》えて言ったものだ。

「本当にそっくりでございます」

あの不気味さは今でもはっきり憶《おぼ》えている。

関東の女たちから見ると、京の女たちはみな同じように見えるのだろうと、その後は自分の胸をなだめた。しかし新婚の夫から、別の女と声が似ていると指摘され、美賀はやはり面白くない。

やがて婚儀から三日たち、美賀は一橋家の主だった者たちから挨拶を受けた。初めて知ったことであったが、一橋家の奥向きも、江戸城にならって〝大奥〟と呼ばれていた。そして女たちも「御年寄《おとしより》」「中年寄《なかどしより》」「中臈」と、大奥と同じような名前がつけられているのである。ここにも数えきれぬほどたくさんの女たちがいて、一橋邸はさながら城の雛型のようであった。そして城の大奥の頂点にいるのが御台所であるように、ここ一橋邸の大奥の頂点にいるのがご簾中であった。美賀のお付きの頭としては、上臈の静がおり、その下に小姓《こしよう》まで入れると十人の女がついた。あとはその下に五十人ほどの女中が控えている。

が、それよりもさらにたくさんの女を擁《よう》しているのが徳信院だ。十人以上の側近の女がいつも彼女のまわりを取り囲んでいた。これは彼女の大姑《おおじゆうとめ》にあたる誠順院よりも多い。今まで一橋家で采配をふるっていたのは、徳信院だったと美賀は了解する。

美賀が慶喜と一緒に、城の将軍のところへ向かったのは、婚儀から十五日ほど過ぎた吉日であった。無事にすべての祝いごとを終えたことへの御礼と報告なのである。一橋邸というのは、江戸城の一部といっていいほどの近さにあるが、その日の行列は仰々しいものとなった。

慶喜に十三人の側近の他に、御目見《おめみ》え以下の者が七十一人、美賀に二十六人の側近にやはり御目見え以下の男の家来が、なんと百三十六人つき添ってきた。

一方、将軍が若夫婦に会うのは、私《わたくし》ごとということで、対面するのは表《おもて》ではなく大奥の御鈴《おすず》廊下の近く、御座《ござ》の間である。

慶喜がなめらかな口調で、まず挨拶をのべる。

「上さまにおかれましては、ご機嫌うるわしく、まことに祝着至極に存じます。わたくし一橋徳川慶喜従三位《じゅさんみ》左近衛中将《さこのえのちゅうじょう》は、このたび大納言一条忠香娘、一条美賀と無事結婚の儀、とどこおりなく終わりました。これもすべて上さまの御恩恵と心からお礼を申し上げます」

うん、と声がかかり、それをきっかけに美賀は顔を上げるように慶喜にうながされる。

上段の間に、寛《くつろ》いだ様子の将軍がいた。やや青白いものの、品のある整った顔立ちである。頷《うなず》く様子もこれといって変わったところはまるでない。美賀は京でさんざん聞いた、

「体もお頭《つむ》もお弱さん」

という言葉をふと思い出した。

「一橋がいよいよ結婚とは、まことに目出たいことだ。父上さまがお聞きになったら、どれほど喜ばれたことであろう」

という口調も、上からものを言い慣れた人のそれの、明晰《めいせき》なものであった。

「はい、それだけが大層心残りでございます。慎徳院《しんとくいん》さま(家慶《いえよし》)には特別のおぼし召しをいただきましたので、このたびのこともぜひお伝えしとうございました」

が、その慶喜の言葉を最後まで聞かず、家定は突然美賀に話しかける。

「美賀と申したな」

「はい……」

「どうじゃ、地震は怖かったであろう」

「はい。それはもう……」

「もうじきわしの御台所となるはずの薩摩《さつま》の姫も、今回のことで肝をつぶしたようだ。しかしさすが島津《しまづ》の姫だ。祝いのものをすべてつくり直し、予定どおり嫁いでくるそうだ」

そして家定は乾いた笑い声をたてた。

家定のその乾いた笑い声は、いつまでも美賀の心の中に残っていた。

一橋邸に戻り、二人は誠順院、徳信院といった〝姑たち〟に挨拶をする。そしてその後仏間で先祖たちに向かい、将軍に祝いを受けたことの報告をした。

「美賀は、上さまにお会いしてどう思ったか」

先祖への挨拶を終えた後、不意に慶喜が尋ねた。

「はい、家定さまは、とてもご立派な方やとお見受けいたしました」

美賀は注意深く答える。

「そうであろう。時々短気にものをおっしゃることがあるが、聡明なおやさしい方だ。しかしいろいろな噂をふりまく輩《やから》がいて、本当にお気の毒なのだ。美賀も京でいろいろ聞いておろう」

「いえ、そのようなことは、何も……」

京では「お体もお頭《つむ》もお弱さん」の将軍さんというのは、誰でも口にすることだ。それにひきかえ、すべてにすぐれた慶喜の方に嫁ぐ美賀は果報者よと、どれほど皆に言われたことだろう。

「よい、よい。そのようなことは隠さずともよい。京で上さまがどのような言われ様《よう》をしているか、わしの耳にも入ってきている……」

ここで慶喜は声を潜めた。夫婦二人で仏間に籠《こも》っているので、あたりに人はいない。それでも彼は用心しているのである。

「将軍というのは、本当に難儀なものだ。このような時に、将軍になられて上さまはどれほどご苦労されていることであろう。時々癇癪《かんしゃく》を起こされるのも、あまりにも意のままにならぬことが多いからだ」

「ほんにお気の毒なことでございますなァ」

先ほど初めて見た家定の、青白い顔を思い出す。毎日気の張る生活をしているうえに、悪意のある噂をたてられているのだ。それどころか、ゆくゆく島津の姫が御台所としてやってくるらしい。

こんなことを思うのははしたないことだとわかっているが、その姫というのは十八貫あるという、相撲《すもう》取りのような醜女《しこめ》だという。健康な女、ということで選ばれた好きでもない女と、この先ずっと暮らしていかなくてはならないのだ。

「美賀、お前に言っておこう」

慶喜の目が薄暗い仏間の中で光る。

「わしは将軍にはならん。どんなことになってもならぬつもりだ。わしを将軍にと言ってくれる方たちもいるが、そんなことをしても無駄なことになろう。家定さまの次の将軍は、おそらく紀州《きしゆう》になるはずだ」

「紀州のお殿さまでございますやろか」

「そうだ。今の紀州藩主徳川慶福《よしとみ》殿の父君は、文恭院《ぶんきよういん》さま（十一代将軍徳川家斉《いえなり》）の七男でいらっしゃる。わしのような水戸の者とは違う、れっきとした徳川のお血筋なのだから、次の将軍は紀州がなられればよいのだ」

「そやけど、紀州さんはえらいお若いお人やと聞いてます」

「まだ十歳だが、あと十年もたてば立派な若者になられることであろう。だから美賀に言っておく。もしわしが将軍になると思って嫁いできたのならば、それは心得違いというものだ。わしは一生、一橋の当主であればよいと思っている。もしそれが不満ならば、京に帰ってもよいのだ」

「何をいわはります」

紀州の藩主はまだ子どもではないかと尋ねたことが、夫に勘違いさせたのかと、美賀は必死になる。

「わたくしは、殿さまが将軍にならしゃると思うたことなど一度もありません。二年前、一条の御所《ごす》さんに、一橋の殿さまのところへ嫁《い》きなさいと言われてから、ずっとそのことばかり心にとどめてきましたんや。ずっと殿さまのところへいくんやと思うて生きてきました。将軍さんのところへ嫁ぐんやと思うたことなど一度もありませんん」

それは半分嘘で、半分本当のことである。が、美賀の目から涙が噴き出す。こうして夫となった男の前で語り出すと、口に出したことはすべて真実のことに思われた。

「それならばよいのだ」

慶喜はいささか照れたように、口をきりっと結んだ。

「京から来た美賀ならようわかっていようが、今は何が起こってもおかしくない世の中だ。こんな時は水戸の父上のように、目立つことばかりしているのは、愚挙というものであろう。亀の子のように首をひっ込めじっとしているに限る。そして嵐《あらし》が去るのを待つのだ」

「亀の子のようにでございますか」

美賀は涙を拭《ぬぐ》いながら、思わずくすりと笑ってしまった。

「そうだ。亀の子だ。まあ、夫婦揃って亀の子になろうぞ。それがいちばん賢いやり方というものだ」

妬心

一

　こうして美賀《みか》の一橋《ひとつばし》家での生活が始まった。

　朝は六ツ半（午前七時頃）に起きる。入浴した後、髪を結い化粧をして、慶喜と一緒に仏間に入る。そして祖先への祈りをした後に、朝食を別々にとった。

　公家《くげ》の家では、夫婦や親子が一緒に食事をとる習慣がなかったが、これは大名の家も同じであった。が、新婚の最初の頃、美賀は慶喜に相伴《しょうばん》する小姓《こしょう》が、ねっとりと黄色いかたまりを皿に盛って運ぶのを見た。

「まあ、なんと変わったものやろ。これは何ですの。豆腐にも見えんし」

「牛の乳からつくった牛酪《ぎゅうらく》（バター）でございます」

　定期的に水戸《みと》から運ばせているものだという。

「まあ、牛の乳……」

　美賀は、目を見張る。

「牛の乳とゆうたら、異人がよう飲むもんやな。異人は牛の乳を飲んで、牛の肉を食べるということやなァ」

「牛の乳は体を大層丈夫にするそうでございます。殿さまは、毎朝牛の乳を飲むようにとお小さい頃から中納言《ちゅうなごん》さまより教えられたそうですが、江戸ではかなわないので、こうして牛酪を召し上がるのです。それから殿さまは黒豆を毎朝二百粒よく嚙《か》んで召し上がるのです」

時折批判がましいことは口にするものの、慶喜は驚くほど父、徳川斉昭《なりあき》に従順であった。それは十一歳で他家に養子に行った、淋《さび》しさもあったかもしれない。斉昭はよく手紙を寄こしたが、慶喜はそれを喰《く》いいるように読む。そして多くのことを実行したのだ。

朝、小姓の一人が、汲《く》み置きでない掘井戸の水をいっぱいに汲んだ木桶《きおけ》を便所へと運ぶ。排泄《はいせつ》をし終えたばかりの慶喜は、落とし紙を使った後、水で肛門《こうもん》をよく洗うのだ。痔《じ》にならないために、父が伝える予防法であった。

父親を知らない美賀は、夫と父との関係が羨《うらや》ましいと思うこともあるが、それよりも不思議さの方が目につく。まわりの者たちの話を聞くと、父、徳川斉昭は、息子の慶喜を手ばなしで誉《ほ》めるというのである。これこそ将軍の器で、英邁《えいまい》なことこの上なしと、公に発言もする。

「殿さんの世間の評判というのは、水戸の中納言さんがつくり上げたもんと違《ちゃ》いますやろか」

以前宮路がそっと教えてくれたことを思い出した。

この年、老中首座は阿部正弘《あべまさひろ》から堀田正篤《ほったまさひろ》（正睦《まさよし》）にと替わった。堀田は日本を次第に開国へと導き、そのために攘夷《じょうい》派の旗頭である水戸の徳川斉昭と対立するのであるが、そんなことは美賀は知らない。美賀の目はひたすら一橋邸と夫だけに向けられていたのである。

またたく間に新しい年が来ようとしていた。武家の正月というのは初めてのことで、口にするものも飾るものも、京とは違っていた。それをすべて取り仕切ったのは徳信院《とくしんいん》である。

「美賀君さまも、驚かれたのではないですか。京のお雑煮は、おかちん（餅《もち》）が丸くて、白いお味噌《みそ》でございましょう。こちらは、おかちんが四角で、お汁も辛い。私が昔、一橋に嫁いで初めての正月に、お雑煮をいただいた時は、これが江戸かと思って、本当に泣きたくなりました」

と、美賀をいたわるのを忘れない。

が、ある日、萩乃《はぎの》がそっと耳うちした。

「君さん、徳信院さんには気をつけなあきません。あの方は陰では、そら、いろんなことをなさっておいでどすえ」

慶喜は結婚する前から、徳信院と謡《うたい》を習っていて、それはずっと続いている。慶喜がこの一橋家に十一歳で養子にやってきた時から、若い未亡人の徳信院と共に始めたものだ。慶喜は江戸にいればよほどのことがない限り、毎夜徳信院の部屋に行き、ひととおりさらってくるらしい。もちろん美賀には面白くないことであるが、夫と〝姑《しゆうとめ》〟にあたる徳信院がすることに文句を言えるはずはなかった。

「私は聞いたのでございますが、君さんと御寝《ぎよしん》するお時間になられて、殿さんがお帰りになろうとすると、徳信院さんが泣いておひきとめになるそうどす。私をひとりにするのかと」

「まさか……」

慶喜は美賀に言ったものである。幼かった自分を育ててくださった徳信院さまには大恩がある。だから美賀も心してよくお仕えするようにと。

「それに、君さんの前ではうまく取りつくろうてはるけど、徳信院さん、お二人の時は、殿さまではなくて、七郎さまとお呼びやすそうどす」

七郎麿《しちろうまろ》というのが、元服前の慶喜の名であった。

「そんなはずはあらへん」

美賀は小さく叫んだ。

「徳信院さんは、殿さまのお祖母《ばあ》さまにあたる方やないの。なんでそんなおちかちかしいことがあるやろ」

「そやかて、この家のお女中は、みなそう言うてるそうでございます。徳信院さんは、君さんのことをねたましゅう思うていらっしゃる。自分はいくら殿さんのことがお好きさんでも一緒に寝ることはお出来にならんもんやから、殿さんがおしずまりあそばす時は、腹が立って仕方がないんやと」

「まあ、なんということを……」

腹立ちのあまり息が出来ないほどだ。

「江戸の女子《おなご》というのは、なんとまがまがしいことを言うのや。わたくしはそんなことは信じられない」

「それはそうでございますが……」

萩乃はつつうと膝《ひざ》を進めてくる。この部屋には二人しかいないが、もっと声を低くしろ、ということらしい。

「私も、まさか殿さんと、仮にもお祖母さまという方がそんなことはあるはずはない、と思うておりましたが、これは君さんがお輿《こし》入れする前からのことのようでございます。一橋のところは似合いの夫婦のようやと、前の将軍さんはおっしゃっていたそうで、狩りの帰りにはここにお寄りになり、お三人で仕留めたものを仲よう召し上がったそうでございます」

「殿さまは前の上さんに可愛《かわい》がられてあらしゃったんや、そのことを言うてるんやろ」

「私もそう思いたいのでございますが、徳信院さんはお祖母さんとゆうても、あのような若さとお美しさでございますからなァ」

「のう、萩乃」

美賀は膝の上に置かれた萩乃の手を強くつかむ。そして必死な、けれどもひそやかな声で尋ねた。

「似合いの夫婦のようや、と前の上さんはおっしゃったそうやけど、それやったら、殿さまがわたくしに毎晩なさるようなことを、徳信院さんになさっていたということか。わたくしと同じことを徳信院さんにもしてた、ということか」

「そ、それは……」

萩乃は一瞬言葉を失ったが、やがて観念したように喋《しゃべ》り出す。

「それはないと思いますが、正直殿さんは、水戸の中納言さんの息子さんどすからなァ」

萩乃はひそひそと、話し出す。

「前に君《きみ》さんもお聞きになりましたやろ。ここの殿さんのお兄さんは、ご長男さんとして、水戸藩をお継ぎになりましたんや。そこのご正室は、有栖川宮家《ありすがわのみや》からいらした方でございます。私も京にいた時に噂《うわさ》を聞いたことがありますけど、まあ、かぐや姫のように美しい姫さんであらしゃるそうです。ですから大奥の方々が、今の将軍さんの三番めの御台所《みだいどころ》へと望まれたんですが、水戸の中納言さんはことわられて、ご長男の嫁にされたのでございますよ。そやけど、あまりのお美しさに目がくらんで、そのご長男の嫁に手をつけはったと、もっぱらの評判なのでございますよ」

「ほんまやろか……」

まだ見ぬ舅《しゅうと》のあまりの行状を信じることはできない。

「私がお小さい時からお育て申し上げた君さんやさかい、こんな嫌なこともお耳に入れるんどすえ。あの中納言さんのお子さんやから、ひょっとして、殿さんも徳信院さんとそういう仲におなりやしても不思議やないと萩乃は思いますえ。殿さんに、この場だけの慰めなど言いとうはないんどす。君さんのご無事を見届けたら、私は京に帰る身でございますからなァ。憎まれ婆《ばば》になっても申し上げねばあきません。君さん、徳信院さんを早《はよ》うどうにかせねばなりませんなァ」

「徳信院さんをかァ」

「そうどす。あの方は早いうちに未亡人にならしゃったんどすし、いつでも京にお帰りになってもええんと違《ちゃ》いますやろか。それをずっと江戸にとどまってはるのは、このお殿さんがよほどお好きさんやからどすやろ。そやけど君さんがあらしゃる今となっては、もう去《い》んでもろうてもええお方どす」

「京へか」

「そら、そうどす」

萩乃は頷《うなず》いた。

「私も詳しいことはようわかりませんが、甥御《おいご》さんが伏見宮《ふしみのみや》家をお継ぎあそばしたはずや。甥御さんを頼られればええことどす」

「そやけど……」

「君さん、これがふつうのご側室ならば、私は、男さんというものはそんなもんどす、ねたもじはみっとものうございますと、君さんに申し上げましたやろ。そやけど、相手が〝お祖母《ばあ》さん〟でしたら、どうにもならしません」

萩乃から衝撃的な話を聞いたその日の夜、美賀は身じろぎもせず正座をして夫の帰りを待った。

遠くから慶喜と徳信院の歌声がかすかに聞こえてくる。今までは届かなかった声である。早春の空気がそうさせるのか、それとも自分の嫉心《そねみごころ》なのか。

慶喜の声に女の声が重なっている。それは身震いするほどの嫌らしさである。

「生いにけらしな、妹《いも》見ざる間にと、詠《よ》みて贈りける程に、その時女も比べ来し、振《ふり》分髪《わけがみ》も肩過ぎぬ、君ならずして、誰かあぐべきと、互いに詠みし故なれや――」

雅楽の家の美賀にとって、謡曲はあまりなじみのない音楽だ。武家のものだという思いがある。

初めて聞いたのは、あの一条家の姫たちによる宴であった。謡曲を慶喜が好んで歌うのはわかる。それなのに宮家出身の徳信院が嬉々《きき》として歌うのはなぜだろうか。慶喜におもねっているからに違いない。

徳信院は何か二人で習えるものを探していたのだろう。それが謡曲だったのだ。謡曲ならば、京から来たばかりの美賀が参加することは出来ない。ましてや育った今出《いまで》川《がわ》の家は、雅楽の琵琶《びわ》を伝える家である。おいそれと謡を始めるわけがないと、徳信院は思っているのだ……。

どのくらい時間がたったかわからない。大奥女中と共に慶喜が帰ってきた。

「なんと寒いのだ。火が消えているではないか」

慶喜は不機嫌そうに言った。

「申しわけございませぬ」

あきらかに美賀に向かって言ったのであるが、大奥女中ははいつくばってわびを入れ、すぐさま手焙《てあぶ》りの炭を足した。

そうしている間、慶喜は羽二重の寝間着の懐《ふところ》から、一冊の本を取り出した。流れるような文字が書いてあるそれが、謡の教本だということは美賀にもわかる。慶喜はしばらくの間、それを眺めていた。

「面白うございますか」

美賀は尋ねた。

「ああ、謡は子どもの頃から、わしのいちばんの楽しみなのだ」

「謡がそれほどお好きさんであらしゃるのは、徳信院さんとご一緒やからやないですやろか」

「それはそうだ。わしがこの家に来てからすぐ、十二歳の頃には二人で稽古《けいこ》を始めたのだからな」

美賀はまだ夫についてよくわかっていないところがあるが、ひとつ確かなことがあった。それは彼が人の心の機微にとても鈍感だということである。公家独特のもってまわった言い方というのは通用しないのだ。美賀は覚悟を決める。どれほど嫌な言葉でも、自分の口で発しなくてはならない。

「それは殿さまが、徳信院さんをお好きさんやからやないですか」

「それはあたり前であろう。わしを小さい頃からめんどうみてくださった方だ」

「そんなんやあらへん」

美賀はじれったさに、身もだえしてしまう。

「殿さまは女として徳信院さんを、お好きさんなんと違《ちゃ》いますやろか」

「何を言うのだ」

驚いてこちらを見る。行灯《あんどん》の下での慶喜の顔は、ぞっとするような美しさである。切れ長の目の下にある形よい唇が少し赤過ぎるのは、今までさんざん大声を出してきたからであろう。

「徳信院さまは、十一歳でこの家の養子になったわしを、大切にみてくださった方だ。そして美賀もそろそろ気づいておろうが、徳信院さまがいらっしゃらなければ、この一橋家はとてもやってはいけん。今度の婚礼にしても、上さまはじめあのむずかしい大奥の方々に、いきとどいた祝儀の品を出してくださったのも、徳信院さまなのだぞ。それを知ったうえで、あの方にわしが懸想《けそう》をしていると言うのか。何というたわけだ、そなたは」

「たわけでも何でもよろしいのです」

美賀は座布団から降り、丁寧にお辞儀《じぎ》をした。

「どうか、徳信院さんとの謡のお稽古はおやめくださいませ。そしてもし出来ましたら、京へお帰りくださいますように、おとりはからいくださいませ。及ばずながらこの美賀が、今後この家の采配《さいはい》をいたしますゆえ……」

「たわけ者めが」

額に痛みが走った。慶喜に扇子を投げられたのである。

憤怒《ふんぬ》する男の顔を、美賀は生まれて初めて見た。慶喜は大きく肩で息をしている。切れ長の目は赤く充血してこちらを睨《にら》みつけていた。

「そなたはわしに不忠を働けと言うのか。大恩ある徳信院さまに、何ということを言うのだ」

ここでわびを入れなくてはいけないのかと美賀は思う。しかし公家の娘として育ってきた美賀は、今まで人に頭を下げて謝罪したことがない。そして今度のことはあきらかに相手に非があるのだ。たとえ夫であっても、女の顔にものを投げる、ということが許されてよいものであろうか。

公家の誇り、ということよりも、美賀はただ悲しかった。新婚の夫が、これほどの怒りを見せてまで守ろうとする女がいる、ということがだ。

「殿さまがお小さい時は、お世話してくださったか知れませんが、今はもうご立派に成人あそばしてます。それやのに、前と同じように、毎晩お部屋に行かはるのは、尋常なことやあらしません」

今やめたらいけないのだと、美賀は自分を励まし続ける。ここで臆《おく》してやめてしまったら、自分はこれからもずっと、あの謡の歌声を聞き続けることになるのだ。

「わたくしは知らんことでしたが、この家の者たちは、殿さまと徳信院さんとのことをいろいろ噂してるそうでございます。一つ屋根の下に住まわれて、そんな噂をたてられるようなことをしはる方が、よほどの不忠と違《ちゃ》いますやろか」

「えーい、黙れ、黙れ」

慶喜の形相が変わる。それは二十歳のきかん気の青年の顔である。まだそれほどの思慮もなく、苦境にも立ったことがない若い男の顔だ。慶喜もまた、女からこのような反抗を見せられたのは初めてに違いない。

「そんなことを言っているのは誰じゃ。名前を申してみろ。ただちに手打ちにしてくれるわ」

「おやめくださいませ」

美賀は初めてことの重大さを知った。下にいる者をひき合いに出したのは、上に立つ者として決してしてならぬことであった。幼い頃からこうしたことは躾《しつ》けられていた。この分では、慶喜は本当に犯人探しをしかねない。

美賀はこの家の使用人のために頭を下げた。

「噂というのは、わたくしだけの口から出たことやさかい、どうかお許しください」

「なんというあさはかな女だ」

慶喜は立ち上がり、出ていこうとした。そして障子に手をかけ、最後に上からもう一度美賀を睨んだ。

「もうここには二度と来ぬ。わかったか。それが嫌なら京に去れ」

荒々しく廊下を踏みしめる音がしたが、それもいつしか遠ざかっていった。放心したように、美賀はそこにしばらく座っていたが、もしかすると短い時間だったかもしれない。

「君さん」

ころげるように萩乃が部屋に入ってきた。

「どうしはったんどすか。えらい荒い声がして、私は心配で心配で……」

「殿さまが行ってしまわれた……」

美賀の目から大粒の涙がこぼれ落ちる。もうこれですべて終わってしまったのだ、取り返しのつかないことをしてしまった、という思いがいちどきにこみ上げてきた。

「殿さまに徳信院さんのお部屋に、毎晩行かんといてくれと申し上げたんや。そうしたらえらい怒らはったんや……」

「私が間違《まちご》うていたのかもしれませんな。今出川の御所《ごす》さん（美賀の兄）を通じて、一条の御所さん（一条忠香《いちじょうただか》）に申し上げよか、いや、そうすると角がたつかもしれん。それより、君さんのお口からそれとのう言わはった方がええかもしれんと思うたのが、裏目に出たかもしれませんなァ……。あっ、君さん、そのおでこ、どうしはりました。赤《あこ》うなってますえ」

「殿さまが、お扇子投げはったんや」

「まあ、なんてことをしはるんやろ。君さんは、ただのお方と違《ちや》う。一条家の姫さまどすえ。それがたかだか水戸の中納言の息子が、手をあげるやなんて、なんてことやろ」

怒っているとは言え、萩乃のもの言いが意外であった。嫁ぐ前は、

「頭も男前もよろしゅうて、天下いちのお人というお方どすえ。いずれは将軍にならはるお方どす」

とずっと言い続けていたはずである。

「君さん、このことはどうか私にお任せくださいませ。明日にでも文《ふみ》を書くことにいたします。宮路《みやじ》さんともご相談して、このことは一条の御所さんのお耳にも入れんといけませんなァ。決して悪いようにはいたしません。いくら伏見宮さんから来はったとゆうても、あんな姥桜《うばざくら》に君さんが負けるわけあらへん」

それから三日、七日とたっても、慶喜が美賀の部屋にやってくることはなかった。ちょうど結納《ゆいのう》をかわした頃のようだ。この邸《やしき》の中で、慶喜がいる気配を感じる。

朝、何かを指図する男たちの声が聞こえて、あわただしい空気がこちらに伝わって

くるのは、登城の時に違いない。そして夜になると、また徳信院との謡の声が聞こえてくる。

そんな時、美賀は両の耳を自分の手で塞《ふさ》いだ。もう二度とここには来ない、と自分にひどい言葉を残し、慶喜はあちらでまた以前と変わりなく呑気《のんき》に謡を歌っているのである。

「美賀君さんもまあ、なんとまあ、おろかさんなことをなさいましたんやろ」

宮路がため息をついた。

「萩乃さんもなァ、あなたのような世間知らずのお方に、そうええ知恵がわくわけもおへん。あなたはそら、美賀君さんのことを思うて、ものをお言いやしたんやろけど、こんなに殿さんを怒らせては何にもならんなァ」

静《しずか》が呼ばれたが、この賢い女はあたりさわりのないことしか言わない。

「殿さまがこの一橋にいらした時のことを、私はよく存じません。まだこのお邸にご奉公していなかったからでございます。けれどもその時から、殿さまは七つ年上の徳信院さまのことを、本当のお姉さまのように慕われて、ずっと仲よくやってこられたそうでございます。殿さまの母上は、有栖川宮さまからいらしたお方です。おそらく伏見宮さまからいらした徳信院さまに、母上さまを重ねられていたのではないでしょうか。口さがない女どもが、どのようなことを申し上げたかわかりませんが、あのお二人にご簾中《れんちゅう》さまが心配されるようなことがあるとは到底思えません」

「そやけどなあ、静さん。ご婚儀をあげて間もない殿さんが、毎晩他の女子《おなご》さんのところへ行きはって、歌を歌われているとしたら、美賀君さんのお気持ちはどないでっしゃろ」

今度は宮路が萩乃の代わりに詰めよっていく。自分の方が力が強いことがわかっているのだろう。

「歌を歌われて、とおっしゃいましても謡でございましょう。お能は代々の将軍さまがたしなまれ、お好きな方も多いので、大名たるものはしっかりとお稽古なさるものでございます。それがお好きでないとおっしゃるのは、まことに困ったことで……」

「そやけどなァ、静さんも美賀君さんにお付きの御上﨟《おじょうろう》なら、もっと美賀君さんのことを考えとくれやしてもええのんと違《ちゃ》いますやろか」

「まあ、とんでもないことです」

静は顔色を変えた。

「今度の殿さまのご勘気に、いちばん胸を痛めているのは私なのでございますよ。いずれ少しずつ殿さまのご気性もお教えするつもりでございました。殿さまはまっすぐな男らしいお方でございますから、一度おっしゃったことを二度と曲げるようなことはなさいません。けれどもこう申し上げてはまことに畏《おそ》れ多いことですが、ご気分にむらがおありになり、ご機嫌のよい時はこのうえなく楽しい方でいらっしゃいますが、一度お心がねじれてしまわれますと、もう私どもの力ではどうすることも出来ないほどでございます」

「静さん、そう言われたらしまいやおへんか。あなたさんの言うことを聞いていたら、もう二度と殿さんは、美賀君さんのところへおいであそばさんということですやろか」

「それは……。また殿さまのご気分が変わるということもおありでしょうし」

「そんなことは待っておられません」

宮路はぐっと肩をそびやかした。そうすると京の一条家に長く仕えた女の貫禄《かんろく》があたりを圧する。

「あなたさんかてそうですやろ。私たちとて、京から、夫婦仲はいかがやろ、お子はいつ頃お産まれやすか、とやいのやいのと手紙をもろうてますんや。もうこのことは私らだけで済む問題やおへん。このまま殿さんを怒らせて、美賀君さんのところへ二度とおいでにならんということになったら、私ら京から来たもんは、首をくくらねばなりまへん」

「まあ、そんな」

「だからあなたさんも、ちゃんと考えておくれやす。なあ、どうやったら殿さんのご機嫌が直りますんやろ」

「それは徳信院さまにとりなしていただくしかないでしょう」

静はきっぱりと言った。

「殿さまはあの方のことならちゃんとお聞きになります。徳信院さまを通じてわびを入れられるのがいちばんよろしいかと」

「わたくしはいやや」

美賀は叫んだ。

「わたくしは徳信院さんにものを頼んだりはしとうない」

「そうおっしゃられても、殿さまにお取りなしいただけるのは、徳信院さまだけでいらっしゃいます。ご簾中さまからお願い申し上げるしか仕方ないのではございませんか」

静がひと言ひと言いい聞かせるように言うその明瞭《めいりょう》な江戸弁が、美賀の心にささくれをつくっていく。

「わたくしはいやや」

はっきりと答えた。

「わたくしは殿さまの妻やないか。妾《めかけ》ではない。なんで妻のわたくしが、頭を下げて、夫婦のことを他の人に取りなしてもらわんとあかんのや」

「それはそうでございますが、徳信院さまはご簾中さまのいわば姑にあたる方ではございませんか。嫁が姑にご夫婦のことをご相談申し上げても、何のさしさわりもございませんでしょう」

「そやかて、姑とゆうても、徳信院さんはわたくしと五つしか違わしまへん」

「そんなことをおっしゃられても、話は進みませぬが……」

静は困り果てたように眉《まゆ》をひそめた。

「そもそも話の発端は、ご簾中さまが、殿さまと徳信院さまとの謡のお稽古をお嫌いあそばしたことでございましょう。謡はもう八年近く続いている、殿さまいちばんのお楽しみでございます。それをご簾中さまがおやめくださるよう申し上げたので、殿さまもご機嫌を損じられたのでございます。ですからご簾中さまは徳信院さまに、どうかこれからもお稽古をお続けください、その替わり、殿さまにこちらにお渡りくださるようにおっしゃってください、とお願いすればよろしいのですよ」

「おお、いやじゃ」

美賀は大きく身震いした。嫌悪という感情に体をわしづかみにされたような気がした。

「わたくしは、あの謡というのがほんまに嫌いなんや。あの声を聞くとぞっとする。なあ、おかしいと思わぬか。殿さまは毎晩、わたくしを置いて他の女子《おなご》のところへいかはる。そして毎晩一緒に歌を歌わはる。その歌声が聞こえてきて、わたくしはほんまにつろうなるんや。だから謡をおやめくださいとお願いしたが、それがそんなに悪いことやろか」

「君さん、そやけど、辛抱してくださいまし」

萩乃が涙声で言った。

「もうちいっとご夫婦仲が深まれば、きっと歌声は聞こえんようになります」

二

春が過ぎ、庭の木々が競い合うように若葉をつけ始めても、毎晩謡の歌声は聞こえてくる。そして慶喜は相変わらず美賀の部屋を訪れることはなかった。

その間今出川の兄から、手紙が二回ほど届いた。このことについて、養父である一条の御所さん（忠香）も大層心配しておいでだ、どうか、意地を張らずに徳信院さまにわびを入れるようにと最後には締めくくってあった。そして、

「京にいる時は、あれほど素直でやさしい娘であったのに、どうしてこれほど強情になったのか不思議で仕方ない」

と最後の手紙には書いてあった。

美賀は思いあたることがある。京で萩乃に向かって「夫婦仲よう暮らせないものだろうか」と尋ねたことがあった。あのとき萩乃は「そんなうちを聞いたことも見たこともありません」と言ったのだった。しかし富良太《とらた》の父母は仲睦《むつ》まじいと言ったのではなかったか。世の中には確かに仲よく楽しく暮らす夫婦がいるのだ。それを望んだことが罪なのだろうか。

夜一人で寝ていると、慶喜とのいくつかの夜を思い出す。夫は閨《ねや》の中で新婚の妻を賞賛したり、からかったり、そして時々は怖《こわ》がらせたりもした。が、それなのに、あの幸せを知った者はもう元には戻れない。本来は美賀が当然得るべき幸せであるのに、なぜか不当なことが起こっているのだ。そのために戦うのはあたり前ではないだろうか。しかし自分は本当に戦っているのか。徳信院という存在はあまりにも強大で、自分は一度立ち向かおうとしたが、あえなく敗れてしまった。そして今は待つことしか出来ない。徳信院に頭を下げるより、そうすることを自分で選んだからだ。

そして明日もあさっても、わたくしは待つのだろうか。夫に顧みられないまま、こうして待ったまま、自分は老いて朽ち果てていくのか……。

やがて夜風にのって、歌声が聞こえてくる。

「きのうの花はきょうの夢と、驚かぬこそ愚かなれ、身の憂きに人の恨みのなお添いて、忘れもやらぬわが思い、せめてや暫《しば》し慰むと、梓《あずさ》の弓に怨霊《おんりょう》の、これまで現れ出《い》でたるなり」

それは呪詛《じゅそ》のように、ねっとりと耳にまとわりついた。

もうお前は忘れられているのだと、もう二度と夫はこの部屋に来ることはないだろう、そしてお前を抱くことはないのだと歌は言っている。

ならば死ななければならないと美賀は思った。

夫がもう二度とここに来ないならば、自分はもう生きていく価値はないのだ。

「人の恨みの深くして、憂き音《ね》に泣かせ給《たも》うとも、生きてこの世にましまさば、水暗き、沢べの蛍《ほたる》の影よりも、光る君とぞ契らん」

早くするのだと歌声は美賀をせかす。

が、いったいどうやったら死ぬことが出来るのか。

武士の女は、短刀で喉《のど》をつくと聞いたことがある。武家に生まれた女は、たしなみとして、死に方を女親から教わるのだという。が、公家の女は死に方を知らない。それぞれの知恵で自死しなくてはならないのだ。

美賀は天井を見上げる。凝った細工の欄間《らんま》と鴨居《かもい》が見えた。そういえば幼い頃、女中たちがひそひそと話していたことがある。近くの邸の下働きの女が、首を括《くく》って死んでいたと。

そうだ首を括ればよいのだと、美賀は思いついた名案に一瞬明るい気分になる。羽二重の寝巻きのしごきを解き、片方を鴨居にかけ、きつく縛った。

が、台はどうすればいいのだろうかと考える。首を括る、などというのは初めてのことであるのに、まず高いところに立ち足でそれを蹴《け》って宙に浮く、ということをなぜか美賀は知っていた。

あたりを見渡すと、脇息《きょうそく》が目についた。少々不安定な気がするが、この際仕方ないだろう。美賀はいそいそとそれを鴨居の下に置く。自分が死んだと知った時の、慶喜の驚いた顔を思い浮かべると、大層楽しくなった。

しごきを二重にして首に巻きつけた。絹のしごきはしゅっしゅっとかすかな音をたてた。美賀は不意に初夜のあの音を思い出す。慶喜はやや乱暴に美賀の寝巻きのしごきを解いていったので、絹をこする音が閨の中で響いていたものだ。

そしてもう片方を既に鴨居に巻きつけておいたしごきの端と結びつけた。

裸足《はだし》で脇息の上に立った。丸味を帯びているのでうまくいかない。なんとか安定させようと足の裏で調整しようとしたとたん、脇息は倒れた。

不測の事態に美賀はあっと声をあげる。が、その声は絹のしごきできゅっと締めつけられる。

「助けてーっ」

美賀はもう一度声を出そうとしたがうまくいかない。美賀の重みでしごきは完全に首に巻きついていた。両手で何とかはずそうともがいたが、しっかりと喰《く》い込んでいてもう動かない。

意識が遠のいていく瞬間、萩乃の叫び声を聞いた。そして美賀は背中と腰に大きな衝撃を受ける。すごい勢いで畳に叩《たた》きつけられたのだ。痛さのあまりうめき声を出し、そのはずみで息が出来た。が、奥の方からこみ上げてくる息がうまく通過出来ない。美賀はゴホゴホと大きく咳《せ》き込んだ。

「君さん」

「姫さま」

女と男の声がする。目を開けた。萩乃の顔と若い男の顔が、上からのぞき込んでいる。その男の顔には見憶《みおぼ》えがあった。

「富……良……太……か」

富良太が答える前に、萩乃がわめくように言葉を発する。が、興奮のために語尾がふわふわと飛んで聞きづらい。

「君さんの声で私がここに来ました。けど、私ひとりの力で君さん、降ろすこと、出来るわけおまへん。お庭に向かって、誰ぞーと言いましたら、宿直《とのい》していた富良太、来てくれましたんや。そして、君さんにとびついて、一緒にころがってくれたさかい、紐《ひも》、切れましたんや。富良太、いいひんかったら、君さん……、君さん……私もよう生きていけまへん」

もうその頃には、萩乃のおそろしく早口の饒舌《じょうぜつ》を厭《いと》う気持ちが生まれていた。

「もう大事《だいじ》ない……」

起き上がろうとしたが、まるで力が入らない。そのまま崩れ落ちた。

「姫さま、どうぞご無理をなさらないでください」

「君さん、いまお床敷きますよって、どうぞおひならんで（起きないで）おしずまり（眠り）くださいませ」

すぐに御典医が呼ばれ、薬を幾つか飲まされた。それから丸二日間、美賀はこんこんと眠り続けた。

目覚めたのは夕刻である。すぐ傍《そば》に、頬《ほお》がそげ、髪が乱れたままの萩乃が放心したように座っていた。

「君さん、ご気分、どないどすか……」

いつものようなゆっくりとした口調をとり戻していた。美賀はかすれた声で答える。

「夢を見ていた。あの御所から火が出た時のことや。燃えた柱が倒れてきてな、もうあかんと思うたら、目が覚めた。わたくしは火事で助かって寝てるんやとしばらく思うてたわァ。違《ちゃ》うとわかったらなァ、もう恥ずかしゅうて恥ずかしゅうてどうにもならん。萩乃、わたくしは京に去ぬることになるんやろか」

「そんなこと、ありますかいな」

萩乃は袖《そで》を目にあてた。

「私は君さん、おいとしゅうて、おいとしゅうてたまりませんのや。悪いのは殿さんや。いくらお腹をお立てになったというても、江戸にいらしたばかりの君さんを、おさびさびさせるとはあんまりやおへんか。そやさかい、君さんは京に去ぬることはあらしまへん」

「そやけど、わたくしは首をつって死のうとしたんや。まぎわになったら、急に怖あなったんや……。それで声あげたりしてみっともないなァ……」

「君さん、このことは、私と富良太、医者以外、知ってはるの宮路さん、静さんくらいどす。君さん、黙ってはったらそれでよろしいんどす。私は、君さん、このところの暑さで、お体がお弱さんにならしゃったと言うてあります。何がみっともない、などということがありますやろか」

「そやかてなあ……」

萩乃にわかるはずはないのだ。このことは既に夫の耳に届いているに違いない。嫉《しっ》妬《と》のあまり自殺を図り、そして死に損なった自分のことを、いったい夫はどう考えるだろう。もうさぞかし呆《あき》れかえったはずだ。死ねば自分のことを哀れにも、いとおしいとも思ってくれたかもしれないが、ぶざまに死に損なった今となっては、厭わしい気持ちだけになるであろう。どうしてあの時、声をたてたりしたのだろうか。どうしてきちんと死のうとしなかったのだろうか。美賀はそのことがたまらなく恥ずかしい。恨みや嫉妬というものは遠のいて、いまこの恥ずかしい、という感情だけが、磨き抜かれ突出している。それだけで京に帰りたい気持ちでいっぱいになる。

「今年はとうとう葵《あおい》さん見なんだなァ……」

美賀はつぶやいた。葵祭は美賀のいちばん好きな祭りだ。この祭りの時だけは、萩乃と一緒に行列を見に行ったものだ。耳のうしろに葵の葉をはさんで、知り合いの公家たちも何人か行列に加わっていたから、あのお人は、あのおうちやと萩乃とささやきあったのは、ついこのあいだのような気がする。

「葵さん見んと、やっぱり淋しいなァ。萩乃はええなァ、もうじき京に帰って、来年は葵さん見られるなァ」

「そんな……。今の君さん置いて、なんで私が京に帰れますやろか」

萩乃は泣き出した。

幸いなことに、首には何も跡が残ってはいない。本当ならば、四、五日寝ていればすっかり元どおりになるはずであったが、美賀はあの日以来起き上がることが出来なくなった。食欲もほとんどなく夜も眠れない。

一橋家の御典医は「気鬱《きうつ》」と判断した。気持ちが暗く沈んでいるために、病と同じようになってしまっているということだ。

さらに悪いことに、今年は暑さがなかなか静まらない。盆地である京の暑さというのは、風がなくじわじわと汗が出てくるが、それでも生まれ育った場所というのは、体が慣れてしまうものだ。初めて経験する江戸の暑さは湿気が多く陽射《ひざ》しが強い。まるで町ごと蒸されているようであった。障子を閉めたままでいるのでなおさらだ。

「君さん、どうか少しでもあがらしゃってくださいませ」

萩乃は好物の、白身の魚や豆腐のあえものを調《ととの》えるが、美賀はすぐに箸《はし》を置いてしまう。

「もうよい……」

「君さん、少しはあがらっしゃらんと、このうつうつしい江戸の夏を越せしまへん」

「そやけど、もう欲しゅうはない」

六月のおわりのある日、膳《ぜん》の上にぎやまんの小鉢がのっていた。中にキラキラしたものが入っていた。まさかと思って口に含んだところ、やはり氷であった。

「ほんまに氷や。ひやっとしてるわ……」

しかしこの暑さの中、どうしてこんなものがあるのだろう。

「上さまに献上されるために、氷室《ひむろ》から運んできたものだそうでございます。やはり江戸というところは、信じられんような贅沢《ぜいたく》をなさいますなァ」

氷は細かく削られ甘汁がかかっていた。美賀は最後の一滴まで飲み干し、そして問うた。

「そやけど、上さまに献上されたもんが何でここにあるんやろ」

「静さんは、お城の滝山《たきやま》さんがくださったものやとお言いやしたが……」

「さよか。滝山にはあとでお礼を言わなあかんかもしれん。そんな日がいつ来るかわからんが……」

「君さん、またそんな心細げなことおっしゃって」

すっかり涙もろくなっている萩乃が、また袖口を目にあてる。

萩乃の涙にうんざりしている美賀は、布団をひっかぶり眠ったふりをした。

七月になると、なんとか美賀は起き上がれるようになった。

といってもすることもなく、萩乃を相手にとりとめもない話を、ぽつりぽつりと交わすことぐらいしか出来ない。救いといえば、自殺を図って以来、あの謡の歌声がぴたりとなくなったことだ。が、美賀も萩乃もそれについていっさい触れなかった。

「富良太は、なんでこの邸にいるんやろ」

「それは、私をはじめ何人かの者たちが、京に帰る時のためでございますやろ」

「そうか……。一条の者たちは、今、この邸の中にいるんやな」

京からの花嫁行列は二百人ほどであったが、そのほとんどは京に帰る者たちである。

「もう、京に帰った者もおりますが、富良太のような者は、江戸が面白うて、楽しゅうて、まだまだ去ぬる気にはならんようでございますなァ」

萩乃が言うには、この一橋家に到着してからというもの、富良太のことなど思い出しもしなかったという。それなのにあの夜、富良太は偶然庭に居合わせたというのである。

「富良太はふだん、門の近くの長屋の方に住まわせてもろうてるということでございます。それやのにあの日は、一橋家の者に頼まれた用事があったというております」

その用事が何なのか、萩乃は言わなかった。大きな声では言えないが、本の貸し借りがあったのではないかと美賀は想像する。富良太は京でかなり革新的な私塾に通っていたはずだ。

「そやけど、いくら江戸が楽しゅうても、富良太も早《はよ》う京へ帰りたいはずや。萩乃かてそうや。それなのにわたくしがこんなことになってしもうたから、萩乃はなかなか京に帰れんようになってしまったなァ」

「君さん……」

最近とみに涙もろくなっている萩乃は、早くも鼻をつまらせている。

「なんで私が、病気の君さんをおいて京に帰れますやろ。君さんがお元気にならはって、ややさんお産みにならはったら、そしたら私は、安心して京に帰れます」

「そんなん無理や……」

美賀は微笑《ほほえ》んだ。

「殿さまはもう、ここには二度と来てくれへん。わたくしはほっとかれっぱなしや。そんなことでどうしてややこが出来るであろう。のう、萩乃」

その夜、浅い眠りから目覚めた時、美賀は黒い影が枕元《まくらもと》に座っているのを見た。

「誰や」

急いで体を起こした。一瞬で萩乃でも宮路でもないと察したのは、影が大きく力強く、男だとわかったからだ。

「わしだ……」

影がつぶやいた。驚きのあまり息も出来ない。そこに座っていたのは、慶喜だったからである。

「殿さま……」

「よい。寝たままでよい」

「そうはいきまへん」

美賀は布団から出て、深く頭を下げた。

「みっともないことをいたしました。どうぞお許しくださいませ。殿さまのお心次第では、わたくしは京へ去ぬる覚悟でございます」

「別に京に帰らなくともよい」

夫の声は怒っているのか、冷静なのか、よくわからない。感情を押し殺しているのとも違う。彼自身もどう対処していいのかわからず、思いつくまま言葉を発しているという感じなのである。

「わしは大層驚いた……」

「申しわけございません」

「それほどのことなのであろうか。わしがしたことは……」

「わたくしにとりましては……」

「女というのは、本当にわからん」

慶喜は首を横に振った。

「本当にわしにはわからない。水戸の母上さまから手紙が届いた。母上さまも、若い時から父上さまの行状に耐えかねて、何度も死のうとなさったという。が、幼い我らのことを考えて思いとどまられたというのだ。母上さまはこう言われるのだ。一条の姫というのは、なんと純な方であろうか。命を懸《か》けても、そなたを自分ひとりのものになさりたかったのであろう。なんというおいとしいことであろうかと、おっしゃっておられるのだ」

美賀は感動で胸がいっぱいになる。本物の姑にあたる慶喜の実の母が、これほどまで自分のことをいたわり、理解してくれていようとは考えもしなかったのだ。

しかし夫の次の言葉は、またもや美賀を驚かせる。

「母上さまといい、そちといい、女は本当にわけのわからんことを言う」

本当にわからぬと、慶喜はまた首を横にふる。

「そうであろう。徳信院さまは、わしにとって姉のような方であられる。その方と謡を歌っていたからといって、なぜそのように嫉妬するのであろうか。そなたがあのようなことをしたゆえ、徳信院さまも大層心を痛められて、謡の稽古はもうなさらないようになったではないか。唯一のお楽しみであったというに」

「それは申しわけないことをいたしました」

美賀は頭を下げる。慰めや謝罪といった言葉を求めていたのであるが、夫の口から出たものは、ただ疑問と腹立たしさである。が、これはこれで自分の潔白を証明しようとしているのかもしれないと、美賀は胸をなだめた。

「こう申し上げては失礼であるが、父上さまは、女にかけて度が過ぎていらっしゃるところがある。それで母上さまは、どれほどおつらい思いをなさったことであろうか。わしは父上さまと違う。女にかけては分別もあるつもりだ」

「それを聞いて安心いたしました」

「徳信院さまはずっとこの一橋を差配してくださった有り難いお方だ。そういうお方に対して、わしがあやしい気持ちを持つはずはない」

美賀はこれは喜ぶべき告白なのだろうかと考える。夫のこうした言葉は、本来は自分と徳信院との間にかけられた嫌疑を晴らそうとする、妻へのやさしさと思いたい。しかしそうとは感じられないのは、夫のあまりにも淡々とした口調によるものである。感情がなく、ただ「途方にくれている」男のつぶやきにしか聞こえない。

「しかしな、お前に言っておくことがある」

「はい、何でございましょう」

「わしは女に大層好かれるのだ」

「…………」

「昔からそうであった。御末《おすえ》と言わず、上臈と言わず、たいていの女はわしに懸想《けそう》をする。ずっと昔、子どもの頃からそうであった」

呆然《ぼうぜん》として美賀は夫の顔を見つめる。整った目鼻立ちであるが、顎《あご》のあたりにまだ少年のおもかげが残っていた。今の将軍家定が、慶喜を「自分よりも、はるかに男前だ」と、大層羨んでいるという噂を京で聞いたことがあった。しかしこんなことをぬけぬけと言う男がいるであろうか。

「これからも女のことで何かあるかもしれぬ。しかしそれは、わしから仕掛けたことではない。女の方が勝手にわしを好いてしまうのだ」

落ち着きはらって喋る夫をただ見つめる。黙って耳を傾けるか、それとも怒ればいいのか見当がつかない。ただわかるのは、夫となった男が、相当に変わった人物である、ということだ。

「そなたはわしの正妻だ。しかも一条家から嫁がれた由緒正しい姫だ。父上さまは有栖川宮家からいらした母上さまを、それは大切になさって、お正月には床の間の前に座っていただいていた。そしてわしたち子ども、主だった家臣の者たちも、平伏したものだ。わしはそなたにそこまでのことをするつもりはない。しかしきちんと礼を尽くすつもりでいる。そなたは美しいし、わしはかなり気に入っている。しかし……」

何度めかの〝しかし〟の後、慶喜は語調を強めた。

「嫉妬深いのは大層困る。何かあるたびに首を括られたりしては、かなわぬからな」

「申しわけございません」

「わかればよいのだ。わしの父上さまも、側室は何人もいた。一条さまも、そなたの本当の実家、今出川さまも何人もお持ちだったと聞いている。男とはそういうものなのだ」

これには美賀は頷くことは出来ない。男とはそういうものだと聞かされても、新婚の夫から聞くにはあまりにもむごい言葉であった。

人の心を読み取ることに全く不得手らしい慶喜も、美賀の顔色には気づいたようで、こうつけ足した。

「といっても、わしはまだ若い。そなたとも婚礼を済ませたばかりだ。当分はそなた一人を守っていくつもりなのだ」

「本当でございますか」

「ああ、母上さまにも約束させられた。一条の姫君を泣かせてはならぬと仰《おお》せであった」

「有り難いことでございます」

「わしは今度のことでつくづくわかった。京の女というのは、なんと情が強《こわ》いのだろうか。見かけは大層美しく、やさしげであるが、その心の内は正反対なのだからな」

「徳信院さんもそうだったのではございませんか」

ついいらぬことを口にしてしまった。

「そうかもしれぬ。あれほどお好きな謡をぴたりとやめたお心が、わしには少しこわい」

慶喜はあっさりと答える。

自殺を図った美賀が、実際に床を離れたのはあの日から三ヵ月後、九月も半ばを過ぎた頃である。それから瞬く間にふた月が過ぎた。

未《いま》だに心が晴れない日も多いが、美賀はもうあまりくよくよと考えるのはやめようと決心している。それは床上げした次の日から、慶喜が毎夜のようにやってくるからだ。二十歳の若者はがむしゃらに美賀を求める。

「待ちかねていたぞ」

とささやくこともあった。

夫の健やかな欲望は美賀を巻き込み、渦の中で揺るがし、深く考えることを制しようとしたかのようである。が、それよりも美賀の心の中に芽ばえていたのはひとつの諦念《ていねん》であった。

「殿さまは変わったお人かもしれない」

いくら世間知らずの美賀でもそのことがわかるのは、自殺未遂の後、深い絶望の中にいた自分への対応である。あれが強い叱責《しっせき》や残酷な無視だったらまだ理解出来るのだが、慶喜が口にした言葉は、大層奇妙なものであった。

「わしは女に大層好かれるのだ」

正直といえば正直であろうが、それは自分のために死を選びかけた女に言うものではなかった。

「殿さまは、本当に変わったお人なのだ」

これが美賀が出した結論である。しかしそうはいうものの、美賀に夫を嫌悪する気持ちはまるでない。傷つき混乱しているのは、慶喜は自分のものだと思っているからだ。

そんなある日、萩乃がささやいた。

「君さんがご回復されてからと思い、申し上げなかったことがございますんや」

よい知らせでないことはすぐにわかった。

「水戸藩をお継ぎになった、殿さんのお兄さんのご正室のことは、前にお話しいたしましたなァ」

有栖川宮家から嫁いできたその方は絶世の美女で、水戸家ではなく、家定の御台所にするようにと、大奥からも働きかけがあったという。そして強引に自分の息子の嫁にした水戸の中納言は、舅でありながらその姫に手をつけたという噂があった。

「その姫さんはお亡くなりになったそうでございます。君さんのご病気が案じられましたから、お伝えしまへんどした。自分で首を括られたということで、まことにおいたわしいことでございますなァ。まあ、こんなひどい話がありますやろか。有栖川宮さんからいらした線姫《いとひめ》さんが亡くならはったんどす」

萩乃は泣いている。

有栖川宮の線姫が自害したと聞いても、美賀はそう動揺しなかった。自分でも不思議なほどであった。線姫に何があったかわからない。しかし萩乃が言うように、

「前から執着していた舅である水戸の中納言に犯された」

とは美賀には思えなかった。皇室を崇拝し、同じように有栖川宮から嫁いだ妻を床の間の前に据え、礼を尽くす中納言が、いくら絶世の美女だからといってそんなことをするだろうか。

とにかく京から武家に嫁いだ二人の若い女のうち、一人は死に、一人は生き残った。そしてこの五ヵ月の間に、美賀の心の中に大きな変化が現れている。それは、

「死んでも何にもならん」

という乾いた気持ちなのである。どうして自分が死のうと思ったかと、今となってよく考えてみれば、夫に深く悔いてもらいたかったからに違いない。泣いて「申しわけないことをした」と、天を仰いでもらいたかったのである。が、おそらく自分があのまま死んだとしても、慶喜はそのようなことはしないであろう。

哀れなことをした、ぐらいは思ってくれるだろうが、病床の美賀に言ったようにつぶやくだろう。

「が、いったいどうしてこんなことになったのか。よくわからん」

と、首を横に振るはずだ。そして多分、十日もたたぬうちに、徳信院との謡の声は再び聞こえるようになるだろう。

「死んだら負けや」

夫の行状に呆《あき》れているものの、厭うことは出来なかった。諦《あきら》めてはいるが、失望はしていない。それならばまだ夫婦を続けていかなくてはならないと美賀は心を決めた。死ぬことは、夫を他の女の手に渡すことなのだ。美賀はとっさに徳信院の顔を思い浮かべたが、もう考えてはいけないと自分に言いきかす。「姉のような方」という夫の言葉を信じるしかなかった。大切なことは、敵を数え上げることではなく、味方にひき入れることなのだ。

「水戸の母上さまに、手紙を書かんといかん」

萩乃に告げた。

「有栖川宮の姫のお悔やみを申し上げなくては。そして母上さまは、わたくしのことをずっと庇《かば》ってくださっていたのやから、お礼も申し上げねばならん。有り難いことや。いつかはお会いしたいと申し上げよう」

十日ほどたってから、美賀は徳信院のところへ回復の挨拶へ出かけた。

「まあ、美賀君さま、お元気になられて本当によろしゅうございました。慣れぬ土地にお輿入れなさってのお疲れ、私にも憶えがございます。どうかごゆっくり養生なさってくださいませ」

美賀の自殺未遂などまるで知っていないかのような、見事な応対であった。にこやかに微笑む徳信院の肌は透きとおるように白く、ひと皮目は、糸で描いたようにきゅっと目尻《めじり》が上がっている。伏見宮家と有栖川宮家とでは、結婚によって血が幾重にも重なっていた。おそらく自死を選んだ有栖川宮の線姫は、伏見宮家出身の徳信院とよく似た美貌《びぼう》だったことであろう。今の美賀は、そんなことを冷静に観察出来るようになっている。

「ほんまにご心配をおかけいたしました。これからは徳信院さまのお教えをいただいて、わたくしも一日も早く一橋の者になりとうございます」

美賀は神妙に手をついた。このくらいのことはいくらでも出来ると思う。自分はもう死ぬことよりも、生きて、夫婦を続けることを選んだのだから。

ほほほと徳信院はたおやかに笑い、

「教えなどとはとんでもないことでございます。この一橋のご簾中さまは美賀君さまでいらっしゃいますもの。私などとうに隠居の尼でございましたが、今までご簾中さまがいらっしゃらなかったばかりに、出過ぎたことをいろいろしてまいりました。そろそろ美賀君さまに、この邸の差配をお任せしとうございます」

などと言うものの、嫁いだばかりの美賀に何が出来るものかと思っているのはあきらかであった。事実、今もこれから先も、他家の冠婚葬祭への儀礼は、ほとんど徳信院の名でなされていくのである。美賀にしてみても、この邸で使われる金銭の報告を家老から聞くつもりはまるでなかった。公家のうちでは、金銭にまつわることは不浄なこととして嫌われている。娘時代から美賀は、銭というものに触れたことがない。宮家の出身でありながら、徳信院が毎月の出納帳をきちんと見ていることが、未だに信じられない。

とはいうものの、一橋家のご簾中として、美賀は少しずつ社交の場へも出ていくことになる。これは尼である徳信院が出来なかったことなので美賀は内心嬉《うれ》しくて仕方ない。

中でも大きな出来事は、御台所となったばかりの篤姫《あつひめ》に、夫婦で新年の挨拶にうかがったことだ。美賀が床上げをした次の年、安政《あんせい》四年（一八五七年）の、正月のことである。わずかな距離であるが、何十人もの家臣を従え、大奥御広座敷《おひろざしき》へと入った。

美賀はそこで初めて篤姫と対面した。十八貫ある大女と人々は噂していたが、それほどのことはなかった。小肥《こぶと》りのいかにも健康そうな女であるが、朗らかな印象を持てないのは、丸く黒目がちなのに、なぜか鋭い視線のせいであろう。余計なことは口にしまいと、唇もきゅっと結ばれている。

「新年おめでとうございます。また御台所さまにおかれましては、昨年無事にご婚儀をすませられ、まことにおめでとうございます。どうか幾久しゅうご交誼《こうぎ》賜りたく、一橋家一同お願い申し上げます」

そう述べる夫と共に深く頭を下げながら、美賀は奇妙な思いにとらわれる。豪華な打掛《うちかけ》をまとい、上座にいる御台所は、近衛敬子《このえすみこ》と名乗っているが、もともとははるか南の国、外様《とざま》大名の薩摩《さつま》からやってきた女である。しかも藩主島津斉彬《しまづなりあきら》の実の娘ではなく、島津の分家の娘だという。そのために近衛家に頼み込み、格を上げるために養女となっているのである。もともと公家に生まれた自分とは比べることさえ出来ない身分の女だ。それなのにまわり合わせから将軍夫人になると、自分たち夫婦は平伏しなくてはならないのだ。武家の世界では、こういうおかしなことがしょっちゅう起こるらしい。公家の世界では、あまり格下の女は正妻になれない。側室の一人になるのがせいぜいだ。正妻になるためにつじつま合わせをすることもなかった。そして公家の娘ならば、側室に頭を下げる必要もないのだ。

話題はいつのまにか、あの怖《おそ》ろしい地震のこととなった。

「薩摩屋敷も大きく揺れて、私ももうこれで最期と思いもうしました」

篤姫の口調にはおかしな訛《なま》りがあった。小さく怒っているように聞こえるのだ。

「障子がばたばた倒れてきて、最後には梁《はり》も落ちてきました。丸に十の家紋が入った花嫁道具が全部使いものにならなくなった時は、そら、泣けたくなりましたワ。全くつらいもんですなァ」

話し始めると、篤姫の顔には南国の娘の素朴さが漂う。色白とはいえず、鼻も丸味を帯びているが、大奥の女たちがささやいていたような醜女《しこめ》ではなかった。二十二歳の肌は艶々《つやつや》と輝いていたし、鋭くてこわいと思っていたその目も、慣れてくるとなみなみならぬ強い光を持ったものだということがわかる。

今、天下いちの大人物と世間がいう島津斉彬が、その器量と人柄を見込んで、分家の娘から養女にとりたてたのもわかるような気がした。


「わしはあの御台所が苦手だ」

夜、ふたりきりになった時、慶喜は吐き捨てるように言った。

「最初に会った時からそうであった。まるで男のようではないか。薩摩は芋侍《いもざむらい》といって、江戸の者たちは馬鹿《ばか》にするが、あの方は芋女とでも言おうか。がさつな田舎者ではないか」

「何をお言いやすか。ご気性のさっぱりした、賢い方とお見うけいたしました」

あわてて取りなしながら、美賀は慶喜の言葉をもっともだと感じていた。生母、徳信院と慶喜はたえず京の女に囲まれていた。色が白くきゃしゃな体つきをし、優雅な京言葉を喋る女たちに比べれば、御台所篤姫は確かに小肥りの田舎じみた女に見えたかもしれない。

「上さまはお体がお弱さんであらしゃるので、御台所さまはまずはご健康だいいちということで決められたと聞いております」

「それだけではない」

慶喜は苛立《いらだ》ったように肩を揺する。

「御台所は、わしの話したことや様子を、いちいち島津に伝えているのだ」

「まあ、島津斉彬さまにでございますか」

「美賀も薄々気づいていようが、家定さまにはお子がいらっしゃらない。となると、次の将軍はわしか、紀州《きしゅう》か、ということになる。島津は越前松平《えちぜんまつだいら》や宇和島伊達《うわじまだて》などと、わしを次の将軍にと熱心に推してくださっている」

「有り難いことではございませぬか」

「何を言うのだ」

慶喜は妻を睨んだ。その整った顔は癇《かん》にさわることがあると、眉のつけ根がぴくぴくと震える。

「あの計算高い島津や松平が、好意でわしを将軍にするとでも思っているのか。家定さまの従弟《いとこ》であられる紀州と違って、わしは水戸藩主のせがれだ。血筋も何もない。

だからああした大名どもが、いずれは自分たちが将軍にとってかわって、すべてを取り仕切ろうとしているのだ……」

「まあ、そうでございますか」

こういった話が、美賀にはほとんどわからない。が、夫の興《きょう》をそぎたくないために、大きく目を見開いたり、あいづちをうつしかなかった。政治の話は好きではないが、こうしている間は、夫婦の距離がぐんと近づくのがはっきりとわかった。

「それほど将軍を操りたければ、自分が将軍になればいいのだ。が、外様の薩摩ではなりたくてもなれはしない。だから島津は、わしに白羽の矢を立てたというだけだ。英邁だ、将軍の器よと、さんざん持ち上げるが、実は島津はわしのことなどよく知りはしない。だから御台所を使って、わしのことを知ろうとしているのだ」

「そやかて、御台所さまも、殿さまのことをお知りにならはったら、将軍にふさわしいお人よと、お思いになると違《ちゃ》いますやろか」

こんな風に夫に迎合《げいごう》している自分が、美賀は悲しい。どうしてこれほど夫の顔色を窺《うかが》い、機嫌をとるのだろうか。夫を怒らせたくないからだ。一年前までは、自分は誰も畏れない、いきいきとした娘だったはずなのに……。

「美賀にも話したとおり、わしは将軍にはなる気がないのだ」

美賀の狙《ねら》いどおり、やや落ち着きを取り戻した慶喜は答える。かすかではあるが得意そうな口ぶりであった。

「こんなご時世に、将軍などやっていられるものではない。次の将軍をめぐって、またさまざまな企《たくら》みが始まることであろう。だからわしは、御台所の前では何も喋らぬ。愚鈍で覇気のない男に見せるようにしているのだ」

が、そんなことをしても、御台所篤姫の、あの黒い目は、すべてを見抜いているのではないかと美賀は思った。あの御台所なら、先の先のことまで考えているような気がする。

「次の将軍に誰がなるとお争いになる前に、新しい御台所さまがいらっしゃって、やや こが出来るのと違いますやろか」

「美賀は本気でそんなことを考えているのか」

慶喜は笑った。嫌な笑いであった。

「家定さまにお子さまが出来ぬというのは、周知の事実だ。家定さまには、前からお志《し》賀《が》の方という側室がいるが、この方と男と女のまじわりなどない。お床に入っても、家定さまは泣いて甘えたり、くどくど愚痴《ぐち》をおっしゃるだけだという」

美賀は思いあたった。わずかの間、大奥で暮らしていた時に聞いたことだ。将軍が側室と寝室に入ると、隣の部屋も入れて、中﨟二人と御坊主と御年寄《おとしより》の合計四人が添い寝して、房事の回数から睦言《むつごと》まで記録していくのだ。今も多くの目が、家定とその女を見つめていると思うと、美賀はぞっと寒気がしてきた。

子どもが出来ないとわかっている男の元に嫁ぐというのは、なんとつらいことだろうかと美賀は思う。御台所さまと呼ばれても、篤姫はずっと処女《おとめ》のままで生きていかなければならないのだ。それがどれほどせつなく不自然なことか、既に美賀は充分に知っている。それだけではない。女は夫に抱かれることで幸福を得られ、それがさらに確たる幸福につながるはずであった。そうだ、子どもが出来るのだ。

夫を他の女たちと分かち合う日が、いずれ来ることを美賀は感じている。ぬけぬけと、

「昔からわしは女に大層好かれるのだ」

と言ってのける慶喜である。美賀の自殺事件がまだ尾をひいているからこそ、身を制しているところがあるが、早晩側室をつくることであろう。しかし子どもが出来たら、その子は美賀だけのものになるはずであった。

三

篤姫と将軍家定との閨の話を聞いた時から、子どもが欲しい、という美賀の願いはますます強くなってきた。

慶喜と婚儀を挙げてそろそろ二年になろうとしている。
「嫁《か》して三年子なきは去る」
という言葉があるらしい。が、これは自分にはあてはまらないと美賀は考える。二年の結婚生活のうち、半年は、徳信院と夫への疑い、自殺未遂と、夫と結ばれることはなかった。が、今のように仲睦まじく、と言わないまでも、夫に抱かれる夜が続けば、きっと自分は身籠《みごも》るに違いない。そうしたら何も怖れることはないのだ。この一橋邸で、自分は子どもを可愛がり、その子どもを頼りに生きていけばよい。若かった徳信院と少年の夫が、そうだったように、自分も子どもと二人だけの世界をこの邸の中につくるのだ。

そう考えると、美賀は今までよりもはるかに強く、夫が寝間に渡ってくるのが待ち遠しくなった。夫と結ばれるたびに、これで子どもが出来たかと嬉しくてたまらない。こうした妻の変化を、違うようにとった慶喜は機嫌がよくなった。自分の力で、年上の妻を成熟させたと思うのは、二十一歳の青年にとって喜ばしいことのようだ。

萩乃に頼み、こっそりと子どもが出来るという秘薬を京から届けさせたりもした。こうした甲斐《かい》があり、安政五年（一八五八年）を迎えた頃、軽い吐き気と微熱が続き、美賀は懐妊したことに気づいた。

懐妊がわかってからというもの、美賀は幸福のあまり他のことが何も見えなくなった。毎日自分の腹を撫《な》でたり、やがて生まれてくる赤ん坊のために小さな手仕事をする。本来ならそうしたことは、御末の女中がすることなのであるが、掌《てのひら》ほどの産着を縫うのは大層楽しかった。

子どもの頃、美賀は人形の着物を縫うのが大好きで、そのために実母は西陣《にしじん》の実家から端切れを集めてくれていたものである。

「まあ、君さん、思い出しますなァ。よう、いちまさん（市松人形）にええお着物つくってさしあげてましたものなァ」

萩乃も傍《そば》に寄ってきて目を細める。

「ややさんができはって、京の大御所《おおごす》さんは大喜びであらしゃいますやろなァ」

「そや、このあいだもお手紙くれはってなァ……」

美賀は口ごもる。くれぐれも男子をあげてくれと一条忠香からの手紙には書かれていた。それに比べ、今出川の兄からの手紙は、女でも男でもとにかく無事にお産を終えてくれとあり、肉親の温かさを感じずにはいられない。

こうしている間にも、世の中は騒々しいこと、まがまがしいことばかり起こり、それは一橋邸の奥深く棲《す》まう美賀にもはっきりと伝わってくるようになった。

四月には井伊《いい》直弼《なおすけ》が大老となり、外国との条約を強引に推し進めた。将軍後継問題も、紀州の徳川慶福《よしとみ》に定めつつあったのである。

慶喜は自分のことを妻に語ることはあまりない。身重の妻を心配させまいという配慮からではなく、政情を美賀に話してもわからないだろうと、はなから決めているのだ。慶喜がこういう時頼りにしているのは、当然徳信院で、ある夜夕食を共にしたことが美賀の耳にも入ってくる。そこではっきりと将軍になる意思がないことを告げたという。しかしもう胸が騒ぐことはない。美賀の腹の中には慶喜の子どもが育っているのである。

だが、産み月の七月、慶喜は突然登城禁止を井伊から言い渡される。米国との条約調印に抗議し、前月二十三日に福井藩主、松平慶永《よしなが》(春嶽《しゅんがく》)と、城に押しかけたことが原因である。

そして慶喜らが抗議をした翌々日、次期将軍は紀州藩主、徳川慶福に正式に決定した。

これについては、家定の意向が大きかったという噂が美賀にも届いた。井伊大老が家定に、

「一橋がよろしいか、それとも紀州がよろしいか」

と尋ねたところ、家定ははっきりと、

「一橋は好かぬゆえに、紀州にするように」

と言いわたしたというのである。

「あのお頭《つむ》のお弱さんの将軍さんが、そんなこと、ほんまに言わはりましたんやろか。あの大老さんのつくりごとと違《ちゃ》いますやろか」

萩乃は口惜《くや》しがっている。そしてこうも言った。

「これやったらあの篤姫さんは、お気の毒なことどしたなァ。そやかて、あの篤姫さんは島津の殿さんから、うちの殿さんを次の将軍にするように言いつかって江戸に来はったんと違いますやろか。今の将軍さんに、そのことを頼むように言いつかってますんやろ。それなのに、これやったら嫁いできやはった甲斐はあらしまへんなァ」

萩乃の言葉を美賀はほとんど聞いていない。腹の中で子どもがぐにゃぐにゃと動き出しているのである。早く外に出たい、と美賀に伝えているようだ。

「その子どもが男子だったら、いずれは将軍になるのだから、心するように」

と一条忠香からの手紙が届いていたが、美賀はそんなことは考えたこともなかった。

「将軍などやりたくない。今の時勢の中、これほどしんどいものがあるだろうか」

と慶喜がつぶやいたこともあるが、美賀はこの子どもは一橋家の跡取りで充分だと思っている。この子どもが大人になる頃には、世の中も定まり静かになっているに違いない。そうしたら子どもと二人、心豊かに楽しく暮らしたいものだと思う。

萩乃にも言わなかったが、美賀は生まれてくる子どもが、女ならなおよいと考えている。たぶん、いや、間違いなく慶喜はいずれ側室をつくるであろう。男の子はそうした女たちが産んでくれればよいのだ。そして男の子たちはいずれ成人してさむらいになり、勝手に政争や企みを繰り返せばいい。自分はその間、娘とひっそりと生きていくつもりだ。実母と一緒に暮らしたことのない自分は、娘に手をかけるということがどういうことかわからぬが、とにかくその子を可愛がり、たえず一緒にいたいと思う。

涼風が立ち始めたその日、美賀はにわかに産気づいた。決められていたとおり、白い寝巻きに着替えて産室に入った。座った姿勢で出産をするため、敷かれた布団の前に、台が置かれている。肘《ひじ》をついて力を入れるためだ。それを目にした美賀は、一瞬おじけづいてしまった。

「お気を確かにあらしゃいませ。今までの女の方が、みんな通った道でございます」

力づけてくれるのは、結婚経験のない萩乃ではなく宮路であった。遠い昔に子をなしたと聞いたことがある。

二人の女以外にも、何人かの女が控えている。襷掛《たすきが》けの女は、おそらく産婆に違いない。

「力を込めれば込めるほど、お子は早く産まれます。どうか波に乗って力んでくださいませ」

そう言われても、目の眩《くら》みそうな痛みに美賀は身もだえするばかりである。どうしていいのかわからない。ただお産の時、大きな声をたてたりわめいたりするのは、大層みっともないことだということだけは知っていた。

どのくらいの時間がたったのであろうか。美賀は歯にはさんだ布を嚙《か》みしめながら、ずっと痛みに耐え続けた。途中で気が遠くなりそうになったが、この時は産婆に肩を揺らされ、口の中に何かを入れられた。

「ぐっとお飲みください」

ぬるりとした感触で生玉子だということがわかる。

「これはご難産かもしれませんなあ」

という声を遠くに聞いた。そうか、このまま自分は腹の中の子どもと死んでしまうのかと覚悟を決めた。お産で命を落とす女は珍しくない。特に公家の女はきゃしゃなためか、どこそこの家のあの方が……というのはよく聞く話であった。

そうか、わたくしの命はこれまでなのか。幸せだったのか不幸だったのかよくわからない。慶喜という夫がよくわからぬように、美賀は、自分の今まで生きてきた日々が、いったいどちらなのか判断がつかぬ……。

その時だ。美賀は下半身に雷鳴がとどろくのを感じた。もう駄目だ。死ぬと思った

瞬間、

「あ、ご誕生でございます」

宮路の声を聞いた。

「美賀君さん、お姫さまのご誕生どした」

ああ、女の子であったかと、美賀は安堵《あんど》の声を漏らす。そちらの方がはるかにいいと思った。

掌にのりそうなほど小さな女の子であった。ミャー、ミャーとまるで猫のような声で泣く。どう見ても元気な赤ん坊とはいえない。生きていることが不思議であった。これほど小さなものに、生命が宿っていることに美賀は目を見張る。

産婆はあわただしくへその緒を切った後、湯を使わせた。赤ん坊は嫌がる様子もなく、されるがままになっている。

「まあ、なんとおいとおしい」

萩乃が叫んだ。

「お顔が君さんにそっくりでございますなァ」

赤く皺《しわ》だらけの顔をしていたが、萩乃にはそう見えるのかと美賀は微笑んだ。そうしながら自分が涙を流していることに気づく。なんと可愛らしい赤ん坊なのだろう、と頬を撫でた。赤ん坊は泣き続けているが、そのかぼそい声さえなんと愛らしいのだろうかと思った。

「お乳をおあげください」

産婆にうながされて、寝巻きの胸をはだけた。何人かの女たちに囲まれていたが、少しも恥ずかしくはなかった。赤ん坊はちゅうちゅうと乳に吸いついたが、少しも元気がない。すぐに口を離そうとする。ご簾中さまと産婆が声をかけた。

「初乳をさしあげましたら、あとは乳母《めのと》がいたしますのでご安心ください」

そう言えば産み月のかなり前、御家人の妻という女が乳母に決まっていたと美賀はぼんやりと思い出す。

「いやや」

美賀はしっかりと赤ん坊を抱きしめた。

「この子はわたくしが乳をやる。他の女には渡さぬ」

「そうはおっしゃっても、ご簾中さまほどの身分の方は、ご自分で乳をさしあげるものではございません」

「そんなことはわたくしが決めることや。誰の指図も受けん」

また思い出したことがある。内裏《だいり》でも公家の家でも、多くの産まれたての赤ん坊が死んでいく。それは健康上の問題よりも、女たちの思惑によるものだ。身分の低い乳母になつかれるのを嫌がって、乳を飲み終わるやいなや、赤ん坊はすぐにひき離される。添い寝も許されず、赤ん坊はひとり部屋で泣き続けるだけなのだ。

次の日も赤ん坊はかぼそい声で泣くばかりで、乳を吸う気力はなかった。

午後に慶喜がようやく顔を見せた。そして赤ん坊を覗《のぞ》き込み、女であったか……と
つぶやいた。

やはり聞いていたとおり、さむらいの家というのは男の子を欲しがるものなのだ
と、美賀はさっと居ずまいを正した。

「申しわけありません。次は必ず男の子を産みますので……」

「よい、よい。別に女でも構わぬ」

慶喜は顔を近づける。やはり女であっても最初の子どもは可愛いのだと、美賀はほ
っと口元がほころんだ。そうして慶喜はつぶやく。

「まるで鼠《ねずみ》の子のようだな」

「まあ、なんてことを言わはりますの」

美賀はきっと夫を睨んだ。あまりにも小さいので自分も仔猫《こねこ》のようだとは感じたも
のの鼠の子とはあんまりではないか。

「こんなかあいらしい子、見たことないと、みな言うてます」

「ふうーん、そうか……」

慶喜はさほど興味がないようで赤ん坊から視線をはずした。

「殿さま、この子の名前でございますが」

「ああ、好きなようにすればよい」

「お名前を頂戴《ちょうだい》出来ませんやろか。ひと文字いただいて喜子《よしこ》と名づけとうございます」

「それは考えものじゃ。他の名前にはならないのか」

「そやかて、初めての子どもでございます。殿さまのおめでたい字にあやかりとうございます」

「それが……、あれは、いつのことであったかのう」

慶喜は廊下に控えていた小姓に問う。

「さればおととしの夏のことと存じます」

「そうじゃ、そうじゃ。確か夏であった。女中が孕《はら》んで、わしの子を産んだのだ。初めての子だからと言って、勝手に喜子と名づけたのだが、その日のうちに亡くなってしまった。のう、そうであったな……」

「左様でございます」

「よって喜子という名は縁起が悪い。別の名前にした方がよいのではないか」

あまりのことに、美賀は声が出ない。傍にいる萩乃も宮路もあっけにとられている。

「それにしても、げんの悪い子どもじゃ。ちょうど上さまがみまかられた時に生まれてくるとはなあ」

「えっ、上さまがご薨去《こうきょ》あそばされたのでございますか」

声をあげたのは宮路である。病弱と言われ続けていた家定であるが、まだ三十五歳の若さであった。

「そうだ。今城は上を下への大騒ぎとなっている。わしもこんなところで、上さまのことなど言いたくなかったが……。わしは当分、邸を出て城に詰めるかもしれぬが、ゆっくり養生するように。それに名前は喜子はやめて、もっとめでたい名にすることだな」

慶喜は小姓を促し、席を立った。あとには放心したような美賀が残されている。

「まあ、殿さんは何ということを言わはりますのやろ！」

萩乃が目を真っ赤にして膝をすすめてきた。

「前に赤子がいらしたことを言わはるにしても、時と場所があるはずどす。何も君さんがお産終えはったところで言わんで……」

「いいのだ。わたくしはもうよいのだ。殿さまのああいうところはもう慣れている……」

「そやかて……」

「そしてこの子は、喜子にする」

「君さん、それはあきまへん」

萩乃と宮路が同時に叫んだ。

「そんな縁起が悪い名、つけてはいけまへん。それにお七夜やら、いろいろ儀式がおありの時、殿さんになんとお言いやす。喜子という名前はやめるようにと、あれほどお言いやしたのに……」

「いいのだ。わたくしが喜子と決めたんや」

美賀は夫から鼠の子のようだと言われた赤ん坊の手を握る。

「最初の子は、すぐに死んだかもしれんが、こちらの方の喜子は、ずっと長生きしてよい子になるんや。そしてわたくしと一緒にずっとずっと暮らすんやから」

美賀は欄間《らんま》にひらひらと揺れている神功皇后《じんぐう》のお札をはずすように命じた。なぜだかわからないが、公家でもさむらいの家でも、安産のお守りは神功皇后のお札となっている。

「その替わり、〝喜子〟と大書して、貼《は》ってほしい。この子の名はもう決まったんや。喜子や。なんていい名やろ。この子のおかげで、わたくしも本当に嬉しい気持ちになったわ」

喜子、喜子と、美賀は傍《かたわ》らの赤ん坊に語りかける。

この邸の中で自分はたった一人であった。夫はあのような性格で、しかも義理の〝祖母〟を慕っている。子どもの頃からめんどうをみてくれていた自分の乳母も、もうじき京に帰ることであろう。しかしこの喜子さえいれば、淋しいことは何ひとつない。徳信院さえ決して出来なかったこと、それは慶喜の子どもを産むことであったが、自分はやり遂げたのだ。もう夫の子どもを産むことはないだろう。なぜなら自分はもう、夫に失望しているからだ。失望している夫に、どうしてこの先抱かれることがあるだろうか。

だから夫は、他の女に子どもを産ませればよいのだ。いくらでも産めばいい。側室たちが山のように子どもをつくっても、少しも怖れることはないのだと美賀は思う。なぜなら自分には、喜子がいるからである。この先、この子どもと二人で生きていくのだ。もう何もいらない。この一橋邸のどこかにささやかな居場所を見つけ、ひっそりと二人で生きていくつもりだ。

喜子、喜子、だからお前もしっかりと生きておくれ。しっかりと乳を吸うての……。いつのまにか美賀はまどろんでいたらしい。

「ご簾中さま、ご簾中さま……」

産婆に起こされた。

「お乳をこれに……」

白い器に自分で乳を搾《しぼ》り出す。すると産婆はそれに綿をひたし、喜子に吸わせた。喜子はちゅっちゅっと音をたてて吸っていく。

「ご簾中さまのお乳だとよくお飲みになります。やはりお乳母さんのお乳とは違うのでございましょう」

そう言われると美賀は幸福につつまれる。

一日も早く喜子をこの胸に抱いて乳をやりたいと思うものの、まだ喜子には力がなかった。

五日めの明け方、美賀は夢を見ていた。自分の傍に美しい娘がいる。髪にたくさんの簪《かんざし》をつけ、花のように笑っている。

「まあ、なんとおかわいらし。お名前はなんと言わはりますの。そうや、喜子や。そなたは喜子やろ」

「いいえ、違います」

娘は首を横に振った。

「私は篤姫と申します。夫を亡くしたばかりの哀れな女でございます」

いや、篤姫はこんな若く美しい女ではなかった。お前は確かに成人した喜子なのだ……。そう言いかけて美賀は目を覚ました。今度呼びかけているのは萩乃であった。

「君さん……、君さん……」

その声の方がはるかに遠く、夢の中のように聞こえてくる。

「おひなってくださいまし」

起き上がると、枕元に萩乃と宮路が並び手をついていた。

「ただいま、喜子さまがおかくれになりました」

「そんな――」

赤ん坊の寝ている布団も見た。ひぃひぃと泣く声もなくなり、喜子は仔猫や仔鼠から人形になっている。真白い顔はもうぴくりとも動かない。たった四日間の命であった。

「喜子、喜子、しっかりせなあかん。もいちど起きるんや」

美賀はしっかりと喜子を抱きしめる。それまではこわごわと触れていて、しっかりと抱いたのはこれが初めてである。

「喜子、もいちど泣くんや。喜子、しっかりせなあかん」

美賀は大声で赤ん坊に語りかける。揺さぶってみる。が、やがて赤ん坊は静かに取り上げられた。産婆の手であった。

「ご簾中さま、おつらい気持ちはよくわかりますが、どうぞお気を確かにお持ちくださいませ。一人めのお子さまが育ちにくいというのは世間ではよくあることでございます。次に丈夫なお子をお産みになればよいのです」

　この女は何もわかっていないのだと、美賀は産婆を睨みつける。自分にとって、子どもはたった一人、この喜子だけであったのだ。

「喜子を返して」

「お気を確かになさいませ」

「返すんや」

　美賀の剣幕におそれをなし、産婆は赤ん坊を渡した。喜子を抱いて美賀は立ち上がる。

「君さん、あきまへん」

　萩乃が泣きながらすがりついた。

「気がふれたようになってはる。君さん、あきまへん。もうお諦めあそばせ」

「顔をもっとよう見るだけや」

　美賀は、夜が明け始めた障子を背にすっくと立った。

「わたくしは気もふれぬ。死ぬことはせん。ただここにいるだけや。もう何もせん。もう諦めたわ。わたくしも今、喜子と死んだんや」

お芳

一

結綿《ゆいわた》の髪に簪《かんざし》は銀のびらびら、茜《あかね》の小袖《こそで》に緋鹿子《ひがのこ》の昼夜帯《ちゆうやおび》を締め、お芳《よし》は浅草寺《せんそうじ》の境内を歩いている。小さめの下駄《げた》をつっかけ、やや前のめりに歩くのが江戸娘の流儀である。

新門辰五郎《しんもんたつごろう》を父に持つお芳にとって、浅草寺の境内はまさしく自分の庭だ。歩き始めた頃から、さまざまな見世物小屋を覗《のぞ》き、屋台の飴《あめ》細工をなめて育った。

今はもう十八歳になったのだから、当然ひとりで出歩くはずなのであるが、これには父親が反対した。

「それはなんねえ。この頃はいろんなところから侍《さむらい》が見物にやってくる。あいつらは田舎《いなか》者のくせに、つまらぬことで見栄《みえ》を張る。物騒なことが起こらないとも限らないからな」

ということで、子分の末吉《すえきち》をつけてくれたのだ。末吉は人足上がりの子分で、東北の訛《なま》りがある。食いっぱぐれて江戸にやってきて、やがて火消しとなった末吉のことを、辰五郎はなぜか目をかけて傍《そば》に置いているのだ。

町火消し「を組」の組頭で、十番組の頭取となれば、千人の男たちを支配している。「火事と喧嘩《けんか》は江戸の華」と言われているとおり、女たちの憧れの的である、若いいなせな男たちが大勢いた。それなのにどうしてこれほど風采《ふうさい》の上がらない男を、自分のお目付け役につけるのかとお芳は機嫌が悪い。だからつんつんと早足で歩いているのである。

今日は朝から雪がちらつきそうな天気だというのに、境内は見物でごったがえしている。まずはお賽銭《さいせん》を投げ入れた後、お芳は長いことご本尊に向かって手を合わせた。

この年の娘が祈ることといったら決まっている。

「どうかいい人と出会えますように」

十八歳といえば嫁いでいても不思議ではない。一緒に手習いに通った町内の仲間でも、子どもを抱く女は何人もいる。が、お芳は辰五郎が年とってから出来たひとり娘とあって、なかなか嫁にいかせたがらなかった。母親のおぬいがこっそり教えてくれたところによると、縁談はみな父親が断っているという。

「自分でさっさと好きな男を見つけて、どこへとも行きやがれ」

などと言っているくせに、いつだったか付け文をした守田座《もりた》の若い芝居者を、こてんぱんにしたのもこの父なのだ。

辰五郎は火消しの頭《かしら》の他に、浅草寺の境内を取り仕切る御用も仰《おお》せつかっていた。それだけでは飽き足らず、自分でも生き人形やからくり人形の見世物小屋を出していた。

特に三年前の、赤穂《あこう》義士の人形の見世物は大人気で、押すな押すなと人が詰めかけたのをお芳は憶《おぼ》えている。

声色遣いの芸人、さまざまな道具を手玉にとる放下師《ほうかし》、居合抜きの大道芸人を横目に見ながら、お芳は参道に向かっていく。あまりにもたくさんの人が本堂の方に向かって歩いてくるので、その流れに逆らうことになった。

「あきれちまうよねぇ」

ようやく雷門《かみなりもん》までたどりついたお芳は、大きなため息をついた。

「どっかの国の船が来るたんびにさあ、上を下への大騒ぎして、どっか逃げよう、なんて言ってたくせにさ、もうみんな忘れてこのざまさ」

末吉は困惑したように薄笑いをうかべている。こんな男に天下の一大事の話をしても仕方ないのだとお芳は気づいた。ゑげれすやあめりかの船がやってきて、異人が日本に住むようになったとしても、自分には何ら関係もないことだと思っているに違いない。

しかしこれから谷中《やなか》の家に帰るまで、ずっと無言でいるのは、お芳には耐えられそうもなかった。

「全くお前っていうやつは、辰《たつ》の生まれじゃなくて、ニワトリの生まれじゃねえのか」

と、辰五郎がからかうほどお喋《しゃべ》り好きの娘なのだ。そこでお芳は仕方なく、物見高い江戸っ子なら必ずのってくるような話題を選んだ。

「末吉は、天子さまの妹の行列を見に行くのかい」

「勝宮《かつのみや》とかいう宮さまですか」

「馬鹿《ばか》をお言いでないよ。和宮《かずのみや》さまだよ」

「いやあー、うちの組でもひとつ板橋まで行って、お駕籠《かご》でも拝ませてもらおうかというやつがおりますがね。あっしはそれほど見たいとも思いません」

江戸弁のようでも、〝あっし〟が〝あっず〟に聞こえて、愛嬌《あいきよう》が出てくる。辰五郎は、東北人らしい末吉の誠実さを大層気に入っているのだ。

「だけどお伴《とも》の人は八千人だって言うから、えらく豪気な話じゃないか。最初の者が宿場に着いても、最後の者はまだ前の宿場にいるっていうのは本当だろうか」

「さあ、あっしにはわかりません」

八千人のお伴というのが全く想像もつかないことであるし、天子さまの妹というのがどういう方なのかということが末吉には本当にわからない。それは江戸のほとんどの人間も同じことだろう。

お芳にしても、今までこの世でいちばんえらい人が公方《くぼう》さまだと思っていたのに、それよりずっと上の人がいたということがこの頃わかってきて、きょとんとした思いになる。今まで京という土地の奥深く、天子さまという方が住んでいるというのは聞いたことがあるが、その人は神官のようなことをしているのだろうとぼんやりと思っていた。

「ま、その和宮さまとやらが江戸に嫁いでくだされば、いいことがいっぱい起こるとおとっつぁんは言っていたっけ」

「お金《あし》をいっぱい持ってきてくれるんでございますか」

「馬鹿、そんなことじゃないよ。ご婚礼の恩赦《おんしや》があって一橋《ひとつばし》の殿さまにおめにかかれるようになるって、おとっつぁんは言ってたんだ」

殿さまは未《いま》だに人と会うことや手紙のやりとりは許されていなかったが、いずれお目にかかることが出来ると、辰五郎は熱望しているのだ。一橋の殿さま徳川慶喜公と、町火消しの大親分とがどうしてこれほど親しいのか、お芳のまわりでもわかっているものはほとんどいない。

ただお芳が聞いていることは、十年ほど前に神田一帯に迫る火事があった時、近くのさる大名屋敷から声がかかった。とても大名火消しだけでは手がまわらぬ、町方の火消しも加わって屋敷を守るようにという沙汰《さた》があったというのだ。この時たまたまこの屋敷に客としてきていた慶喜が、

「もう火はそこまで来ております。町方の火消しは、延焼を防ぎ町方の人間を一人でも救うのが仕事のはず。見たところこのお屋敷は風上にあり、たいした被害はないと思われます。武士の面目にかけても、町方の火消しをお使いなさってはなりませぬ」

これを十五歳の慶喜が堂々と言ったというので、辰五郎はこの殿さまにすっかり惚《ほ》れ込んでしまったという。それ以来、お出入りの町人として一橋邸にどっぷりとつかっている。先《せん》の安政の大地震の時は、辰五郎の手下の者が何人もすぐに駆けつけ、一橋邸の片づけの手伝いをした。御三卿《ごさんきょう》のひとつである一橋家は、ふつうの大名のように大勢の家臣がいるわけではなかったからだ。

お芳は父の辰五郎がいつも語る、徳川慶喜という一橋家の当主に一度も会ったことがない。

「そりゃあ、男前だ。役者でもあんなにいい男はいないだろう。だいいち品がおありになる。ふん、お前なんかおめにかかったら、さだめし熱をあげるだろうよ」

父の辰五郎が冗談めかして言う。しかし、井伊《いい》のご大老は殺されてしまったという

のに、謹慎を言い渡された慶喜は門を閉め一橋家の奥深くに端座して外に出てこようとはしないという。

「ああいうところが本当に真面目《まじめ》なお方なんだ。誰が見ていなくたって、ずっと正座してひたすらおわびしていらっしゃるんだから」

どこまでも慶喜びいきの辰五郎は、見てきたようなことを言う。そして何かにつけて「お慰め」のために、一橋家を訪れてはさまざまなものを差し上げている。それは江戸で評判の滑稽《こっけい》本のこともあったし、初物の魚や果物ということもある。最初は台所口から入っていた辰五郎であるが、これまた、

「殿さまがおっしゃってくださった」

ので、裏門から入るようになった。応対するのも一橋家の用人に替わった。一度父親と一緒に殿さまの好物のびわをお届けした時、御広座敷《おひろざしき》に通されて、徳信院《とくしんいん》という女の人にたまたまお声をかけてもらったことがある。切り髪で仏門に入った未亡人ということがすぐにわかる姿だった。

「いつもありがとう。殿さまもさぞかしお喜びのことでしょう」

と礼を言ったが口調に訛りがあり、それはお芳が初めて見る京の女であった。

江戸の男たちというのは、京の女に強い憧《あこが》れを抱いている。みんながみんな、色が白く動作も言葉もたおやかで、男心をとろかすような美女ぞろいだというのである。

一度吉原《なか》に京の島原《しまばら》から流れてきた花魁《おいらん》がいるとかで、辰五郎や子分たちが噂《うわさ》していたことがあった。京の女ということで特別の料金だというのだ。お女郎さんと宮家の人を一緒にして申しわけないが、京の女という徳信院さまはそう綺麗《きれい》ではなかった。確かに色は大層白いが、細く切れ長の目がまるで狐《きつね》のようだとお芳は思った。そのことを父に言うと、

「何言ってやんで。ああいうのがすこぶるつきの京女よ」

そしてさらにこんなことも言った。

「だがあの徳信院さまがいくら器量よしといっても、とても奥方さまにはかなわないという話さ」

「ふうーん、奥方さまってそんなに綺麗なのかい」

「俺も見たことはないが、まるで京人形を連れてきたみたいだということだ」

「そのお人形さんみたいな奥方も、あのお邸《やしき》にいるんだね」

それならばどうして、一橋家に行って対面出来るのは、あの尼さんの徳信院さまなのだろうか。えらいご当主におめにかかれないのはわかるとしても、尼さんが出てきて奥方がひっ込んでいるというのはよくわからない。

「ここだけの話だけどな」

辰五郎は声を潜めた。

「とても人前に出てこられないような奥方さまなんだとよ」

「ええー、何か不都合なことがあるの」

気鬱《きうつ》なんだと、と辰五郎は言った。

「何でも初めてのお子さんが、病気であえなく逝《い》かれたそうだ。可哀想《かわいそう》にそれ以来奥方さまは、部屋に閉じ籠《こ》もったきり出てこない。それで徳信院さまがああして外の者にお会いになるんだ」

「なんだか殿さまは、お気の毒だねぇ……」

心からそう思う。父が、

「世間に二人といないお人」

と仰ぎ、どんなことがあっても将軍になっていただきたいと思う一橋慶喜というお方は、身内には全く恵まれていないのだ。初めてのお子さんは亡くなって、肝心の奥方さまは気を病まれて、人に会わないというではないか。それなのに父から聞く慶喜という人は明るく、いつも前向きにものごとを考える殿さまだという。お芳はこの話を聞いた時、父がなぜ慶喜を崇拝するかわかったような気もした。辰五郎も中年になった長男を三年前に失《な》くし、立ち上がれない時期が長く続いたからだ。

「おとっつぁんがそれだけ好いたお人なのだから、どうかご謹慎が早く解けますように」

とお芳は思わずにはいられない。実は浅草寺にお詣《まい》りする時、気が向くとこのことものついでに祈ったくらいだ。

そしてこれが通じたのかどうかわからないが、今度の和宮さまのお輿《こし》入れにより、恩赦があるという噂だ。そうすれば慶喜さまもすべて許されて、もう一度政治の檜舞《ひのき》台にも立てるということである。

「ねえ、早く宮さまが江戸にご到着になるといいねぇ」

つい傍の末吉に話しかけてしまう。最低限のことしか喋らないことはわかっているのに、お芳には自分のお喋りをひき受けてくれる相手が必要なのだ。

「和宮さまと公方さまっていうのは、十六の同い年なんだろう。おっかさんは丙午《ひのえうま》の女は、亭主をとり殺す、っていうけど本当かねぇ」

「さあ、どうですかね」

末吉は縞《しま》の筒袖《つつそで》に、両手を入れたままのものぐさな姿で答える。

「なんでもその宮さまっていうお方には、京でいいなずけがいたっていう話ですからね」

「そう、そこなんだよ」

末吉が案外噂にたけていたことに、お芳はすっかり嬉《うれ》しくなってしまった。

「お小さい頃から、決められた人がいなすったんだろう。女っていうのはそういうお人を大切にするからねぇ」

おきゃんなようでいて、お芳は大の本好きで、横丁の貸本屋の大得意である。五日に一度番頭が新しい本を担いでやってくる。お芳が特に好きなものは、評判の小町娘が、親の借金のために恋人と別れさせられる物語だ。

「だから公方さまのところへお輿入れになっても、きっとそのいいなずけのことは忘れないのさ。ときに末吉、お前はどこの出だったっけ」

「何度も言いましたが、会津《あいづ》の先です」

「そこでお前、好きな人はいなかったのかい。言いかわした女とか」

「食べるに精いっぱいでそれどころではありませんでした」

末吉は顔を赤らめた。

「それなら、いいなずけと別れさせられた、宮さまの気持ちはわからないかもしれないね。それにお城には、あのおっかない天璋院《てんしょういん》さまが待ってるんだよ」

「薩摩《さつま》の篤姫《あつひめ》さまというお方ですね」

「そうさ。好かないお人だよ。おとっつぁんも言っていた。あんな豚みたいなお姫さんが公方さまの御台所《みだいどころ》になれたのは、一橋の殿さまを次の将軍さまにするためだったんだよ。それなのに途中から裏切って、一橋の殿さまを嫌うようになったんだってさ。あんなお人が姑《しゅうとめ》さんじゃ、和宮さまもさぞかしご苦労なさるだろうねぇ」

寡黙な末吉はそれ以上あいづちをうつこともなく、お芳はぽんと石を蹴《け》りたいような気分になっていく。

自分と同じほどの熱意を持って、和宮さまのことを語り合う相手が欲しかった。十六歳のお姫さまが、いいなずけと別れさせられ、はるばる江戸まで嫁いでいらっしゃるのだ。しかも鬼婆《おにばば》のような姑が待ち構えている。どんなに悲しくせつなかろう。まるで読み物の世界である。それなのにお芳のまわりの者たちは、あまりこのことに興味を示さない。父親は子分の差配や、自分の見世物小屋や水茶屋のことでたえず忙しくしているし、母親のおぬいも、大人数の家の者たちのめんどうでそれどころでなかった。

誰もお芳の中に芽ばえる、ふんわりとした物語を求める心に気づいてはくれていない。

いいなずけを持つというのはどういうことなんだろうか。

いや、それよりも、いい男《ひと》を持つというのはどんな気分なのだろうかと、お芳はぼんやりと考える。

十八歳でこれだけの器量よしならば、恋の出入りが一度や二度あってもおかしくない。もちろんお芳は、待合で男と逢《あ》い引きするような、ふしだらで大胆なことをするつもりはなかった。時々町内で腹ぼてになってから婚礼をあげた娘がいたりすると、大層な噂になる。あんな風になるのはご免だが、年頃の娘ならば祭りの夜にそっと二人で出かけ、簪の一本、半衿《はんえり》の一枚を買ってもらうぐらいのことはしたい。若い様子のいい男から、将来を誓う言葉をそっとささやかれたい……。

しかしたいていの男は、お芳が新門辰五郎の娘と知るとひるんでしまう。付け文をされた後、

「なかったことにしておくんなさい」

と言われたことは一度や二度ではなかった。

自分の父親が大層有名な男であると知ったのは、いったいいつ頃だったろうか。手習いに通っていた時分から、町を歩いていると、

「あれが新門辰五郎の娘だとよ」

「まだちびじゃないか」

という声を聞いたものだ。

なにしろ新門辰五郎というと、後には講談の主人公となるほどだ。気風《きっぷ》がよくて義侠心にとんだ火消しの大親分なのである。そもそも火消しは江戸の者たちの人気者であるが、辰五郎はずばぬけて皆に知られている。

今年六十二歳になる辰五郎の名を、江戸中にとどろかせるきっかけになったのは、何といっても今から十六年前の、久留米《くるめ》藩有馬《ありま》家の火消しとの喧嘩《けんか》であろう。大名火消しを笠《かさ》にきて、狼藉《ろうぜき》を働く有馬家の者たちに、辰五郎の子分がなぐり込みをかけたのである。それをさかのぼる二十年以上前にも、柳川《やながわ》藩立花《たちばな》家の火消しともやりあっていたのだから、辰五郎と大名火消しとはよほどそりが合わなかったのだろう。

子分たちが総出で、激しい争いが繰り拡《ひろ》げられた。この時は有馬家の火消しに、二十人近い死傷者を出し、辰五郎もただではいられなくなった。お裁きを受けて江戸払いということになったのである。

「だがこの辰五郎、おとなしく江戸を去る、などというような男ではございませぬ」

やがて講談師がバンバーンと張り扇を叩《たた》くことになる、辰五郎没後に誕生した話はここから始まる。

「この辰五郎、昼間は江戸の外に出ておとなしくしておりますが、夜が更けますとォ、バンババーン、なんと女房ぬい、妾《めかけ》のらくのところへ出没するのでございます。

妾のらく、

あんた、こんなところへやってきて大丈夫なのかい。

そういたしますと辰五郎、いっぱいまずひっかけまして、何言ってやがんだい。　俺は生まれも育ちも江戸ときてらい。　自分のうちに帰ってきて何が悪《わり》いんだい」

そしてここからが、この講談の真骨頂なのであるが、江戸払いを守らない辰五郎は、ついに奉行所に捕らえられ、人足寄場に送られた。つらい重労働の日々が始まり、これで辰五郎も終わりと思いきや、弘化《こうか》三年（一八四六年）の正月、本郷丸山《ほんごうまるやま》から出た火事は、江戸の町をなめつくし、ついに佃島《つくだじま》までおよんだのである。そして人足寄場が炎につつまれようとした時、辰五郎の威厳に充《み》ちた声が響いた。

「落ちつけ。このくらいの火などどうということはない。俺は江戸でいちばんの火消し、新門辰五郎だ」

そして男たちを指図して、火を消しとめたのである。この功績により辰五郎は許されて江戸に戻ることが出来たばかりでない。数々の武勇伝により講談の主人公となり、江戸っ子たちのやんやの喝采《かっさい》を浴びるようになる。が、これは後の話だ。辰五郎の武勇伝はお芳の憂鬱と結びつくのである。

新門辰五郎を怖《おそ》れて、若い男たちはまずお芳に近づいてこないのだ。時には例の守田座の役者のように、大層自信のある男が口説きかけてくる時があったが、これは辰五郎の子分たちがこてんぱんにしてしまった。この話は面白おかしく語られて、かなり拡まっている。しかもどこかへ出かける時は、末吉のようなお目付け役がついてくる。おかげでお芳には、娘らしいことが何ひとつ起こらないのだ。

そうは言っても、お芳は父親を恨む気にはならない。むしろ大好きといってもいいだろう。お芳は辰五郎が年をとってから生まれた娘で、可愛《かわい》がりようもひとどおりではなかった。前妻との間の息子や娘はもう中年に達していたから、まるでお芳を孫のようにも扱っていた。おぬいが呆《あき》れるほどお芳には甘い。子どもの頃は、浅草寺を見《み》廻《まわ》る辰五郎について歩くのがどれほど楽しかっただろう。辰五郎はそのまま茶屋をやらせている自分の妾のところにも連れていったから、お芳は今でもそういう女たちと親しいほどだ。

今もつい、浅草寺のにぎわいを父に知らせようと、お芳はせかせかと歩く。笠森《かさもり》おせんで有名な笠森稲荷《いなり》を過ぎると、すぐ目の前に天王寺《てんのうじ》の門前通りがあった。このあたりは寺や神社が多いところであるが、天王寺の大きさは別格であった。将軍家光公が帰依《きえ》していたところから、広大な土地を賜《たまわ》ったのである。ここには高さ十一丈二尺八寸の、江戸いちばんの五重塔があり、これを見物に来る者も多い。

辰五郎の家は門前通りの東側にある仕舞屋《しもたや》風の家である。そう大きくないのは浅草山川町にもう一軒持っているからだ。とはいうものの、玄関には丸に二本引きの家紋を入れた提灯《ちょうちん》が並べられていて、ここがただの家ではないことはひと目でわかるはずであった。

「お帰りなさいまし」

半纏《はんてん》を着た若い衆《しゅ》が迎えてくれる。こんな光景は極道の家と似ているかもしれないが、違っているのはこの家は正業を持っていることだ。辰五郎は人足や、やくざの下っぱから、火消しになるためにやってくる男たちに向かい、必ずこう言ったものだ。

「お前らはこれでお天道《てんと》さんの下を堂々と歩けるぞ。お前らは火から人助けするという、いちばんまっとうな仕事についたんだ」

居間に入り、お芳は手をついて挨拶《あいさつ》した。

「おとっつぁん、ただいま帰りました」

ふだんは伝法《でんぼう》な口をきいてもいいが、こういう折りめ正しさを辰五郎は娘に要求した。

「あいよ、お帰り」

そこが居場所の長火鉢の前で、早めの夕飯をとっているところであった。家にいる時、辰五郎は時間をかけて酒を飲むのを楽しみにしている。今日は底冷えのする寒さなので、熱燗《あつかん》の盃《さかずき》を手にしていた。

「お山はどうだった」

浅草寺のことである。

「大層なにぎわいだよ。地からわいたように人が出てくるってあのことだね。仲見世《なかみせ》の楊子《ようじ》屋のおばさんが、親分は元気ですか、って聞くもんだから、この二、三日は風邪で元気がない、って言っておいたよ」

「よけいなことを言いやがる」

辰五郎はすいっと盃を飲み干したが、その動作は六十二歳とは思えないほど、粋《いき》がとおっていた。

「楊子屋の婆《ばば》ァは、とんだ金棒引きだ。風邪の話を聞きゃ、いつのまにかもうじき俺がくたばっちまうことになるぞ」

「まさか」

そこへ母親のおぬいが、軍鶏《しゃも》の焼いたものを持ってきた。それに醬油《しょうゆ》をさし、辰五郎の前におく。おぬいは長く神田で芸者をしていたところを、辰五郎に見初《みそ》められて落籍《ひか》された。浅草に一軒家を持たせてもらっているうち、前妻が病で亡くなったので、本妻に直してもらったのである。そのことを気にしてか、いつもくすんだ色の縞ものを着て地味につくっていた。そのうえ自分の前職から、辰五郎のまだやまぬ女遊びを大目に見る「出来たおかみさん」という評判なのだ。

「なんだいお芳、あんた遅かったね」

昼に帰ってこようと、夜に帰ってこようと、いつもおぬいは必ずこう言う。

「寄り道してたわけじゃないさ。長いこと浅草寺さんにお詣りしてたからね」

「ほう、お芳が随分殊勝なことをするじゃねえか」

もうかなり酔っているらしい辰五郎が娘をからかう。

「お芳の願いごとは何でえ。もっと器量がよくなるようにか。それとも三味線《しゃみせん》がちったあましな音が出るようにっていうことけえ」

「内緒さ、そんなこと」

お芳は笑った。

「それにしてもよォ」

辰五郎は、今度はおぬいに酌《しゃく》をさせ、ゆっくりと盃を空《から》にしていく。

「娘のお前にこんなことを聞かせたくはないが、このところ日が暮れると、浅草寺さんの境内で袖を引く女がいるっていうじゃねえか。俺がすべてを任されている浅草寺さんでよ」

辰五郎は小柄な男であるが、口が大きく、横に長い細い目が強い光をはなっている。家で寛《くつろ》いで飲んでいる時にも、その光が弱まることはない。子分を連れて浅草寺の境内を歩けば、すべての香具師《やし》、大道芸人たちが頭を下げる。掏摸《すり》さえも目こぼしの礼といって、それとなく挨拶をするほどだ。

「俺も長《なげ》えこと江戸に住んできたが、今ぐれえ女がすさんだことはねえだろうなァ」

「あんた、それがうちのお芳といったいどういう関係があるっていうんだい」

「馬鹿やろう。亭主がものを言っている時は黙って聞きやがれ」

妻を叱《しか》り、辰五郎はまた盃を飲み干す。

「お前も知っておかなきゃなんねえことだが、女が色を売る、っていうのは大変《てえへん》なことだ。吉原《なか》の花魁たちはよ、綺麗なべべを着て、毎日面白おかしく生きているようだが、そんなことはねえ。血の涙だって流しているだろうさ。だが、安政ん時の地震があってからこっち、堅気の娘や女房も、まるで女郎のような真似《まね》をし始めるじゃねえか。苦労知らずのお前には想像もつかねえだろうが、食べるためにはよォ、浅草寺さんの境内に立たなきゃなんねえんだ。女ばっかりじゃねえ、男だってすさんでる。江戸っていうところはよ、丈夫な体持ってりゃ、大工《でえく》だろうと、ぼて振りだろうと、その日からおまんまが食べられたんだ。ところが見てみろよ。今じゃ江戸中仕事にあぶれた者がいるじゃねえか。そしておさむらいさんとくりゃ、大仰《おおぎょう》に何が何だかよくわからねえ斬《き》り合いをやっていらあ。これというのもご政道が悪いからだぜ」

おぬいがお芳に目くばせする。

「年をとってから、酒を飲むとおとっつぁんは話がくどくなるよねぇ」

とその目は語っていた。

「将軍さえちゃんとしてりゃあよォ、世の中はよくなるのさ。それがどうだい、あんなに体がお弱くて早死にした将軍さまの後は、今度はまだまだ子どもじゃねえか。どうして慶喜さまにしねえんだろうか。俺は歯がゆくってならねえよ」

「その慶喜さまが将軍さまになると、ご政道はよくなるのかい」

お芳の問いに、

「あた棒《ぼう》よ」

と、辰五郎はじろりと睨《にら》む。

「長州《ちょうしゅう》にしたって、薩摩にしたってよ、どこにあるんだかわかんねえような田舎の侍じゃねえか。今頃のこのこ来やがっても、ご政道のことがどれほどわかるってんだ。ふん、ああいう奴《やつ》らが出しゃばりやがって。だからめんどうくせえことになって、ゐげれすだ、あめりかだの毛唐《けとう》の奴らがせめてくるんだ。ここはよお、慶喜さまが将軍さまになって、ぴしっとやってくれなきゃよ、江戸は滅んじまうぜ」

辰五郎にとっては、江戸がすべてなのである。江戸はひとつの国なのだ。

「本当ならよ、今頃は慶喜さまが江戸城にいなさって、あれこれ指図されてるはずなのによ、あの天璋院が寝返っちまったばかりに、紀州《きしゅう》の若造が将軍さまになっちまった」

「おとっつぁん、天璋院さまが慶喜さまをお嫌いだっていう噂は、本当なのかい」

「ああ、間違《まちげ》えねえ。あの天璋院はよ、島津《しまづ》のお殿さんにくれぐれも頼まれていたはずだぜ。どうか次の将軍は慶喜さまにするようにとな。それなのによ、いざとなったら、ころっとあっち側についたんだ。全く腹暗い女だぜ」

天璋院の養父は、島津斉彬《なりあきら》という人で、天下を動かすほどの名君と言われていた。この方がもう少し長く生きていたら、今のご政道の混乱はなかったという者もいるが、三年前にあっけなく亡くなってしまった。藩主の座を争ったお家騒動の呪《のろ》いのせいだと、怪談の好きな江戸っ子たちは噂している。

「ああー、俺は歯がゆくてなんねえや」

辰五郎は盃を置いて腕組みをした。考えがまとまらない時の癖である。

「俺はよ、いち日も早く慶喜さまに将軍になってもらいてえんだが、肝心のあのお方は、将軍になるお気持ちがまるでないときてる」

「それじゃ困るねぇ。どうしようもないねぇ」

おぬいが茶々を入れる。酒が入るといつもこの話でうんざりしているのだ。

「慶喜さまは無欲なお方なんだ。将軍などになりたくないとはっきりおっしゃる。その正しいお心を思うと、俺は涙が出てきて仕方ねえのさ」

なんと辰五郎は本当に泣いているのである。

そのまま長火鉢の前で寝入ってしまった辰五郎に、掻《か》い巻きをかけてやりながらおぬいはため息をついた。

「こんなとこで寝ると風邪をひくって言ってもさ、まるっきりききやしない。さあ、あんたもあっちへいってお膳《ぜん》をおあがり」

「はい、わかった」

辰五郎以外の者たちは、みな一緒に台所で食事をするのがならわしだ。住み込みの十人ほどの子分は、板の間でとり、おぬいとお芳は一段上がった板の間で箸《はし》をとった。辰五郎がやかましく言うので、お菜《おご》は子分や女中たちと同じものだ。といっても、外で食べることが大好きで口が奢った辰五郎は、妻や子を連れてしょっちゅう鰻《うなぎ》や蕎麦《そば》を食べに行く。料理茶屋へも時々は出かける。そこでは大層な値段をとるものの、新鮮な刺身や、凝った口取肴《くちとりざかな》が出て、辰五郎一家を喜ばせた。

その夜の夕飯は、冷たい飯《めし》につくだ煮、たくわん、湯豆腐だ。夕飯は一日の中でいちばん粗末で、あまり火を使わないように考えられている。朝炊いた飯をそのまま食べるので、たいていはお茶漬けにしてすすり込む。が、こうした方が飯はいくらでも入り、若い男たちを寄宿させているおぬいは、

「これでは、いくら米を買っても足りるもんじゃない」

とこぼしていた。

自分の箱膳の前につこうとしたお芳は、ふと左袖に違和感をもった。さっきまで感じなかったものだ。長襦袢《ながじゅばん》の袖口を開けてみると、結んだ文が入っている。さっとそ

れを取り出し、胸元にしまった。茶を淹《い》れに来た女中に気づかれまいとしたのだ。

　自分の部屋に戻ってから、それを取り出す。ありふれた付け文である。それなのに拡げる指が少し震えているのは、付け文を貰《もら》うのが本当に久しぶりだったのと、相手が誰なのかぼんやりとわかっていたからである。

　末吉と浅草寺の境内を歩き、仲見世通りへと向かった。そこには一軒の水茶屋があり、辰五郎の妾の一人が店を出している。子どもの頃から父親に連れていってもらったから、

「歌江《うたえ》茶屋のおねえちゃん」

　と呼んで何のこだわりもない。その店先でしばらく立ち話をしていた時、お芳は背の高い男が、自分を少し離れたところからじっと見つめていることに気づいた。雑踏の中でも人目をひく男であった。

　お芳は男の顔をはっきりと思い出すことが出来る。色白で通った鼻筋、大きな二皮《ふたかわ》目《め》は役者の顔のようであるが、縞の着流しで堅気の者だということがわかる。

　今、芝居は團十郎《だんじゆうろう》か菊五郎《きくごろう》かということで女たちは役者絵をこぞって買っているが、お芳はそれよりも紀伊國屋《きのくにや》、澤村田之助《さわむらたのすけ》をひと目見てから、すっかり心を奪われてしまった。田之助の演じる赤姫は優雅でいながら、ぞっとするような色気がある。お芳を見つめていた若い男は、紅をさしたらさぞかし似合うような美しい目をしてい

て、それは舞台の田之助に似ているような気がした。

手紙を開けると綺麗な手蹟《て》で、

「明日夕の七つ、弁天堂《べんてんどう》にてお待ち申し上げ候」

とある。仲見世の屋台に隠れて、人目につかない場所を選んだのであろう。

次の日、再び浅草寺に出かけたお芳は、仲見世の手前で末吉に命じた。

「私はちょいと、お峰《みね》さんとこに寄るから、お前はちょっと待っていておくれ」

お峰というのは父の妾で、水茶屋をやっている女だ。その店に入り、何か言いかける女中を無視して裏口から出た。左に折れるとほど近くに弁天堂があり、その前にすらりとした体つきの若者が立っていた。

「待たせたかい」

お芳が問うと、男ははにかんだように笑い、静かに首を横に振った。

「あんたが来るまでずうっとここにいるつもりだったから、待ったことにはならねえ……」

その言葉はお芳の胸をうった。若い男からこれほど情のこもった言葉を言われたことはなかった。

男は福次郎《ふくじろう》と名乗った。名前どおり次男で、家は花川戸《はなかわど》で古着屋をしているという。

「あんたは」

「お芳」

いい名だね、と男は微笑《ほほえ》んだ。そうすると左側に糸切り歯があり、男を少し幼く見せる。お芳は心臓をいきなりつかまれたような思いになった。

すぐ近くで願人《がんにん》坊主のがなりたてる声が聞こえてくる。信心をしなくては地獄に堕《お》ちると言っている。しかしお芳はあの世にもこの世にも地獄などないと思った。

「明日も今時分から、来るまでずっといるよ」

と相手が言ったからだ。

二

「自分の娘が嫁《い》かず後家になるのを見るのもつれえが、みすみす別れるところへ出すのも嫌なもんだ」

辰五郎は言った。

「福次郎という奴は、見たとおりの色男で、花川戸の福次郎といやあ、〝今助六《いますけろく》〟という評判らしい。だがよお、お芳、俺も女のことじゃ人さまに文句を言える筋合いじゃねえが、この福次郎はちっと性質《たち》が悪いぞ。俺のように、自分の才覚と金で女を口説くのとは理由《わけ》が違う。いくらでも女が寄ってくるという手合いだ。これじゃ、お前が苦労するのは目に見えている。それだけじゃねえ、あの近江屋《おうみ》という古着屋は、長男が後継ぎで、福次郎は養子先をあれこれ探していたんだが、どこも同じで断られる。見合いをしたとたん娘の方はたちまち熱を上げるのだが、親の方じゃ年を重ねた分だけ、ああ、これじゃぁいけねえってすぐにわかるからさ。さあ、これで俺は言いてえことを全部言ったぜ。これでお前の気が変わらないって言うんなら、それも仕様がねえさ」

「おとっつぁん、私の気持ちは変わらないよ。変わるもんかね」

お芳はしっかりと父親の視線を受け止めた。

「福さんは、私が新門辰五郎の娘と聞いてもそう驚かなかった。そしてどんなことをしても、私をお嫁に欲しいって言ってくれたんだよ。こんな人は今までいやしなかった。だから私は、この人だって決めたのさ」

この話はかなり虚実が混じっている。逢い引きを重ねるようになって四回目、お芳が父親のことを打ち明けた時の、福次郎の驚きといったらなかった。

「まさか……。嘘だろう。あの火消しの大親分が、お前のおとっつぁんだなんてよ」

その怯《おび》えたような顔に、お芳は本気で腹が立ったのだ。

「じゃ、何かい。あんたが今まで、私に惚れたとか、夫婦《めおと》になりたいって言ってたのは嘘だったのかい。私っていう女への気持ちは、おとっつぁんが誰かっていうことで変わるのかい」

「そんなことはないよ……」

「そうだろ。だったら私をさらうような気持ちにおなりよ。もっとびしっとしておくれよ」

たえず福次郎を励まし、なかば脅すようにして元気づけてきたこの三月《みつき》であった。そしてようやくお互いの親に打ち明けるところまで漕《こ》ぎつけたのだ。

「おとっつぁんが、私たちのことを許してくれないって言うんなら、今流行《はやり》の心中をしたっていいんだよ」

最後はこう言いはなったが、これで負けるような辰五郎ではない。

「けっ、心中が聞いてあきれら。あのいくじなしの男が一緒に死ぬもんか。やっぱり死にたくねえって、最後には逃げまわるのをお前が手にかけて、無理心中ってことになるのかよ。女からの無理心中っていうのもせつない話だねぇ」

「おとっつぁん、福さんのことを何も知らないくせによくお言《もん》いだね」

「ああ、言ってやらあ。俺は火消しになりてえっていう若い者を、何百人も見てきたんだ。使いもんにならん男のことなら百も承知さ。それに最初から言ってるだろ。何も俺は反対する気はねえ。こんなくだらない男でも、それでも嫁きたいっていうなさ」

ら、仕方ねえって言ってるのさ」

「その言い方が嫌なんだよ」

お芳はきっと睨んだ。

「私はねえ、ちゃんとおとっつぁんに喜ばれて、心から祝ってもらって嫁きたいのさ」

「馬鹿なことを言っちゃいけねえ。どこの世界に、娘を喜んで出す男親がいるんでえ。ただよ、俺はあんな生《なま》っちろい男じゃなくてよ、ちゃんとした男と夫婦《めおと》になってもらいたかったのさ」

今の言葉でお芳は、父親が福次郎をこっそり見に行ったことがわかった。

「おとっつぁん、私はね、あの人を男にするよ。見ててごらん。今はそりゃ頼りないかもしれないけど、私の力で男にしてみせるから」

「馬鹿もたいてえにしろ。いいか、お芳、男っていうのは女の手を借りなくても男だ。女で男にしてもらう奴は男じゃねえ。まあ、いいさ、いいさ。お前の性分はわかっている。お前は実際にしてみなけりゃ、何も骨身にしみない女だ。俺は世間の親とは違うんだから、一生添いとげろ、なんて言わねえさ。お前が間違ったと思ったら、いつでも帰ってきてもいいや。そん時は決して意地を張るんじゃねえぞ。お前のことだ。我慢はすることはねえぞ。わかったな」

「帰るもんかい」

お芳は泣いているのを悟《さと》られまいと上を向いた。

「見てみな。私はあの人をきっと男にしてみせるよ。本当さ」

こうしてお芳と福次郎は世帯を持った。

意外なことに福次郎の親は、

「新門辰五郎親分の家と、縁組みさせてもらえるとは」

と、ことの外喜《ほかよろこ》び、さっそく暖簾《のれん》分けしてくれたのである。市谷八幡《いちがやはちまん》の境内近くに、小さな店が持てたのは、辰五郎の力によるところが大きい。ここは参拝客が多いところなのだ。最初は花川戸の実家を通して、古着を仕入れていたが、やがて二人の店にも自分の古いものを売りにくる者がぽつぽつと増えてきた。中には着古して雑巾《ぞうきん》にしかならないようなものを恥ずかし気に持ち込む女もいた。

そんな時お芳は、いつも新《さら》のお蚕《かいこ》ぐるみだった自分の幸せを思わずにはいられない。古着を買うのが世間ではあたり前だというのに、辰五郎の家ではいつも呉服屋が出入りしていたからである。

が、好きな男とやっと一緒になれたのだ。もう贅沢《ぜいたく》で気ままな娘暮らしが出来るわけがない。福次郎を男にしてみせると、威勢のいいことを言った手前、いくらでも働いてみせると張り切ったのであるが、悲しいことにお芳はお針仕事が大の苦手なのである。

娘というのは女親に仕込まれて、十三歳までには単衣《ひとえ》を縫えなければ一人前ではないと言われているが、生憎《あいにく》と母のおぬいは芸者上がりであった。ついそちらの方をないがしろにしたため、お芳はろくすっぽ針が使えないのだ。

およそ古着屋の女房ならば、気働きのうえ手が動き、仕入れた古着を洗い張りし、繕《つくろ》うこさっと縫うぐらいのことはしなくてはならなかった。ところがお芳ときたら、繕うことももろくに出来ないのだ。

「お姫さまはこれだから困るぜ」

と福次郎は苦笑いし、近所のおかみさんをお針子に頼んだ。この手間賃のおかげで、儲《もう》けが少なくなっている。それに加えて、そら怖ろしいほどの景気の悪さなのだ。古着を売りにやってくる者は増えても、買っていく者は少なくなるばかりである。

「これというのも、一橋の殿さんと、越前《えちぜん》の殿さんのせいだぜ」

と福次郎は本気で怒っている。文久二年（一八六二年）、謹慎が解けるどころか、すっかり表舞台に復帰した一橋慶喜と、越前の藩主松平慶永《まつだいらよしなが》は、幕府の要職に就《つ》いて次々と改革を行った。しかし景気は一向によくならなかったのだ。

　慶喜と越前藩主松平慶永が取り掛かったことは、将軍家茂《いえもち》の上洛であった。尊王攘《そんのうじょう》夷《い》派と呼ばれる人たちをまずおとなしくさせるためにも、家茂公を孝明天皇に会いに行かせるというのである。

　これには江戸の人々が、口をあんぐりとした。お芳の父、辰五郎も、

「なんでぇ、なんでぇ。どうして公方さまが京まで行って挨拶しなきゃなんねえんだ」

と憤慨していたぐらいだ。慶喜贔屓《びいき》の辰五郎さえ、このことには納得していない。

「公方さまがよお、天子さまのところへわざわざ行くなんて、聞いたことはねえ。いったいどうなってんだ。天子さまは公方さまよりえらいという者《もん》もいるが、今日の泰平を築いてきたのは、徳川さま、公方さまだぜ」

　これは江戸のおおかたの者たちの感想であったに違いない。

　その前に二人がしたことは参勤交代の簡素化である。多くの藩は財政が困窮していたから、莫大《ばくだい》な費用がかかる大名行列は次第につらいものとなっていたのだ。二人はこれまで隔年に行われていた参勤交代を、三年に一度でよしとすることにした。

　が、おそらく慶喜にしても、松平慶永にしてもよく知らなかったことであろう。あの華やかな大名行列は、経費節約のために、とうに下請けによるものだったというこ

とを、だ。

行列が江戸に近づくと、槍奴《やりやっこ》、徒士《かち》といった面々が、その大名家の家紋付きの衣裳《いしょう》を着て現れる。そして行列に加わり、それ相応の賃金を貰うのだ。この参勤交代を三年に一度にしたことは、職にあぶれた者たちを増やすことであった。足軽《あしがる》、中間《ちゅうげん》もほとんどが江戸雇いである。

それだけではない。人質としての意味合いも含ませて江戸に住まわせていた藩主の妻子が、国もとに帰ることもお構いなしとしたことが、さらに不景気に拍車をかけた。

こうして江戸城を中心にした武家屋敷は、どこもめっきりと淋《さび》しくなった。今や留守番の家臣しかいないところも多い。江戸からごっそりと人が減ったために、たちゆかなくなった商人は、口々に怨恨《えんこん》の声をあげた。

「馬鹿どもが力を持ったばかりにこの始末だ。今に城の前で首を吊《つ》ってやるぜ」

お芳の亭主、福次郎もそのひとりだ。まだ若い慶喜が、将軍後見職についたのが間違いだと口汚く罵《ののし》る。

福次郎が一橋慶喜のことを、あまりにも悪《あ》しざまに言うので、お芳もいい気がしない。

「あんた、私に今言ったことを、おとっつぁんに向かって言ってごらん。この野郎ってぶん殴られるよ。うちのおとっつぁんは、慶喜さまのことを、そりゃ有り難がってんだから」

「へん、そうかい。このあいだも俺の前で、一橋さまは江戸の人間を干上がらせるつもりかって怒ってたけどな」

「自分が言うのはいいのさ。だけど他の者《もん》が悪口を言うのは我慢出来ないんだ。ああいう性質《たち》だから、それこそひとつのことに夢中になって、誰が何と言っても後に引きやしない」

このお芳の言葉が効き目があったかわからぬが、それから福次郎は慶喜のことをあまり口に出さないようになった。というのも、この頃店にとんでもない上物が運び込まれるようになったからである。あきらかに上流の武士の妻や娘が着ていたものだ。奥方や姫君たちが江戸邸を急いで引き揚げるにあたり、下の女たちに下げ渡したものらしい。こうした打掛《うちかけ》は、そこそこの町家の娘が、婚礼用に喜んで買っていく。

「見てみろよ。この御所解き模様の豪勢なこと。まあ、よくもこんな細かい柄を、ひとつひとつ描いたもんだぜ」

老舗《しにせ》の古着屋に育った福次郎は、衣裳を見る目が肥えている。その日も買い入れたばかりの紅綸子《べにりんず》の打掛に見入っていた。

「こんな友禅《ゆうぜん》は見たことがねえ。まあ、こんな糸目《いとめ》糊置《のりお》きが出来るのは、京の職人しかいねえだろうなあ」

糸目糊置きというのは、生地の上で染料が混ざらぬよう、輪郭線に糊を置いていく高度な技術だ。

「京の職人ってそんなにすごいのかい」

「お前《めえ》、古着屋の女房のくせして、そんなことも知らねえのかい。江戸でも神田川あたりで友禅をやるがなあ、町方好みに少しあっさりしてるようだなあ。俺は京の少しくどいぐらいの綺麗な友禅が好みってもんさァ……」

福次郎は女のようなやさしい目つきになり、こんな時、本当に役者の澤村田之助に似ているとお芳は思うのだった。

「俺は親父の店にいた時、落ちぶれた大店《おおだな》のお嬢さまが持ち込んだ、総疋田《ひった》の振り袖を見たことがあるが、そりゃ、見事なもんだった」

「総絞りの振り袖かい」

江戸娘が欲しがる総疋田の帯揚げは、それだけで高価なものである。

「俺も見たことがないが、京では職人がひと粒ひと粒糸で括《くく》るんだとよ」

「糸で括ったところは染まらないから、絞りが出来るんだね」

「そうさ、振り袖ともなると、二十万粒括るっていうから、豪気な話じゃねえか」

「なんだか気が遠くなりそうな話だねぇ！」

お芳は深いため息を漏らした。確かにせっかちな江戸者には、とても出来そうもない。

「そしてよ、全部括り終わって染めてよ。最後に拡げる時はよ、布の四方をこう手に持って力を込めて拡げるらしいが、ビシビシって音をたててよ、括り糸がいっぺんに飛ぶ。そして総鹿子《そうがのこ》が浮かび上がる時は、こう、花が咲くようだっていう話だなァ」

「いいねぇ、一度見てみたいねぇ」

古着を扱う家の女房になってから、お芳の中でまだ見ぬ京への憧れが募っていくのは確かであった。

こうしている間に、米や醬油、酒などの値段はどんどん上がっていく。金のないうちの女房など、米屋の前で立ちつくすほどだ。なんでも多くの品物は江戸を通らず、みんな横浜へ行ってしまうと聞いてお芳は驚いた。横浜などというところは行ったこともない。貧しい漁師町と聞いたことがある。それなのに、今は港に外国の船が泊まり、たくさんの物資が積まれ、えらい景気だということだ。

「何ていうことだろうねえ。江戸の者《もん》がおまんまに不自由しているっていうのに、異国にそれを運ぼうっていうのかい」

すっかり憤慨したお芳だったので、瓦版《かわらばん》でその事件を知った時は、心底いい気味と思ったものである。横浜からそう遠くない生麦村《なまむぎむら》というところで、薩摩藩士たちがイギリス人たちに斬《き》りつけたというのである。なんでも島津久光《ひさみつ》の行列を、イギリス人たちが平気で馬に乗って横切ったというのである。

「薩摩の芋侍《いもざむらい》も、たまにはいいことするじゃないか。そうだよ。異人なんか、ぱーっとやってやりゃいいんだよ。少しはこちとらの心意気っていうもんを見せてやらなきゃ駄目さ」

お芳は異人というものを一度も見たことがないが、根強い偏見を持っている。とんでもなく背が高く、天狗《てんぐ》のように鼻が高い彼らは、隙《すき》を見てこの国にせめてこようとしているのだ。

そしてそれきり、お芳夫婦も、江戸の人々も、生麦で起こったイギリス人殺傷事件などすっかり忘れてしまった。しかしイギリス側は、当然のことながら忘れるわけはない。イギリスの代理公使が抗議書を送り、幕府と薩摩藩に多額の賠償金と、犯人の逮捕と処刑を求めていたことなど、お芳は知るよしもなかった。

年もあらたまった文久三年（一八六三年）三月、息せききって末吉が駆け込んできた。辰五郎からの手紙を持っている。それを拡げたお芳は血相を変えた。

「あんた、どうしよう。もうじき異人がせめてくるらしいよ」

「なんだと」

辰五郎によると、何だかよくわからぬが、交渉がうまくいかず、幕府に業を煮やした英国がもうじき兵隊をさし向ける。大砲も鉄砲もどっさり持っている異人たちだから、江戸中が火の海になるに違いない。さむらいたちは、このことを既に知っていて、江戸屋敷から女たちは消えている。争うように国もとに帰ったという。俺は火消しをまとめるものとして、最後まで江戸にとどまるつもりであるが、お前たちは一刻も早く逃げるように、と締めくくられていた。

「畜生、こういうことだったのか……」

福次郎は歯ぎしりせんばかりの表情となった。

「三日も前のことだろうよ。尾張《おわり》さまのお屋敷から、螺鈿《らでん》の飾り棚だの、お雛《ひな》さまだの、打掛だのが、二足三文で売りに出されて、まわりの古道具屋だの、古着屋だのはほくほく顔だったが、それはこういうことだったのかよ。自分たちだけ、先に逃げ出す了見だったんだな」

「あんた、どうするつもりだい」

「逃げるっきゃないだろ」

「逃げるっていっても、いったいどこへ逃げるのさ」

「お袋の里が練馬《ねりま》だから、とりあえずそこに行くしかないだろ」

「あんたの家は、どうするのさ。逃げる時は一緒の方がよかないかい」

「そうだな。俺はこれからひとっ走り花川戸まで行って、このことを話してくるぜ」

と福次郎が実家に戻り、なんだかんだと手はずを整えているうち、次の日には町触れが出た。女子どもや老人、病人などは出来るだけ早く、江戸を出ていくようにと言うのだ。

お芳は小走りに駆けていく。駕籠を使おうとあたりを見渡したのであるが、そんなものはもうどこにも止まっていなかった。

向かい側から、人々が列をつくり歩いてくる。新宿の出口を抜け、さらに遠くに行こうとしているのだ。荷馬車や大八車に家財道具を積んでいる者、あるいは大きな風《ふ》呂《ろ》敷《しき》包みをしっかりと背負っている者もいた。

老人や子どもも多い。母親に手を引かれた男の子が、しきりに泣いている。

「行きたくないよー、うちがいいよー」

赤ん坊を背負った母親は、男のような声で怒鳴りつけた。

「愚《ぐ》図《ず》愚《ぐ》図《ず》言うんじゃないよ。もうじき異人がやってきて、そこらに火をつけるんだからね」

神田まで行く途中で、市が立っているのを見た。道具を運ぶことを諦《あきら》めた者たちが、売って少しでも銭にしようとしているのだ。

「さあ、さあ、ちょっと見ていってくれ。障子は一枚百文、畳だってどれも二百文さ」

しかしその前を、逃げる者たちは無表情に通り過ぎる。その数は谷中に近づくにつれ、ますます多くなった。

辰五郎の家では、家中総出で畳を上げている最中であった。鉄砲の弾《たま》よけにするという。

「おとっつぁん、こんなもんじゃ間に合いやしないよ」

お芳は怒鳴った。

「異人は大砲をぶっぱなして、江戸に火をつけるつもりなんだよ。何でも返事をもらわなきゃ、せめてくるって言うんだろ。いくさが始まるのさ。おとっつぁんたちは丸焼けになりたいのかね」

お芳は、さらに畳に手をかけようとしている若い子分の頬《ほお》を軽く叩き、そしてあちらへ行かせた。

「花川戸じゃ、みんなで練馬の親戚《しんせき》のうちへ行くことにしたんだ。私とおとっつぁん、おっかさんぐらいだったら、当分はいてもいいと言ってくれたんだよ。だからおとっつぁん、一刻も早く江戸を離れようじゃないか」

辰五郎は煙管《キセル》をふかしたままじっとしている。

「おとっつぁん、江戸中の人が逃げているようだよ。私たちもこうしちゃいられない。早く荷物をまとめようじゃないか。花川戸は福次郎に任せて、私はおとっつぁんたちを連れに来たんだよ。何を愚図愚図してるんだい」

お芳は叫んだ。

「もうじき、ゑげれすの軍艦がやってきて、いくさが始まるって言うじゃないか。もう、人はどんどん逃げてるのに、何をしてるのさ」

「それで、お前《めえ》は何しに来たんだ」

辰五郎はそれが癖の、煙管をかんかんと長火鉢の縁に打ちつける。

「何って……。おとっつぁんとおっかさんを連れに来たんだよ。うちの人の親戚が、練馬にいるからさ、そこへ行くつもりなんだ」

「お前、俺が何でおまんま食ってるか、知らないわけじゃあるまい」

「そんなこと、百も承知してるよ。おとっつぁんは火消しさ。ああ、江戸でいちばんの火消しの親分だ。だけど、これから起こることは火事じゃない。うちが焼けるくらいじゃや、おとっつぁんの出番だろうけど、今度は大砲が飛んできて、根こそぎ焼けるんだよ。そうなったら、いくらおとっつぁんでも手出しは出来ないだろうさ」

「火のにおいがしねえんだよ」

「えっ」

「火のにおいがしねえって言ってんだ」

辰五郎は静かに言った。

「こう、からっ風が吹いてくるような日があんだろ。そういう時はよ、どっからか火のにおいがしてくる。燃える前からどっからかにおってくんのさ。おお、今夜あたり来るな、と思うとよ、必ず半鐘《はんしょう》の音が聞こえてくる。だけどよ、今回に限って、俺の鼻は何にもにおわねえんだな」

「そんなの、あてになるもんかい。だったらどうしてうちの畳みんな上げて、鉄砲よけにしててんのさ」

「あれはみんなが勝手にやってることさ。うちの者《もん》も逃げてえかもしれねえが、そこをじっと我慢させてんだ。何かやらなきゃ気が済まねえだろうさ」

「だけどさ、おとっつぁん、私は心配で心配でとても自分だけ逃げる気にはなれないよ」

「お前は早く逃げろ。とにかく俺は江戸を離れねえ。慶喜さまが何とかしてくれると思ってるからな」

「また慶喜さまかい」

「そうさ、あのお方がみすみす江戸を滅ぼすわけねえじゃねえか。あのお方はたいしたお方だ。こんな世の中、どうやればいちばんいいかを必死で考えてらっしゃる。ああ、早く将軍さまになってもらいてえもんだなあ」

辰五郎は〝火のにおいがしない〟と言ったものの、田舎へ逃れようとする者の群れは、次の日はさらに長くなっている。

噂によると、イギリスが期限と定めたのは三月の十日だという。幕府の中には戦う構えの者も少なくなく、その日の朝はまず品川沖に向けて、大砲をはなつ覚悟らしい。その日までもう二日しかない。

朝からお芳は大わらわであった。店にある売りものの古着をそのままにしておくわけにはいかず、渋谷村の百姓のところに預けることにした。明日の早朝、辰五郎のところから子分二人と大八車がやってくることになっている。

上等の品はつづらに入れ、安価なものはまとめて油紙でつつんでいく。やっとひと息入れた時、お芳は福次郎がいないことに気づいた。さっきまで店先で戸板を打ちつけていたのに、今は金鎚《かなづち》の音もしない。

「お前、うちの人がどこへ行ったか知らないかい」

店の小僧に聞くと、とっさに怯えた表情になったのを、お芳は見逃さなかった。

「あの……、ちょっと花川戸のうちに行くと言ってました……」

「いいかげんなことを言うんじゃないよ」

お芳は思いきり睨みつけ、小僧の左耳をひっぱった。

「あっ、いたい、いたい。おかみさん、何するんですか」

「花川戸のうちは、昨日練馬に逃げていったはずだよ。空のうちにいったい何の用があるって言うんだよ。お前、何か知ってんだろ」

「わたしは何も知りません」

「嘘を言うと、お前だけ練馬にも渋谷にも連れていかないよ。異人がせめてきて、火をつけても、お前をここの留守番させとくよ」

「おかみさん、やめてください。どうか連れていってください」

小僧はべそをかき始めた。

「旦那《だんな》さんは、さっきお使いが来て、小川町にお出かけになりました」

「小川町のどこだい」

「なんでも天神下《てんじんした》の孫兵衛《まごべえ》長屋だそうです。あっ、いたい。もう離してくださいよ」

ちょうど間がいいことに、牛込濠《うしごめぼり》のところまで出たら、向こうから出はらっていると思った空駕籠がやってきた。念のために聞くと、法外な値段を口にするではないか。

「随分阿漕《あこぎ》なことをするねえ」

「この五日というものは、俺たちの奪い合いよ。いくらでも金を出すから年寄りを乗っけてくれ、女房を頼む、と皆、おがんでくるんだ。おかみさん、嫌だったら乗らなくたっていいんだぜ。客は余るほどいらあ」

「わかったよ。じゃ小川町までいっとくれ」

駕籠に揺られながら、このところの福次郎の様子がおかしかったと、お芳は思いあたることが次々と出てくる。

それまで花川戸の実家とそう仲がよかったわけではないのだが、ことあるごとに出かけるようになった。帰りが深夜におよぶこともある。問い詰めると、

「兄貴と飲んでいたのさ。いろいろ商売のことを教えてもらうこともあらあな」

と言い張るのであるが、花川戸の義兄というのは下戸《げこ》ではなかったろうか。確か婚礼の時にそんなことを聞いた憶えがある。

古着屋というのは、売りにくるのも買いにくるのも女相手の商売である。中には男前の福次郎めあてにやってくる客もいて、お芳はどれほど神経をとがらせてきたことだろうか。しかし、

「あの店のおかみさんは大層やきもち焼きだ」

という噂も客商売にさしつかえるので、見て見ないふりをすることも多い。しょっちゅうやってくる若い女客が、福次郎を相手に長《なが》っ尻《ちり》していても、店の奥から出ていくこともしなかった。そんな気遣いが、福次郎をのさばらせていたのではなかろうか。

天神下に長屋は三つあったが、いちばん新しいものが孫兵衛長屋と教えられた。ここもほとんどの戸が開き、あわてて出ていった様子がみてとれる。古い道具はあちこちにうち捨てられ、野良犬が一匹うろうろと歩いている。

「あっ」

お芳は思わず大きな声をあげた。ちょうど福次郎が戸を開けて端の部屋から出てくるところであった。唐草模様の大きな風呂敷包みをしょっている。そして隣には、若い女が立っている。こちらもずっとこぶりの風呂敷包みをしょって、これから逃げようとしているのだ。

三

お芳はばりばりと音をたてて、好物の炒《い》り豆を食べている。これを齧《かじ》りながら、貸本を読んでいると、このあいだまで商家の女房をしていた自分がいたことが信じられない。まるでこの本の中に出てくる遠い世界のことのようだ。

あの日福次郎は、かねてよりわりない仲になっていた女に泣きつかれ、千住《せんじゅ》の知り合いのところへ逃がすつもりだったらしい。

「送り届けたらすぐに帰ってくるつもりだった」

と後に福次郎は言いわけをしたものだが、もう信じる気にはなれなかった。明日の命もわからず切羽詰まった時に、夫は他の女も救い出そうとした、という事実はお芳にとって到底許せないものであった。

「考えようによっちゃ、福次郎はえらい奴じゃねえか。好きな女を見殺しには出来ない。なんとか救ってやろうとする。俺も同じことをしたぜ。まあ、一回ぐらいは許してやれ」

と辰五郎は言ったけれども、お芳は聞く耳を持たなかった。江戸が焼き尽くされるという時、火消しとして絶対に留《とど》まる、という自分の父親のような男もいるというのに、福次郎はまず女のことを考えたのだ。そのことでお芳は福次郎の心底を見たと思った。そして辰五郎に打ち明けたのだ。

「おとっつぁんの見越したとおり、出戻りになっちまったけど、まぁ、これで見限られるようなこともないさね」

実家に帰った当初は、子分や近所の手前、多少の恥ずかしさもあったのだが、半月もたつうち、すっかり元どおりの娘に戻ったような気がする。自分の白い歯で、ばりばりと炒り豆を食べる爽快《そうかい》感も思い出した。人妻のたしなみである鉄漿《かね》をつけることに抵抗はなかったが、あれは大層めんどうくさいものであった。お歯黒は少しでも剝《は》がれて、白い地が見えることは女の恥とされていたから、一日おきにどれだけの時間を費やしたことだろうか。それが今、もう鉄漿をつけなくてもよいのだ。そして髪も、丸髷《まるまげ》から娘時代と同じように島田くずしに変えた。自分にはこちらの方が似合うような気がした。

あの日、江戸中の人々が慌てて逃げ出したことは、今では滑稽《こっけい》絵の材料とされている。結局イギリスはせめてこなかったのである。期限が切れる直前に、幕府側が莫大な賠償金を払うことになったからだ。

「だけど、裏で糸をひいてたのは慶喜さまだぜ。あの方がいくさをやめさせたんだ」

と辰五郎は断言する。

「お芳、すまねえが、ちょいと尾張町まで頼まれてくれねえか」

出戻った娘という心安さがあるのだろう、辰五郎はこの頃お芳を使いに出すことが多くなった。

「おくに様のところへ、この筍《たけのこ》をお届けしてくれ」

昨日房州《ぼうしゅう》から訪ねてきた知り合いが、見事な朝掘りの筍を置いていった。それを籠《かご》に盛り、銀座尾張町のおくに様のところへ持っていけと言うのだ。

おくに様というのは慶喜の側室だった。中﨟《ちゅうろう》として勤めている時にお手がつき、妊《みご》ったのである。しかし、産後の加減がよくなく、体の具合が悪くなり、母子ともに宿下がりをすることとなった。その際辰五郎はご家老から頼まれ、住む家を探しただけでなく、その後も何かとめんどうをみているのだ。お邸の近くでは人目につくため、かなり離れた尾張町に決めたのも辰五郎だ。

ここには美寿屋《みす》という有名な足袋屋《たび》があり、おくにはここの離れを借りていた。ついているのは小女《こおんな》が一人だけである。

「まあ、生まれたのが女だったから残念だったな。これが男だったら、殿さまの後継ぎということにならあ。おくに様もお腹様《はらさま》ということになって、出世したのによお」

と辰五郎はしきりに口惜《くや》しがる。

「これから後継ぎをお産みになればいいけどねぇ」

おぬいが言うと、辰五郎はかぶりをふった。

「いや、もうそんなことはねえだろう。殿さまもお忙しいし、おくに様はあんなお体になっちまったから、お暇をとるのも仕方がねぇ」

おくには産後の肥立ちが悪く、床離れするまでに時間がかかった。この際、どうやら病を得たようなのである。同時に慶喜も遠ざかったのではないかと辰五郎は推理する。

「女っていうのはよ、最初の子どもを産んだあたりが、こってり色気が出てきていちばんいい頃よ。この時に男の心をしっかりつかまえておかなきゃ、後々つらいことになるぜ。それがあんなに痩《や》せちまったらよ、お気の毒だが男もその気が起こらねえ。

まあ、間が悪いってことよ」

さんざん遊んできた辰五郎らしい言葉だ。

お芳が足袋屋の離れに向かうと、おくにはお針をしている最中であった。

「もう起きていてもよろしいのですか」

しつこい風邪をひいて、五日前に来た時はふせっていたはずだ。

「もう大丈夫ですよ。おゆうに夏の寝巻きを縫ってやらなければなりません」

おくにの産んだおゆうは、五ヵ月になり、顔の愛らしさがはっきりとわかるようになった。しかし殿さまはまだ一度も、この子どもに会っていないのだ。

「そうですとも、おゆう様は初めてお殿さまにおめにかかるのですから、新しいいいおべべをお召しにならなければなりません」

お芳がそう言うと、おくには静かに微笑んだ。色の白い、綺麗な顔だとお芳は思う。難を言えば、鼻が細過ぎて少々淋し気な風に見えるかもしれない。けれども品のよさは、町方の女とまるで違っている。お妾というと、下町では三味線の師匠をしていたり、小商《こあきな》いをしている女が多いが、さすがに一橋家のお殿さまの側室だった方となると、いいところの奥方さまのようだ。

「もうじきお殿さまは、京からお帰りだそうですね。こんなに可愛いおゆう様をご覧になったら、どれほど喜ばれることでしょう」

　意味がわかったわけではないだろうに、傍で寝ていたおゆうが、小さな声で何かつぶやき始めた。しきりに何かを訴えているようで、その可愛らしいことといったらない。

「まあ、おゆう様も、早く父上さまに会いたいのですね」

　お芳はおゆうの顔をのぞき込んであやし始めた。あまりにも短い結婚生活で、ついに子どもは出来なかったが、また誰かと結ばれるようなことになれば、子どもはきっと欲しいと思う。こんなにいとおしいものが自分のものになるのだから。

　やがてお茶が来たのを汐《しお》に、おくには針をとめた。やはりまだ、根を詰める仕事はつらいのだろう。

　小女が淹れてくれた茶を飲みながら、話はついこのあいだの逃亡劇となった。イギリスがせめてくるというので、女、子どもは田舎に逃げろというお触れが出て、江戸は大混乱に陥ったのだ。

「おくに様、金持ちがわれもわれもと逃げたのはいいのですが、村の入り口にはちゃんと盗賊が待ち構えていたというのですから、笑ってしまいますよ」

「全く、どうしてそれほど早まったことをするのでしょうか。ゑげれすは、何の科《とが》もない町人に向けて、大砲をうってはきませんよ」

「ですけど、おくに様、異人というのは何をしでかすかわからないと、うちのおとっつぁんは言っています。言葉が通じない獣《けだもの》のようだと言うではありませんか」

「言葉が通じないのではないのですよ。違う言葉を使っているだけなのです」

おくにはまた微笑んだが、それにはいくらかのこちらに対する憐憫《れんびん》が混じっている。自分の無智《むち》を咎《とが》められたようだとお芳は思った。

「亡くなった私の父親は、ずっと外国方《がいこくかた》にご奉公していたのですよ」

「えーと、外国方っていうと……」

「異人といろいろな交渉をしたのです。十年前、あめりかのぺりいが来た時も、その場にいた一人なのです」

「へえーっ」

これには驚いてしまった。異人といえば、ひたすら逃げるものだと考えていたのだが、おくにの父親は、話をするお役目だったのだ。

「通事は無理ですが、父親はおらんだの言葉を少し喋りました。ゑげれす語を出来ればよかったのですが……。知っていましたか、ゑげれす人のゑげれす語で、あめりか人とも話が出来るのです」

「まあ、そんなことは初めて聞きましたよ」

「お芳さんに、一度地球儀を見せたいものですよ」

「地球儀ですか。おとっつぁんから聞いたことがあります」

案外新しもの好きの辰五郎が、古道具屋でそれを見たことがあると言う。この頃あわてて国許《くにもと》に帰る、どこかの大名屋敷から出たものらしい。

「なんでも丸い形をしているらしいですね」

「ええ……、こんな形」

おくには、すやすや寝入っている赤ん坊の枕元《まくらもと》にある手鞠《てまり》を手にとった。さまざまな色の絹糸が、表面を飾っている。

「私どもの住んでいるところは、このような形をしているそうですよ」

「まあ！」

にわかには信じられない。

「こんな丸いところに、どうやって立っているのですか。端の者たちは滑り落ちてしまうのではありませんか」

「私にもそのところはよくわかりませんが、とにかく丸い形をしているのだそうです」

「それでおくに様、日本はどのあたりにあるのですか」

「そうですね、このぽっちりとした緋色《ひいろ》のあたりでしょうか」

「ええ！　こんなに小さい」

「これが清《しん》国……、これがあめりか……」

それは青と赤の絹糸におおわれている部分であった。どちらも緋色とは比べものにならないほど大きく、鞠の表面を飾っている。

「こんなに大きいなんて」

「そうです。私も最初に見た時は驚きました。清国はこれほど大きな国なのに、とても小さなゑげれす、という国の言いなりです」

「だけど日本は大丈夫なのでしょう。いま慶喜さまたちが、異人を追っぱらってくれているのでしょう」

「殿さまのお心のうちはわかりません」

おくには静かに言ったが、その口調に、天下を動かそうとする男に愛されているという、誇りがにじみ出ていた。

「けれども殿さまは、私のこうした話を興味深く聞いてくださいますし、外国のこともよくわかっていらっしゃいます。私のことをおそばにお召しくださったのも、こうした話がお好きだからでしょう」

しかし慶喜は、もうこのおくにを、あまり顧みなくなったのだと辰五郎は言ったものだ。

「もしかすると、おくに様は労咳《ろうがい》じゃねえだろうか」

その夜辰五郎は言った。

「俺が前に出入りしていた先の、若旦那がちょうどあんな風だったぜ。どんどん痩せていってよ、顔は蠟《ろう》のようになってよ、そして嫌な咳《せき》をずっとしてるかと思うと、ある日血を吐いちまう……」

「やめておくれよ」

おぬいは血相を変えた。

「もしそうだとしたら、お芳にうつっちまうじゃないか」

労咳は怖ろしい死病で、まわりの者たちにも伝染すると言われていた。もしかかったら、病人は離れた一室に寝かされるのが常だ。

「私は元気だから平気さ。労咳なんか、もともと体の弱い人がなるもんだろ。おっかさんもよく言ってるじゃないか。私は子どもん時から風邪もひかないで、本当に手がかからなかったってさ……」

「そんなこと言ったってさ、労咳は労咳だ。なまじの病じゃないよ。私もさ、時々使いに行くたびに、どうしてこんなにお痩せになるんだろうって、いつも思ってたもんだよ。お芳、あんたはしばらく尾張町には行かない方がいい。今度から届け物は、末吉か誰かに行かせよう」

「嫌だよ。私は行くよ。私はあのおくに様が好きなんだもの。それに病にかかったら次の日から行かない、なんて、あまりにも不人情じゃないか。私はそんなことしやしないよ」

「不人情でもなんでも、労咳なんかうつされたらひとたまりもないじゃないか。馬鹿だねえ、この子は」

「お前《めえ》ら、ちょっと待て」

母娘《おやこ》の口争いを黙って聞いていた辰五郎が、突然大きな声を出した。

「お前ら、情けないじゃねえか。もしおくに様が労咳だとしたら、まず考えなきゃならねえのは、てめえの娘のことじゃねえだろ。お芳も意地を張ってる場合じゃねえ。おゆう様のことをまず考えるのが本筋だろう」

「そりゃそうだけど、おゆう様は、おくに様のお里がおありだろう」

おぬいの問いかけに、そりゃそうだがなァ、と辰五郎は渋い顔をする。

「おくに様のお里は、確か弟さまが継いでいるはずだが、まだ嫁ももらっていない若いお方と聞いたことがある。ご両親はもういらっしゃらないはずだぜ」

しかしもしおくに様が労咳ならば、おゆう様をいったいどうすればいいのだろうかという問題は、親子三人で考えてもどうにかなるものではなかった。

一橋家の側室だった女とその子どもの行く末を、出入りの火消しが決められるはずもなく、おくに様のことは、慶喜一行が京から帰ってきてからご報告しようということになった。一橋家の用人で、いつも間に立ってくれている平岡円四郎《ひらおかえんしろう》の耳に入れることがまず第一だと辰五郎は結論を下したのだ。

お芳が尾張町に出かけた五日後のことである。辰五郎が相好《そうごう》を崩して帰ってきた。帰国の途にある慶喜一行が平塚の宿に着いた、明日かあさってには江戸の地を踏むだろうと、飛脚から連絡があったのだ。

「こうしちゃいられねえ」

辰五郎はそわそわしている。

「明日は早く起きて、魚河岸《うおがし》に行かなきゃなんねえ。目の下一尺どころじゃねえ鯛《たい》を手に入れなきゃな。殿さまがお帰りになった時に、どーんとお膳を飾ってもれえてえもんよ。なにしろ江戸の者《もん》が元通り暮らしていけるのも、みんな殿さまのおかげなんだからよ」

慶喜が生麦事件の賠償金を払ってくれたので、ゑげれすが江戸攻撃を中止したという説を、辰五郎は固く信じているのである。

日本橋魚河岸の旦那衆とも、深いつき合いがある辰五郎は、次の日の朝、見事な鯛を持って帰ってきた。目の下一尺とはいかないが、杉の葉を敷きつめた盤台《ばんだい》からはみ出すような大きさだ。それと紅白の水引をつけた酒の桶《おけ》とを、自分の子分に持たせる。

「よう、お芳、お前も行くか」

と声をかけた。

辰五郎が一橋邸に行くのに、お芳を誘うのは珍しいことだ。この祝いの品々には、特別の思いがあるに違いない。

辰五郎とお芳、そして二人の子分は、初夏のお濠端《ほりばた》を歩く。お芳も脚が早いが、辰五郎も大層早い。特に今日は、涼しいうちに生物《なまもの》を届けなくてはいけないのだ。

やがて目の前にお城が迫ってきた。いつ見てもその大きさに目を見張る。いったいどこからどこまでがお城なのかわからない。お城の一部分だと思っていたものが、一橋邸であった。御三卿は大名家と違い、将軍の身内のように遇せられているのだ。

さらに驚いたことに、辰五郎は裏門ではなく、堂々と表門から入っていく。

以前は台所口から出入りし、下婢《かひ》が応対していたのであるが、これを知った慶喜が、

「新門は特別の者と心得て、相応に扱うように」

という沙汰《さた》を下した。これによって辰五郎は御広座敷に通され、ご家老かその下の者が会ってくれるようになった。時々は徳信院さまがお声をかけてくださることもある。

「今日はご帰国が近いんで、お邸もてんやわんやなさってるはずだ。鯛を置いたらすぐにおいとまするぜ」

待っている間、辰五郎はお芳にささやいた。

そして茶は出てこないが、しばらくすると老人がやってきて、鯛の礼を述べた。が、歯が抜けているので、何を言っているのかよくわからない。

「――さまが、ひと言礼をおっしゃりたいと仰せだ」

辰五郎が頭を畳にこすりつけ、

「有り難いことでございます」

と言ったので、お芳もそれにしたがった。

やがてさらさらと衣《きぬ》ずれの音がしたかと思うと、浅葱《あさぎ》色のふわりとしたものが二人の前に降りた。顔を少し上げる。無礼なこととわかっていても、そうせずにいられない。今、目の前にいるのが誰だかわかったからだ。老人は「ご簾中《れんちゅう》さま」と言ったに違いない。そうだ、自分の目の前にいるのは慶喜の妻という人なのだ。

「新門辰五郎ですね」

ご簾中さまは声を発した。短い言葉であったが、はっきりと京訛りがある。弦をゆるくはじいたような響きがあった。

「大きな鯛をありがとう。あのようなもん、初めて見ました。さぞかし殿さまもお喜びでしょう」

「へへーっ、おそれ入ります」

「横にいやはるのは？」

「はい、手前の娘で、お芳と申します」

「そうか……。一緒に来てくれてありがとう」

頭を下げる時に、もう一度ご簾中さまを見た。美しい人だった。おくに様も綺麗だと思ったが、とてもご簾中さまにはかなわないだろう。「お雛さまのような方」という噂を聞いたことがあるが、本当にそのとおりだ。このように白く整った顔を見て、江戸者はそれ以外に形容する言葉を思いつかない。

が、お雛さまは細い切れ長の目であるが、ご簾中さまは黒目がちの大きな目をされていた。それなのに目尻は、名工が息を止めて一瞬で描いたように、きゅっと細い線で上がっていた。まるで皮をむいたばかりの木の果実のような目だとお芳は思った。

「それにもうひとつ礼を言わねばならぬことがあります」

その果実がきらりと光った。

「おくにのことですが、いくら病を得たと言うても、本来はこの邸で看病せねばならぬところでした。が、殿さまもすぐに京にお発《た》ちになるし、どうしていいのかわからぬところ、そなたがよくめんどうをみてくれているそうですね、本当にありがとう」

　この言葉は意外であった。世間では、一橋家の美賀君《みかぎみ》さまというご簾中は、かなり嫉妬《しっと》深いと噂されていたからだ。けれども今の言葉は、決して口先だけで言っているのではないということがわかる。おそらく鯛よりも、このことについてご簾中さまは礼をおっしゃりたかったに違いない。

「とんでもないことでございます。たいしたことは出来ませんが」

　辰五郎は頭を下げ恐縮している。

「殿さまも明日にはお帰りになることでしょう。鯛と共に、そなたの忠義はよくお伝えしておきます」

　そしてまた、二人が頭を下げている間に衣ずれの音がして、ご簾中さまは立ち去られた。後には何とも言えないよいにおいが残った。それは香というものらしい。京の身分ある方々がいつも薫《た》きしめているものなのだ。

「全く、何てお綺麗な奥方なんだ。まるで半四郎《はんしろう》が演《や》る常盤御前《ときわごぜん》みたいじゃねえか」

　帰り道、辰五郎はしきりに感心していた。

「徳信院さんも美《い》い女には違いねえが、俺にはちいっときつ過ぎるかなァ。もういい婆《ばば》ァだし、切り髪なのも気に喰《く》わねえぜ」

　辰五郎はまるで、女郎の品定めをするような口調だ。

「そこへいくと、奥方さまはやっぱり奥方さまだぜ。まずいちばんの器量だろうよ。

言っちゃ悪《わり》いが、おくに様も追いつかねえだろうよ。やっぱり江戸の女は、どんなことをしても、京の女にはかなわねえだろうなァ」

「ひどいことを言うね、おとっつぁん」

「そりゃあ、そうだぜ。お前《めえ》なあ、京の女っていうのは、かぐや姫の時代から続いているんでえ。綺麗なべべ着て、綺麗に化粧してよ。しんねりねっとり男をからめとるように出来てんのよ。お前は知らねえだろうが、京じゃ今、長州や薩摩のさむれえがやってきて、尊王だァ攘夷だの言い合って斬り合いっこしてるらしいぜ。そこに浪士《ろうし》組《ぐみ》とかが加わって、もうらちがあかねえ。ところがよお、勤王も開港も、みーんな京の女に骨抜きにされてるって言うんだから、笑っちまうじゃねえか。俺もよ、いずれは京に行ってみたいもんだなァ。男だったらそういう女におめえにかかりてえなァ」

「おとっつぁん、いい年してそんなこと言ってると、おっかさんに言いつけるよ」

　ふざけて父親を軽く睨みながら、お芳はさっき会ったばかりのご簾中さまを思い出していた。確かにあんな女性は江戸にはいないだろう。髪の結い方も化粧も江戸の女とは違っていた。何よりも、あの声のやわらかさと言ったらどうだろう。辰五郎のところには、時々上方《かみがた》からの客もあったが、大坂の跳ねるような言葉とも別ものである。

「いったい京というのは、どんなところなんだろう」

帰り道、お芳の思いはいつのまにかそこへいく。別れた福次郎には全く未練はないけれども、二人で扱った古着の感触は懐かしい。

「これは上物だぜ。京のもんだからな」

と福次郎が得意そうに拡げた、振り袖や小袖……。どれも素晴らしい染めや絞りがほどこされていた。ああいうものを着ているからこそ京の女は美しく、男の心をとらえて離さないのだろう。そしてご簾中さまのような方が出てくるのだ。

「私もいつか、京に上《のぼ》ってみたいもんだねえ……」

これは辰五郎や子分たちに聞こえないようにつぶやいてみた。

四

その年の夏は大層暑く、じっとしていても汗で全身がびっしょりになるほどであった。真昼ともなると、谷中の往来はしんとして野良犬一匹通らない。ああ、暑い、暑いと、お芳はうちわで胸元に風をおくる。真夏に家の中なら、胸をはだけていたり、お腰一枚の女はいくらでもいるが、男ばかりの家なのでそうしたことはおぬいに固くいましめられていた。薄物といっても帯もきっちりつけているから大層暑い。

その時、誰かが玄関に入ってくる気配があった。若い女の声で、何かしきりに言いたてている。それはおくに様のところの小女だと気づいたのと、おぬいがばたばたと走ってきたのとほぼ同時であった。

「お芳、今からすぐに尾張町に行っておくれよ。おくに様が急に悪くなられたそうだ」

お芳はあわてて身を起こした。この暑さで、おくに様が衰弱の一途をたどり、このところ何も口にされていないと聞いていたからだ。

「私は今から奥山に使いをやって、うちの人に行ってもらうよ。だからあんたは先に行っておくれ」

奥山というのは、茶屋を出させている辰五郎の若い妾である。二日前から暇なのをいいことに、辰五郎はずっと居続けているのだ。

あまりにも暑いので、お芳は手拭《てぬぐ》いを上からかぶった。使いに来た小女と一緒に白く乾いた道を足早に歩く。

「それで、おくに様は本当にお悪いのかい」

「朝、起きられた時に血を吐いて、その後はぐったりされて、お返事もありません」

「何だって！　血を吐かれたのかい」

「ええ、このひと月ほどはたびたび……」

「あんた、そういうことはもっと早く言わなきゃ駄目じゃないか。うちのおとっつぁんだって、お世話させていただいている顔が立たないよ」

「それが、お部屋さまは、皆が心配するから、黙っているようにと……」

小女はべそをかいている。

尾張町に行ってみると、もう既に一橋家から、一人のさむらいと二人の女が来ていた。前から通ってきている医者も、枕元に侍《はべ》っている。

「この暑さは、ふつうの者でもとても耐えられません。おくに様はここのところ、白湯《さゆ》も受けつけられませんでした」

言いわけするようにまわりの者たちに、繰り返している。おくに様は静かに眠っていた。しかし血の気というものが全くない。死がもうすぐそこにやってきているのだということはお芳にもわかった。

傍にいる御中﨟とおぼしき女にまず声をかけた。

「新門辰五郎の娘でお芳と申します。どうぞ何なりとご用をお申しつけくださいませ」

女は眉《まゆ》をひそめ小声で尋ねる。

「やはり労咳であろうか……。私が触れても大事ないであろうか」

「もしもおくに様のご病気が、お気になるようでしたら、どうぞ何なりと私に言いつけてくださいましよ」

御中﨟の心ない言葉に、お芳はすっかり腹を立ててしまった。おくに様はもうじき死出の旅に立たれようとしているのに、この冷たいもの言いはどうだろう。

「おお、そうしてくれると、私も助かる」

四十がらみの御中﨟は、悪びれることなく隣の部屋に引っ込んでしまった。

こうしている間に辰五郎がやってきた。手に風呂敷包みを持っているのは、死の儀式に使うさまざまなものに違いない。

長い夕暮れであった。日が落ちても暑さは変わらない。が、かすかに潮のにおいを感じるようになったところをみると、海からの風が吹いているのだろう。

ひぐらしが鳴いている。うるさいほどだ。近くに緑があっただろうかとお芳は考える。そうしながら水で絞った手拭いで、おくに様の額や首を拭いていく。骨が浮き出るほど痩せていた。おくに様はもう声は出さないが、しきりに唇を動かしている。おゆう様のことを気にかけているのだろう。お芳は耳に口を近づけて言った。

「おゆう様は、昨日からお乳母《めのと》さんと一緒に、美寿屋さんの方で預かっていただいています。お元気ですからどうぞご安心ください」

おくに様は小さく頷《うなず》いた。言っている意味がわかったのだ。行灯《あんどん》をつけようとしてお芳は迷う。病人は暗い方がいいのかもしれないと思ったが、闇《やみ》の中で息をひき取られるのはあまりにも淋しい。お芳は石で火を起こし行灯に入れた。

そして桶《おけ》の水を取り替えに井戸に行き、戻ってくるとざわつく気配がする。さきほどの御中﨟が、廊下の前で狼狽《ろうばい》していったり来たりしているのだ。まさかおくに様が絶命したのではと、あわてて障子を開け、お芳はあっと息を呑《の》む。そこに二人の男がいたからだ。しかも一人の男は、おくに様の上半身を抱き起こしているのである。

「くに、くに、わしがわかるか」

紗《しゃ》の羽織を着た男は、しきりに話しかけている。おくに様は目をかすかに開け、男を見つめている。その表情に、瀕死《ひんし》の人とは思えない恍惚《こうこつ》の表情が漂っていることにお芳は目を見張った。そしてその男が誰かわかった。

「一橋慶喜さまだ」

殿さまが駆けつけてきたのだ。

「くに、長いこと来られず、どうか許してくれ。わしはずっと京へ行っていたのだ。京だ、わかるか。お前をいつか連れていってやると約束したのになァ……」

お芳は、膝《ひざ》をつくことを忘れ、しばらく茫然《ぼうぜん》とその光景を眺めていた。

行灯の下、寄り添う男と女は、まるで芝居の中の二人のように美しかった。あの殿さまはまれにみる美男子と、辰五郎はよく自慢していたものだが、ほの暗いあかりに照らされた慶喜の横顔は、本当に役者のようだ。整った鼻筋がはっきりわかる。おくに様の方も、心なしか頬に赤味が増し、うっすらと微笑んでいる。慶喜が来たことが嬉しくてたまらないのだろう。

「くに、何か言ってくれ。お前はまさか、このまま死ぬのではなかろう。くに、くに、お前はわしを置いていくのではなかろう」

信じられないことに、慶喜は激しく泣き出したのである。感動と驚きで、お芳はまだ立ったままだ。身分の高いおさむらいが、泣くなどということは考えられなかった。それも側室の死が悲しくて泣いているのである。

「殿、もうよいではありませんか」

もう一人のさむらいが困惑しきって、しきりに退出を促している。お芳も何度か会ったことがある用人の平岡円四郎であった。

「もう早くお出《い》でになった方が。人目についたら大変なことになりますゆえ」

「わかっておる」

慶喜は怒ったように言い、もう一度おくに様を抱き締めた。

「くに、死ぬでないぞ。わしは必ずもう一度くる。お前は決して死ぬでないぞ」

そしておくに様を静かに横たえた。お芳はやっとわれに返り、あわてて膝をついた。その気配で慶喜は初めてこちらの方を見た。泣いて女のようにうるんでいる綺麗な切れ長の目だ。慶喜はそれをしばたたいて問うた。

「お前は誰だ」

「新門の娘、芳というものでございます」

用人の平岡が替わって答えた。

「そうか……。新門に娘がいたのか。くにのこと、めんどうをかけるな」

「いえ、そんな……とんでもないことでございます」

口ごもってしまったが、お芳の目はしっかりと慶喜をとらえた。父親の言う「天下いちの器量人」にして、女のために号泣する男というのを、もっとよく見たかったのである。


慶喜はほんのわずかしかおらず、あっという間に去っていった。どうやらおくに様に永遠《とわ》の別れを告げたいと、慶喜が平岡に頼んだらしい。

そして夜明け少し前に、おくに様はあの世に旅立たれた。わずか二十三歳の生涯だった。尾張町の家で形ばかりの通夜をおこない、遺体は弟が引き取った。自分の家の墓所に入れるという。皆が心配したのは、おゆう様の行く末である。側室の子どもは、男だったら本家で育てられることも多い。けれども女の場合、いてもいなくても構わない、という待遇である。たいていは母親の元にいる。おくに様が亡くなった今、弟が育てるのが順当であろうが、こちらはまだ嫁取りしていない若者だ。両親はもういない。

「いったいどうしたもんであろうか」

弟から相談を受けた辰五郎は即座に言った。

「わかりやした。わっしの娘として大切にお育て申しましょう」

そしてお芳にこう命じたのだ。

「お前《めえ》が出戻りだってことは、もう近所に知られてるぜ。どうでえ、おゆう様は別れた亭主とお前の子ども、ってことにしちゃ」

「おとっつぁん、そうは言っても、今頃子どもが出てくるのはおかしかないかい」

「そんなことはねえさ。やっと亭主が手放した、とか言えばいいだけのことじゃねえか」

「だって、一橋家のお姫さまなんだろ。私の娘なんかにしちゃ申しわけないよ」

「馬鹿野郎、本当にお前の子どもにするわけじゃねえ。おゆう様が肩身が狭くならないように、ちっと世間体をとり繕うだけの話よ」

「へえー、おとっつぁんが世間体をとり繕うのかい。驚いちまうよ」

「俺のことならそんなことはしねえが、子どもは出来るだけ行く道の小石をとっといてやった方がいいってもんよ。もちろん俺はよ、殿さまからお墨つきをもらうつもりだぜ」

実子であることを書状にしてもらうのだ。

「おくに様から聞いた話だが、おゆう様はよ、そもそも、お喜《よし》さまになるはずだったんだぜ。お前と同じ名だ」

「そうかい。殿さまから一字とったお喜だね」

「そうよ。そうしたら殿さまが反対なさったってことよ。お喜などという名は、縁起が悪いから駄目だってさ」

「どうして縁起が悪いのかね……まあ、いいさ。いずれにしても私とは縁があったんだね」

お芳はおゆうを抱き締める。

おゆうは手間のかからない、本当にいい子だった。尾張町の家でもそうだったように、泣いたり、愚図ったりということがない。

「見ろよ、この眉《まみえ》のあたり、殿さまにうり二つじゃねえか。こりゃ、たいした器量よしになるぜえ」

前妻との子どもたちのところに、もう何人も孫がいるのだが、おゆうの可愛らしさは特別らしく、辰五郎は膝の間に入れてしょっちゅうあやしている。ついでに娘もからかう。

「これがよ、本当にお前《めえ》の産んだ子どもなら、もう言うことはねえ。どうでえ、お芳、もう一回嫁にいくっていうのは」

「お生憎《あいにく》さまだねえ。もうそんな気はないよ。男はこりごり、なんて言うつもりはないけれど、どうやら私は男運が悪いらしいよ」

「おいおい、そんなふざけた言い草はねえぜ。男運が悪い、なんていうのは、さんざん男にあそばれた芸者なんぞが言う文句だ。亭主一人しか知らねえ女が、そんなご大層なことを言うもんじゃねえ」

「だっておとっつぁん、そうだろ。あんないい男はいない、添わせてくれなきゃ、死んでしまうぐらいの気持ちで私は嫁いだのさ。それなのに、一年足らずで浮気されてしまうんだからねえ。私は男運がないというよりも、男を見る目がないのかもしれないねえ」

「そりゃそうだ。だから俺は言ったじゃねえか。……ああ、よそう、よそう。男が出来て有頂天になっている娘に、何を言っても聞くはずはねえ。何を言っても無駄だ。だけどなあ、お芳、これだけは憶えときな。親の教えと冷や酒は後からじわじわと効いてくるっていうぜ」

「心しとくよ、おとっつぁん」

　煮立つばかりの長びいた残暑もやっと終わり、朝晩はひやりとした風が流れるようになった。そんなある日、一橋家に行った辰五郎が、うかない顔で帰ってきた。そしておぬいと、こそこそ話をしていたかと思うと、夕食後お芳を自分の部屋に呼んだ。そこにはあらたまった様子のおぬいもいた。何の用かお芳は見当がつかない。辰五郎は言った。

「お芳、お前は殿さまにお会いしたことがあるのか」

「あるよ。おくに様が亡くなった夜だよ」

「そうか……」

辰五郎にしては珍しい深いため息をもらし、腕組みをした。長考する時の癖だ。

「俺も思いがけないことで、本当にどうしていいのかわからねえ……」

辰五郎はいったん目を閉じた後、目と口を開き、そして一気に喋り出す。

「今日、俺は一橋家に呼ばれたが、おそらくおゆう様のことだろうと、何の気なしに出かけたわけだ。そうしたら平岡さまからお話があった。お前を殿さまのところにお仕えさせる気はないかというお尋ねだ」

「えっ、私が、殿さまのところへかい」

「そうだ。お仕えするというからには、ただの女中じゃねえ。下々《しもじも》の言葉で妾になれ、っていうことだ。俺はたまげたぜ。おさむらいの世界じゃ、娘が殿さまの妾になりゃ、出世ということになるだろうさ。だけどどっこい、こっちは火消しときてらあ。娘を妾奉公に出したくない、と言ってやったぜ。ああ、平岡さまの前でもはっきり言った。俺と殿さまのつき合いは、娘を差し出せ、はい、わかりました、なんてもんじゃねえだろう。男と男のつき合いだと思っていたのによ、あんまり情けねえじゃないですか、とも言ってやったぜ。ところが、平岡さまがおっしゃるには、いや、そんなことではない。殿さまが、お前のお芳という娘をひと目見て、すっかり気に入ってしまわれた。もう少したてば殿さまは京に行くことになるが、今度は長く帰ってこられまい。それで一人ではあまりにも淋しい。あの賢そうな娘が一緒なら、さぞかし楽しいだろうとおぼし召しなのだ。決して無理強いするつもりはない。一緒に京へ上ってくれぬかと娘に聞いて欲しいと、殿さまはおっしゃっているということなのだ」

お芳はすぐに返事が出来ない。あまりにも混乱していた。慶喜がおくに様を抱いて、激しく泣いていたのは、まだふた月前のことである。そうして涙をこぼしながら、しっかりと自分を品定めしていたのかと、そのことにただただ驚いていた。しかし嫌な気分は起こらない。側室のために号泣していたことと、一人では淋しいから新しい女が欲しいと考えることは、あの男の人なら決して矛盾していないような気がした。

「そりゃあ、嫌な気分にもなるだろうさ。いいさ、俺は断るよ。断ったからって、それで怒るような殿さまじゃねえしよ」

お芳が返事をしないことを、辰五郎は全く別のようにとらえていたようだ。

次の瞬間、お芳は小さく叫んでいた。

「いいや、おとっつぁん、私は行くよ」

「お前《めえ》、本気で言ってんのか」

「お芳、まさか、あんた……」

辰五郎とおぬいとが、同時に声を出した。が、おぬいの声の方が長く残った。

「お芳、言っておくけど、殿さまの妾になるんだよ。さむらいの娘でちゃんとした家ならば、側室さまということになるだろうよ。だけど私ら町方の者《もん》は、妾と呼ばれて、いいようにされるんだよ」

「私はそれでも構わないよ。私は側室さまなんて言われて、お邸に住むなんてまっぴら。おくに様みたいに、どこかに囲われるのもお断りだね。妾でいいさ、どうせ京に行ってる間だけなんだろ」

「この子ったら……」

おぬいの表情がたちまち変わった。憤りと悲しみのために、目が吊り上がっている。

「妾でいいさ、なんて、なんてことを言うんだい。それがどんなにつらいもんか、あんたみたいな苦労知らずにわかるわけないだろ。あんたも知ってのとおり、あたしは二十六歳の時に、あんたのおとっつぁんに落籍《ひか》されて妾暮らしさ。芸者もつらいことがあったけど、誰はばかることなく、往来を歩ける稼業なんだ。だけど、お妾は違うんだよ。通りしなにさ、ここが新門の親分の妾宅《しょうたく》かい、まあ、いい暮らししてるじゃないか、なんて大きい声で言ってく者がいるのさ。使ってる女が八百屋に行きゃ、意地悪なおかみに、あんたんとこの女主人はいい身分さね、夜な夜な脚拡げてりゃ、私らみたいに働かなくてもおまんま食べられて、いい着物着《べべ》られてさァ、なんて言われて泣き泣き帰ってくる始末だよ」

なんとおぬいは泣いているのである。

「それであんたが生まれて思ったよ、あたしは一生日陰者でいい、だけどこの娘は妾の子、って言われるかと思うとさァ、夜だって眠れなかったもんさ。そのうちにおかみさんが亡くなって、あたしは晴れてこのうちに来たが、最初のうちは針の筵《むしろ》さね。前のおかみさんが死んだばっかりに、妾上がりがいい思いしてって、どんだけ陰口を言われたことだろうよ。お芳、出戻りだからって、自棄《やけ》になっちゃいけないよ。出戻りなんてこの町内に何人もいるんだからね。だけど妾は駄目さ。いくら一橋様だろうと、公方様だろうと、あたしは……」

「もう長台詞《ながぜりふ》もたいがいにしろ」

辰五郎が怒鳴った。

「まるでみんな俺が悪いようじゃねえか」

「そうさ、お前さんがみんな悪いよ」

おぬいは袖口から手拭いを出して、ちんと洟《はな》をかんだ。

「だってそうだろ。未《いま》だにこりずに女遊びをやってるじゃないか。奥山の女のことだってどうするんだい。このあいだ男の赤ん坊が生まれてんだろ。世の中は親切なお方が多くてさ、お前さんのしてることなんか、みんな教えてくれるのさ。そりゃあ、あたしだって野暮なことは言いたくないさ。だけどお前さん、その年で赤ん坊をつくったってどうするつもりなんだい。おゆう様のことだって、お芳の子どもだなんて信じてる人は、近所に一人もいやしないよ。みんなあんたが外につくった子どもだと思ってるよ」

「うるせえ、奥山のことについちゃ、文句は言わせねえぞ。お前《めえ》だって百も承知のことじゃねえか……」

「おとっつぁんも、おっかさんもやめておくれよ」

お芳は叫んだ。

「私が殿さまのとこにいきたいんだからいいじゃないか。何て言や、いいんだろうかねえ……。あん時さ、おくに様抱いて、おんおん泣いてる殿さま見て、なんていい人だろうと思ったのさ。女のためにえらいお人がこんなに泣くなんて、びっくりしたよ。それで私が惚れちまったってことさ。それならおっかさん、いいだろ」

辰五郎とおぬいは、その言葉でいっぺんに黙った。そうさなあ……と口を開いたのは辰五郎である。

「まあ、惚れたって言うんなら仕方ねえだろ」

「お前さん……」

「お芳がさらの生娘《きむすめ》だっていうんなら話は別だ。俺はどんなことをしても止めたぜ。だけどこいつも、まあ、男のことは多少わかったに違《ちげ》えねえ。考えてみりゃ、あの殿さまも気の毒なお方さね。まるで味方っていうもんが身近にいねえからね」

「おとっつぁん、それってどういうことだい」

「あのなァ、一橋家、御三卿なんて言ってもさ、あの邸にはちゃんとした家来がいねえのさ。大名っていうのは、主人のために命を捨ててもいいような家来がいるもんだが、あそこはみんな下《した》っ端《ぱ》ばかりで、えらい家来はお城からつかわされた連中だ。おまけに家の中は奥方さんは気鬱で、婆さんの徳信院さんがしゃしゃり出てるときてる」

おい、こうなったら酒を持ってこい、と辰五郎は命じた。おぬいはぶつぶつ言いながら、徳利を持ってくる。

「おい、気がきかねえな。もう一個飲むもんを持ってこい。今日はお芳と祝いだか、別れだか何だかわからねえ盃ごとだ」

「おとっつぁん、私はそんなに飲めないよ」

「いいから飲め。俺も酔わなきゃ言えねえことがある」

なみなみと酌《つ》いでくれた。

「お芳、言っとくけどよ。まあ、あの殿さまは女好きだ。三年前だかに死んだ殿さまの父親、水戸の中納言《ちゅうなごん》さんは、そりゃあ女が好きだった」

「徳川斉昭《なりあき》っていうお方だろ」

「そうよ。名君っていう人もいるがなあ、大奥のえらい別嬪《べっぴん》の上﨟に手をつけて、そりゃあ評判が悪かったもんさ。薩摩から来た、あの篤姫さんもよ、最初はおとっつぁんから頼まれたはずだ。なんとか殿さまを将軍にするようにとな。ところが、あの徳川斉昭さんのおかげで、大奥の女からは、殿さまは嫌われまくってらァ。いつのまにか篤姫さんも、殿さまを遠ざけてしまいやがって。まあ、殿さまもちいっと変わった方だからなァ」

「殿さまはそんなに変わってるかい」

「だってそうじゃねえか。おくに様と今生の別れをしにきた時に、お前《めえ》を見初めたって言うんだろ。まあ、ふつうのお方じゃねえだろうよ。あの殿さまは、人の心が読めるようなお方じゃない。だからまわりに嫌われる。そのうえ女は好きだから困ったもんだ。今はまだおとなしくしているがな、そのうちに水戸のおとっつぁんの血がどうっと出てくるって俺は踏んでる」

お芳は茶碗の酒を飲み干す。体がかあっと熱くなった。

「おとっつぁん、殿さまは変わり者《もん》で女好きだって言いたいのかい」

「そのとおりよ。だけどな、変わり者で女好きだってよ、国を動かす力とはまるで関係がねえ。俺がみるところ、このままじゃこの国は滅びるぜ。異人にやられるか、中で戦が始まるかだ。だからこそあの殿さまに将軍になってもらわなきゃ困るんでえ。お芳、お前は何の力にもなれんだろうが、まあ横にいてやれ。つまらねえ男の女房よりも、日本いちの男の妾になれ。さあ、お前とはお別れだ」

（下巻につづく）

徳川慶喜をめぐる人々略系図

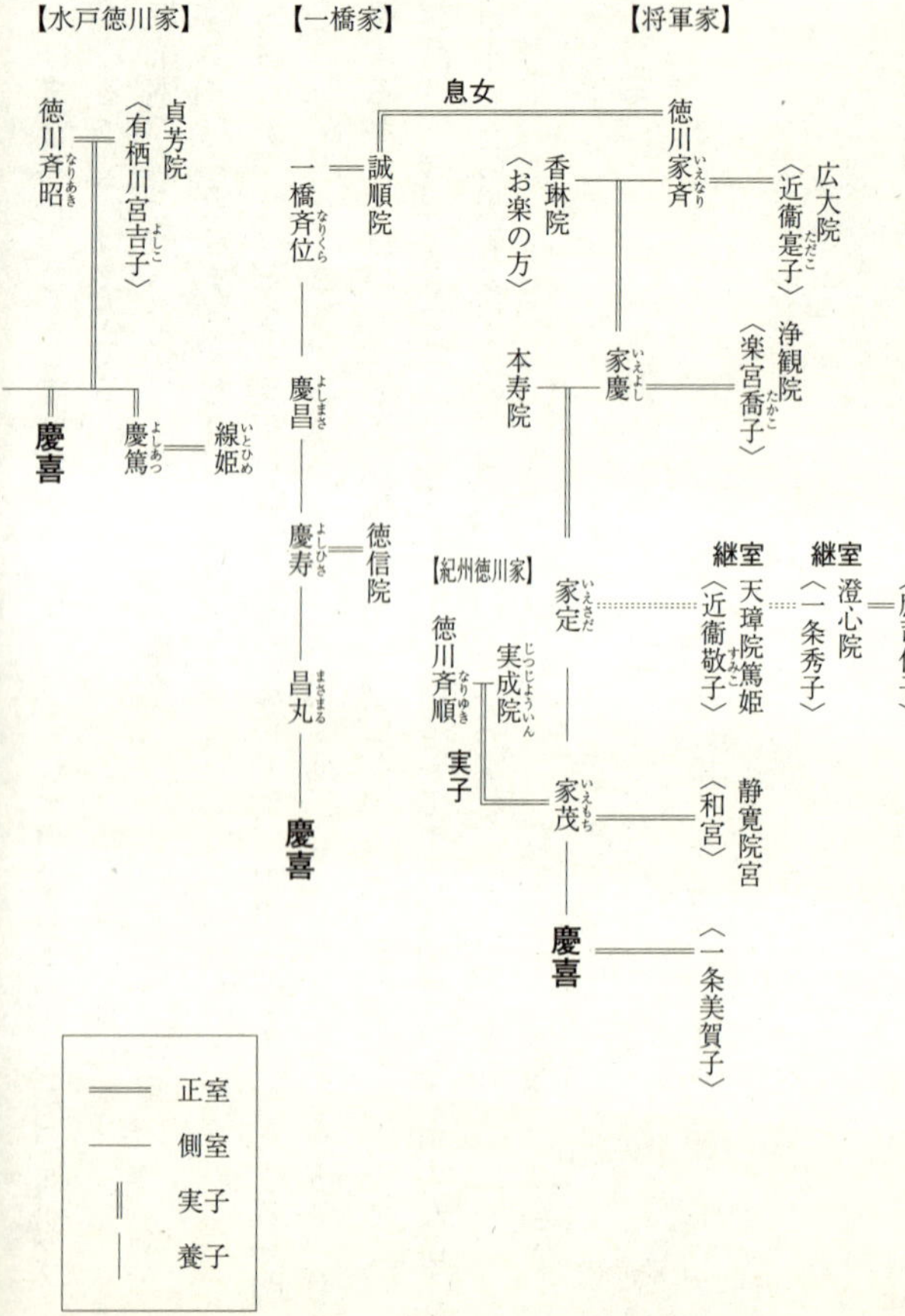

本書は二〇一三年八月に小社より刊行されました。

|著者|林 真理子　1954年山梨県生まれ。日本大学芸術学部卒。'82年エッセイ集『ルンルンを買っておうちに帰ろう』が大ベストセラーに。'86年『最終便に間に合えば／京都まで』で第94回直木賞を受賞。'95年『白蓮れんれん』で第８回柴田錬三郎賞、'98年『みんなの秘密』で第32回吉川英治文学賞、『アスクレピオスの愛人』で、第20回島清恋愛文学賞を受賞。小説のみならず、週刊文春やan・anの長期連載エッセイでも変わらぬ人気を誇っている。『ミカドの淑女《おんな》』『不機嫌な果実』『コスメティック』『下流の宴』『野心のすすめ』『我らがパラダイス』『西郷《せご》どん！』など著書多数。直木賞など数多くの文学賞で選考委員を務めている。

正妻《せいさい》　慶喜《よしのぶ》と美賀子《みかこ》(上)
林《はやし》 真理子《まりこ》

講談社文庫
定価はカバーに
表示してあります

2017年10月13日第１刷発行

発行者――鈴木　哲
発行所――株式会社　講談社
東京都文京区音羽2-12-21　〒112-8001
電話　出版　(03) 5395-3510
　　　販売　(03) 5395-5817
　　　業務　(03) 5395-3615
Printed in Japan

デザイン―菊地信義
本文データ制作―講談社デジタル製作
印刷―――大日本印刷株式会社
製本―――大日本印刷株式会社

ISBN978-4-06-293461-9

講談社文庫刊行の辞

二十一世紀の到来を目睫に望みながら、われわれはいま、人類史上かつて例を見ない巨大な転換期をむかえようとしている。

世界も、日本も、激動の予兆に対する期待とおののきを内に蔵して、未知の時代に歩み入ろうとしている。このときにあたり、創業の人野間清治の「ナショナル・エデュケイター」への志を現代に甦らせようと意図して、われわれはここに古今の文芸作品はいうまでもなく、ひろく人文・社会・自然の諸科学から東西の名著を網羅する、新しい綜合文庫の発刊を決意した。

激動の転換期はまた断絶の時代である。われわれは戦後二十五年間の出版文化のありかたへの深い反省をこめて、この断絶の時代にあえて人間的な持続を求めようとする。いたずらに浮薄な商業主義のあだ花を追い求めることなく、長期にわたって良書に生命をあたえようとつとめるところにしか、今後の出版文化の真の繁栄はあり得ないと信じるからである。

同時にわれわれはこの綜合文庫の刊行を通じて、人文・社会・自然の諸科学が、結局人間の学にほかならないことを立証しようと願っている。かつて知識とは、「汝自身を知る」ことにつきていた。現代社会の瑣末な情報の氾濫のなかから、力強い知識の源泉を掘り起し、技術文明のただなかに、生きた人間の姿を復活させること。それこそわれわれの切なる希求である。

われわれは権威に盲従せず、俗流に媚びることなく、渾然一体となって日本の「草の根」をかたちづくる若く新しい世代の人々に、心をこめてこの新しい綜合文庫をおくり届けたい。それは知識の泉であるとともに感受性のふるさとであり、もっとも有機的に組織され、社会に開かれた万人のための大学をめざしている。大方の支援と協力を衷心より切望してやまない。

一九七一年七月

野間省一

講談社文芸文庫

多和田葉子
変身のためのオピウム／球形時間
解説＝阿部公彦　年譜＝谷口幸代

ローマ神話の女達と〝わたし〟の断章「変身のためのオピウム」。少年少女の日常が突然変貌をとげる「球形時間」。魔術的な散文で緻密に練り上げられた傑作二篇。

978-4-06-290361-5
たＡＣ４

中野好夫
シェイクスピアの面白さ
解説＝河合祥一郎　年譜＝編集部

人間心理の裏の裏まで読み切った作劇から稀代の女王エリザベス一世の生い立ちと世相まで、シェイクスピアの謎に満ちた生涯と芝居の魅力を書き尽くした名随筆。

978-4-06-290362-2
なＣ２

講談社文庫　目録

早瀬　乱　三年坂　火の夢
早瀬　乱　レイニー・パークの音
初野　晴　1/2の騎士
初野　晴　トワイライト博物館《ミュージアム》
初野　晴　向こう側の遊園
原　武史　滝山コミューン一九七四
原　武史　沿線風景
濱　嘉之　警視庁情報官〈シークレット・オフィサー〉
濱　嘉之　警視庁情報官　ハニートラップ
濱　嘉之　警視庁情報官　トリックスター
濱　嘉之　警視庁情報官　ブラックドナー
濱　嘉之　警視庁情報官　サイバージハード
濱　嘉之　警視庁情報官　ゴーストマネー
濱　嘉之　鬼《き》手《しゅ》〈世田谷駐在刑事・小林健〉
濱　嘉之　電子の標的〈警視庁特別捜査官・藤江康央〉
濱　嘉之　列島融解
濱　嘉之　オメガ　警察庁諜報課
濱　嘉之　オメガ　対中工作
濱　嘉之　ヒトイチ　警視庁人事一課監察係
濱　嘉之　ヒトイチ　画像解析〈警視庁人事一課監察係〉
濱　嘉之　ヒトイチ　内部告発〈警視庁人事一課監察係〉
濱　嘉之　カルマ真仙教事件(上)(中)
橋本　紡　彩乃ちゃんのお告げ
馳　星周　やつらを高く吊せ
馳　星周　ラフ・アンド・タフ
早見　俊　右近の鯔《いな》背《せ》銀《いち》杏《よう》〈双子同心捕物競い(二)〉
早見　俊　同心の鑑《かがみ》〈双子同心捕物競い(三)〉
早見　俊　上方与力江戸暦
畠中　恵　アイスクリン強し
畠中　恵　若様組まいる
はるな愛　素晴らしき、この人生
葉室　麟　風渡る
葉室　麟　風の軍師〈黒田官兵衛〉
葉室　麟　星火瞬く
葉室　麟　陽《かげ》炎《ろう》の門
葉室　麟　紫匂う
葉室　麟　山月庵茶会記
葉室麟、冲方丁、伊東潤、天野純希、矢野隆、吉川永青、木下昌輝　決戦！　関ヶ原
長谷川　卓　獄《がく》〈上・白《しろ》銀《がね》渡り〉〈下・湖底の黄金〉神《じん》
長谷川　卓　嶽神伝《がくじんでん》　無《む》坂《さか》(上)(下)
長谷川　卓　嶽神伝《がくじんでん》　孤《こ》猿《えん》(上)(下)
長谷川　卓　嶽神伝《がくじんでん》　鬼《き》哭《こく》(上)(下)
長谷川　卓　嶽神列伝　逆渡《さかわた》り
HABU　誰の上にも青空はある
幡　大介　猫間地獄のわらべ歌
幡　大介　股旅探偵　上州呪い村
原田マハ　夏を喪くす
原田マハ　風のマジム
原田マハ　あなたは、誰かの大切な人
羽田圭介　「ワタクシハ」
原田ひ香　アイビー・ハウス
原田ひ香　人生オークション
花房観音　女坂
花房観音　指人形
畑野智美　海の見える街
畑野智美　南部芸能事務所
畑野智美　南部芸能事務所 season2 メリーランド

講談社文庫 目録

講談社文庫　目録

藤田宜永　艶《つや》めき
藤田宜永　流砂
藤田宜永　子宮の記憶〈ここにあなたがいる〉
藤田宜永　乱調
藤田宜永　壁画修復師
藤田宜永　前夜のものがたり
藤田宜永　戦力外通告
藤田宜永　いつかは恋を
藤田宜永　喜の行列 悲の行列(上)(下)
藤田宜永　老猿
藤田宜永　女系の総督
藤 水名子　紅嵐記(上)(中)(下)
藤原伊織　テロリストのパラソル
藤原伊織　ひまわりの祝祭
藤原伊織　雪が降る
藤原伊織　蚊トンボ白鬚の冒険(上)(下)
藤原伊織　遊戯
藤田紘一郎　笑うカイチュウ
藤本ひとみ　新・三銃士 少年編・青年編〈ダルタニャンとミラディ〉

藤本ひとみ　皇妃エリザベート
藤木美奈子　傷つけ合う家族〈ドメスティック・バイオレンスを乗り越えて〉
福井晴敏　Twelve《トゥエルブ》 Y.O.《ワイオー》
福井晴敏　亡国のイージス(上)(下)
福井晴敏　川の深さは
福井晴敏　終戦のローレライ Ⅰ〜Ⅳ
福井晴敏　6ステイン
福井晴敏　平成関東大震災〈いつか来るとは知っていたが今日来るとは思わなかった〉
福井晴敏　人類資金 1〜7
福井晴敏　限定版 人類資金 7
福井晴敏作　霜月かよ子画　C－blossom《シーブロッサム》〈case《ケース》729〉
藤原緋沙子　遠花火〈見届け人秋月伊織事件帖〉
藤原緋沙子　春《はる》疾《はや》風《て》〈見届け人秋月伊織事件帖〉
藤原緋沙子　暖《ぬく》め鳥《どり》〈見届け人秋月伊織事件帖〉
藤原緋沙子　霧の路《みち》〈見届け人秋月伊織事件帖〉
藤原緋沙子　鳴《なる》子《こ》守《もり》〈見届け人秋月伊織事件帖〉
藤原緋沙子　夏ほたる〈見届け人秋月伊織事件帖〉
藤原緋沙子　笛吹川〈見届け人秋月伊織事件帖〉
椹野道流　禅定の弓〈鬼籍通覧〉

福田和也　悪女の美食術
深水黎一郎　エコール・ド・パリ殺人事件〈レザルティスト・モウディ〉
深水黎一郎　トスカの接吻〈オペラ・ミステリオーザ〉
深水黎一郎　ジークフリートの剣《つるぎ》
深水黎一郎　言霊《ことだま》たちの反乱
深水黎一郎　世界で一つだけの殺し方
深見　真　猟犬〈特殊犯捜査・呉内冴絵〉
深見　真　硝煙の向こう側に彼女〈武装強行犯捜査・塚田志士子〉
藤谷　治　遠い響き
深町秋生　ダウン・バイ・ロー
冬木亮子　書けそうで書けない英単語〈Let's enjoy spelling!〉
古市憲寿　働き方は「自分」で決める
船瀬俊介　かんたん「1日1食」!!〈万病が治る！ 20歳若返る！〉
二上　剛　黒薔薇　刑事課強行犯係　神木恭子
藤野可織　おはなしして子ちゃん
辺見　庸　抵抗論
星　新一　エヌ氏の遊園地
星　新一編　ショートショートの広場①〜⑨
本田靖春　不当逮捕

2017年10月15日現在